Dream
of
revange

von Christine Ferdinand

© 2022, Christine Ferdinand
Herstellung und Verlag: BoD – Books on
Demand, Norderstedt
ISBN:9783754360491

Kapitel 1

Dieser Traum begann anders als die der vorherigen Nächte. Die einzige Ähnlichkeit war das ich genau wusste das ich träumte. Es musste mir also gar nichts Angst machen. Egal was passieren würde, es war nicht real.

Ohne es zu bemerken, lief ich einen Weg entlang. Er führte in ein helles buntes und dazu wunderschönes Licht. Kurz bevor ich das Licht erreichte, sah ich was es war. Es war die Turnhalle unserer Schule. Warum war hier alles so bunt geschmückt und beleuchtet wie auf einem Ball? Plötzlich trat Tylor aus der Tür und kam auf mich zu. Das erinnerte mich an die Nacht von unserem Schulball. Und tatsächlich, wie damals kam er auf mich zu, bedrängte mich und riss mir ohne Vorwarnung meine Kleider herunter. Er konnte tun und lassen was er wollte. Wenn ich schrie, kam kein Wort aus meinem Mund. Wenn ich treten oder um mich schlagen wollte, bewegte mein Körper sich nicht. Dieser Traum war wirklich mein schlimmster Alptraum. Dies war nämlich die ausschlaggeben Nacht, wo Andrew und ich uns kennen lernten. Doch hier kam es nicht dazu - Andrew und ich würden uns nicht kennen lernen. Er würde mir nicht zu Hilfe kommen und Tylor von mir runter zerren. Ich stand das durch was auf mich gewartet hätte, wäre Andrew nie in mein Leben getreten.

Mein Körper wurde wach, doch in meinem Kopf spiegelten sich die Szenen aus dem Traum immer wieder. Ich versuchte mich zu befreien. Jemand hielt mich fest.

3

„Nein, lass mich. NEIN", schluchzte ich.

Tränen liefen mir übers Gesicht. Meine Augen wollten nicht aufgehen. Der feste Griff um meinen Körper löste sich. Ich rutschte so weit zurück wie möglich und weinte weiter.

„Lexa", sprach Andrew mit seiner mir so sehr vertrauten Stimme.

Andrew? Der Traum war vorbei? Ich bin wieder wach und er war tatsächlich bei mir? Das schluchzten aus meiner Brust ließ nach. Mein Atem hingegen war noch sehr flach. Mit meinem Pulloverärmel wischte ich mir die Tränen aus den Augen. Mein Blick wurde klarer. Das erste was ich sah war tatsächlich Andrew. Er saß am Ende des Bettes, die Hände nach mir ausgestreckt. Ohne etwas zu sagen, stürzte ich mich in seine Arme. Wäre er nicht so stark gewesen, dann würden wir mit dem Schwung, den ich hatte, mit Sicherheit auf dem Boden landen. Doch er fing mich auf und hielt mich fest. Der Traum war vorbei.

„Es tut mir leid", waren seine einzigen Worte.

Wir lösten unsere Umarmung. Wie ein ungezügeltes Verlangen nahm ich sein Gesicht in meine Hände und begann ihn zu küssen. Am liebsten würde ich ihn verinnerlichen, damit er nie wieder von mir gehen kann. Nach einigen Sekunden allerdings ging ich ein Stück zurück, um nach Luft zu schnappen. Meine Muskeln wurden schlaff, so dass ich dasaß wie ein nasser Sack.

„Ist alles ok? War es sehr schlimm?", fragte er vorsichtig nach.

Natürlich wusste ich sofort, dass er den Traum meinte. Ich wollte es ihm nicht sagen. Er würde sich nur wieder Vorwürfe machen.

„Nein, also ich glaube nicht. Ich weiß es nicht mehr so genau", sagte ich.

4

Ich war mir sicher, dass er mir nicht glaubte. Allein meine Gefühle würden es ihm verraten das ich log. Doch er ließ sich nichts anmerken und bohrte nicht weiter nach.

„Schlaf noch ein bisschen. In wenigen Stunden werden wir da sein", beruhigte er mich.

Das ließ ich mir kein zweites Mal sagen und fiel rückwärts aufs Bett.

Andrew deckte mich zu und gab mir einen Kuss auf Haar.

„Bleibst du bitte bei mir", flüsterte ich. Meine Augen waren bereits geschlossen. Jetzt wusste ich wie Andrew es meinte das mir noch mehr Kraft entzogen wurde. Ich war so schwach, dass ich keine Sekunde auf meinen Beinen hätte länger stehen können.

„Bist du dir Sicher?", fragte er noch einmal nach. Mit weiterhin geschlossenen Augen hob ich den Arm und wollte nach ihm greifen. Im selben Moment lag er bereits neben mir und nahm mich von hinten fest in den Arm. Seine Hand streichelte meinen linken Arm hinunter, bis an meine Hand. Dann spürte ich nur noch, wie mir mein Verlobungsring über den Ringfinger glitt und ich schlief erleichtert ein.

Diesmal erinnerte ich mich ebenfalls an den Traum. Allerdings war es ein schöner Traum. Andrew stand vor mir und wir küssten uns. Dann ging er ein Stück zurück und schüttelte mich leicht.

„Aufwachen mein Schatz", sagte er. Seine Hand lag jetzt an meiner Wange und sein Gesicht zauberte dieses unbeschreiblich wunderschöne lächeln. Mein Herz raste, meine Hände wurden feucht und ich bekam rundum eine Gänsehaut. Dieser Mann konnte wirklich nicht nur menschlich sein. Solch reine Schönheit gab es nicht.

Mit geschlossenen Augen genoss ich das Gefühl, welches von seiner Hand durch meinen Körper fuhr. Als ich sie wieder öffnete, sah ich ebenfalls Andrew vor mir, doch wir waren im Bett auf dem Boot. Auch wenn dies die Realität war, dem übernatürlich schönen Lächeln auf seinen Lippen tat es keinen Abbruch.

„Hi", flüsterte ich durch meine lachenden Lippen.

„Hallo. Hast du gut geschlafen?"

„Mhhm, habe ich", lächelte ich weiter.

„Wir sind jeden Moment da. Kannst du aufstehen?", fragte Andrew. Er streichelte meine Wange. Wie im Traum überfuhren mich diese wunderbaren Gefühle. Für einen kurzen Moment genoss ich es noch, doch dann wurde mir klar, dass es ernst wurde und wir keine Zeit mehr verlieren durften. Mit einer fließenden Bewegung setzte ich mich auf die Bettkante.

„Wie lange habe ich denn geschlafen das wir schon da sind?", wollte ich wissen.

„Ich musste dich wach machen. Du hast jetzt nur ein paar Stunden geschlafen. Aber wenn du dich Bewegst, dann", er setzte wieder ein Lächeln auf. Die Verzweiflung in seinen Augen ließ sich allerdings nicht abschalten.

„Du wirst dich einfach sehr müde fühlen. Schaffst du das?" Ich nickte. Mein Körper richtete sich auf. Nach zwei Schritten in Richtung Tür, fingen meine Beine an zu zittern und mein Blick verschwamm. Schnell setzte ich mich wieder auf das Bett.

„Huch", hauchte ich.

Andrew wollte mir gerade helfen. Das kam jedoch alles nur davon, weil ich noch müde war.

6

„Moment, das geht schon. Gebe mir nur eine Minute“, sagte ich.

Nachdem bestimmt mehrere Minuten vergangen waren, fühlte ich mich soweit sicher, um es erneut zu versuchen. Ich erreichte ohne Probleme die Tür und wir gingen ins Esszimmer.

„Siehst du alles wieder im Lot“, sagte ich zu Andrew und tippte mit dem Finger an meinen Kopf. Wir setzten uns Wortlos an den Tisch, welcher natürlich mit Essen gedeckt war.

„Wo ist Jenny?“, fragte ich und schaute mich um.

Normalerweise aß sie immer mit uns.

„Sie ist oben. Sie fährt uns das restliche Stück allein ans Ziel. So erwecken wir vorerst kein Aufsehen.“

Wir aßen nicht viel. Uns beiden war nicht danach zu mute.

„Hat es jetzt eigentlich funktioniert? Ich meine mit dir?“

Er nickte. Auch wenn es Einbildung war, aber ich dachte ein Schmunzeln bei Andrew gesehen zu haben. Dann wurde er wieder ernst.

„Du weißt doch noch was ich dir gesagt hatte, wie du dich verhalten sollst wenn wir da sind?“, fragte er, ohne mich anzusehen.

„Ja, ich soll dir nichts glauben“, entgegnete ich leise.

„Genau. Jenny und ich werden dort hineingehen, mit dir als unsere Geisel. Da Aron niemanden genau gesagt hat, nach wem gesucht wird, die Halbmenschen also nicht wissen das ich auch einer von den Gesuchten bin, können wir so unbemerkt bis zu Aron gelangen“, monoton sprach er diese Worte.

Es war ein Plan und in meinen Augen ein guter. Doch Andrew setzte alles in Zweifel was keine Hundert prozentige Sicherheit bot.

7

Wenige Minuten später stieß Jenny zu uns.

„Wir sind gleich da. Dann müssen wir noch ein bisschen laufen bis zum Königreich", sagte sie.

Gemeinsam gingen wir an Deck. Andrew der seinen Arm um mich gelegt hielt, drückte ein letztes Mal sanft zu. Dann ließ er ihn sinken und nahm Abstand. Ich sah zunächst nichts auffälliges, doch Andrews und Jennys Haltung verrieten mir, dass wir bald da waren. Wie aus dem Nichts tauchte auf einmal vor uns eine große Insel auf. Sie war mit einem weißen Puderzucker Strand bestückt. Palmen und andere Bäume überragten sich gegenseitig. Wie in einem Reisebürokatalog verlieh die Morgensonne einen zusätzlichen besonderen Charme auf diese Insel. Sollte an so einem schönen Ort tatsächlich das Böse herrschen?

Jenny legte das Boot fast genauso geschickt an wie Andrew sonst. Wenn man von dieser Insel wegwollte, benötigte man ein Boot. Wahrscheinlich war Andrew deswegen so geübt darin.

Mit wackeligen Beinen betrat ich die Insel. Diesmal zitterte ich aber nicht vor Müdigkeit, sondern vor Furcht. Vor allem vor das, was auf uns zukam. Wunderschöne Vogelgesänge traten mir ins Ohr. Es war ein mir komischerweise bekanntes Lied, über mehrere Oktaven und fast wie ein Kanon gesungen. Wenn dies nicht so ein schrecklicher Ort wäre, glich es fast dem Paradies.

Andrew und Jenny packten mich links und rechts am Oberarm. Für einen Augenblick war mir nicht klar, bis ich in Andrews Augen sah und wusste das das Spiel begann.

8

Kapitel 2

Wir liefen direkt und ohne einen bestimmten weg zu erkennen in den Wald. Umso mehr Bäume wir hinter und ließen, umso dunkler wurde es. Mir wurde schummerig und müde. Die Erschöpfung schlug wieder durch. Das wenige Adrenalin hielt mich einigermaßen wach. Meine Beine liefen schlurrend über den Boden. Da ich nicht sah, wo ich hintrat, stolperte ich mehrfach. Jenny und Andrew trugen mich den Rest schon fast durch den Wald. Plötzlich blieben wir stehen.

Adrenalin stieg in mir hoch. Ich wurde wieder wach. Was passierte nur?

„Sind wir schon", wollte ich wissen.

„Ruhe", fauchte Andrew mit einer so forschen Stimme in meine Richtung das ich zusammenzuckte. Obwohl er sich ein Knurren unterdrückte war sein Tonfall angsteinflößend.

„Du warst lange fort Jenny", sagte wie aus dem nichts plötzlich ein Mann zu uns. Zunächst konnte ich nichts erkennen. Auf einmal sah ich ein paar Meter vor uns im dunklen Wald, zwei Personen stehen. Ein Mann und eine Frau. Beide waren Anhänger Arons, wie wohl jeder auf dieser Insel. Allerdings erkannte ich dies an den blauen Gewändern, die sie trugen.

Jenny lächelte empört auf.

9

„Und jetzt bin ich wieder hier. Was unterstellst du mir Marco?", sagte sie arrogant.

Ein leichtes Zischen entglitt ihr.

„Ähm, natürlich, also nichts", nervös ging Marco einen Schritt zurück.

„Gut. Aron erwartet uns schon", Jenny klang so selbstbewusst und sicher das selbst ich ihr geglaubt hätte, wenn ich nicht schon wusste das alles eine Lüge war.

Aber vielleicht musste sie so selbstsicher sein, damit ihr Gefühle mitspielten?

„Aron ist unpässlich meine liebe. Es tut mir leid", sagte diesmal die Frau neben Marco.

„Du kannst dich mit deinem Spielzeug", sie warf einen abtrünnigen Blick auf mich „und deinem neuen Gefährten woanders austoben."

Jetzt sah sie Andrew an. Er erwiderte ihren Blick und hielt ihm stand. Bis Jenny sich einschaltete.

„Ava. Du solltest nicht zu vorschnell urteilen. Es wird Aron freuen das wir seine Aufgabe erledigt haben. Das meine liebe", Jenny zog an meinem Oberarm, um es deutlich zu machen. Auch wenn sie versuchte mir nicht weh zu tun, was ich hoffte, schmerzte ihr Griff.

„Sie ist diejenige nach der Aron schon so lange sucht. Und anstelle von jemanden der sich nicht von der Insel traut, habe ich mich auf die Suche gemacht und bin fündig geworden", sprach Jenny.

Meine Augen hatten sich schon so gut an die Dunkelheit gewöhnt das ich es richtig sah wie die Gesichtszüge von Marco und Ava entglitten.

„Und wer ist er und was ist mit demjenigen passiert der auf sie aufgepasst hat?", warf Marco schnell ein damit Ava und Jenny sich nicht an die Gurgel sprangen.

10

Die Luft zwischen den beiden stand unter Strom.

„Er mein guter, hat mir geholfen. Wir sind uns auf meinem Weg begegnet. Ich habe ihn angelernt und gezeigt was es heißt ein Inkubus zu sein. Siehst du nicht sein strahlendes Leuchten?", sagte sie stolz.

Mit einer Kopfbewegung deutete sie zu Andrew. Automatisch sah auch ich Andrew an. Auch wenn ich das Leuchten nicht sah, fühlte ich mich gezwungen ihn anzusehen. Er starrte immer noch Marco und Ava mit strengem Blick an. Die beiden warfen ihm ebenfalls einen kurzen Blick zu, dann sahen sie wieder zu Jenny.

„Gemeinsam haben wir denjenigen erledigt der es gewagt hat sich uns in den Weg zu stellen. Es war einfacher als gedacht", ein künstliches Siegeslachen kam aus ihrem Mund.

Für mich klang es so echt, dass mein Vertrauen an Jenny zu bröckeln begann.

„Und mein neuer Freund, konnte, nachdem wir die Aufgabe erledigt hatten, gar nicht genug von seinem neuen Dasein bekommen und will sich uns anschießen. Stimmst?"

Ein verführerischer Ausdruck blitzte in Jenny Augen auf. Andrew nickte nur und bestätigte Jennys Aussage mit einem bejahten Lächeln.

„Nun gut. Wir werden alle informieren, dass ihr hier seid", sagte Ava abschließend.

„Nein", ging Jenny dazwischen.

„Ich möchte meinen Vater überraschen. Lasst mir doch die Freude! Ich werde euch später auch etwas von der bevorstehenden Belohnung abgeben. Mein Wort darauf."

Auch wenn es Marco und Ava nicht so recht gefiel, überlegten sie nur kurz, nickten und verschwanden in den Wald.

11

„Viel Spaß mit deinem neuen Gefährten Jenny. Er scheint wirklich was für dich übrig zu haben", sagte Marco und verschwand in der Dunkelheit. Dann hörten wir nur noch ein abscheuliches Lachen, welches nach und nach im Wald verstummte.

Mein Blick suchte erneut Andrews Antlitz. Dieser schaute allerdings ohne auch nur eine Miene zu verziehen, stur geradeaus. Die beiden zogen mich ruppig weiter, immer tiefer in den Wald hinein.

Ich hatte jegliches Zeitgefühl verloren. Vielleicht waren wir zwei Stunden oder mehr unterwegs gewesen. Wir stoppten erneut. Mittlerweile war es schwer die Augen offen zu halten. Doch immer, wenn sie mir zufielen, sah ich das harte Gesicht von Andrew vor mir und wie er mich anschrie. Dieser Gedanke hielt mich wach. Weit und breit waren weiter hin nur Bäume zu sehen.

Jenny ließ meinen Arm los. Wie ein kleiner Stromstoß durchfuhr es meine Körper als das Blut wieder ohne Störungen durch meinen Körper floss. Was war los? Waren wir endlich angekommen? Fragen wollte ich nicht. Es konnte uns jeder hören und Andrew würde, nein, er musste, so reagieren wie vorhin. Die Abweisung konnte ich nicht noch einmal ertragen. Nur flüchtig nahm ich es wahr das Andrew mich ansah. Ich schaute bewusst nicht in seine Richtung. Rein aus Selbstschutz, damit ich den Schmerz nicht sehen musste der ihn durchfuhr, wenn er meine Gefühle zuließ.

Jenny kam zurück und ging auf uns zu. Schmerzhaft packte sie erneut meinen Oberarm.

„Kommt! Wir sind da!", sie führte uns um einen großen Felsen herum. Am anderen Ende war eine große schwere Tür eingelassen. Sie öffnete

12

sich ohne, dass jemand sie berührte oder etwas sagte. Ein grelles Licht blendete mich. Jenny und Andrew zogen mich schweigend hinein.

Es war als hätten wir eine andre Welt betreten. Nach wenigen Schritten standen wir in einem großen Raum. Hoch oben an den Wänden waren große Fenster eingelassen, die viel Sonnenlicht schenkten. Ansonsten war der Raum leer.

Mit schnellen Schritten durchquerten wir diesen Raum. Am anderen Ende war eine Tür, die ebenfalls in solch einen hellen und großen Raum führte.

Umso weiter wir gingen umso nervöser wurden Jenny und Andrew. Sie schauten sich immer wieder um als würden sie etwas suchen?! Mir kam das alles auch äußerst merkwürdig vor. Gab es hier keine Wachen oder ähnliches? Liesen sie uns wirklich hier so unbeschwert eintreten? Wir durchquerten einen letzten Raum und gingen durch eine letzte Tür, bis wir am Ziel ankamen.

Dieser letzte Raum war sehr dunkel gehalten. Eine Kälte überzog meinen Körper das es mir schauderte. Keine Fenster waren zu sehen. Nur einige Fackeln an der Wand durchfluteten alles leicht mit Licht. In den Schatten an der Wand standen die Wachen, wenn auch nur schwach zu erkennen. Am Ende des Raumes war ein großer Thron zu sehen. Er war mit Gold und Diamanten bestückt, fast so prunkvoll wie der von Lilith. Man spürte sofort, dass er ihr Sohn war.

Jenny und Andrew ließen mich los. Ich konnte mich allein nicht halten und ging auf die Knie. Andrew fing mich auf. Unsere Blicke trafen sich. Die pure Angst stand Andrew ins Gesicht geschrieben und ich wusste genau wir waren unmittelbar am Ziel angekommen.

Langsam und nahezu Elfengleich ging Jenny vor; Andrew und ich folgten ihr direkt. Wo war denn nur Liliths Hilfe? Mein Blick huschte auffällig von links nach rechts. Ich suchte irgendetwas, das vielleicht leuchtete oder wenigstens ein bisschen den Anschein machte als wäre es uns eine Hilfe. Auch Jenny und Andrew sahen sich aufmerksam um. Mehrere Meter vor Aron blieben wir stehen. Die Wachen standen immer noch dort, wo sie waren. Auch Aron bewegte sich nicht. Er saß reglos auf seinem prunkvollen Thron. Wie damals auf dem Friedhof trug er wieder diesen schwarzen Umhang. Seine Haut war weiß, fast weißer als der Mond. Die Haare wieder ordentlich nach hinten gelegt, der Blick nach unten gesenkt.

„Jenny", sprach Aron.

Ohne zu zögern, ging sie auf Aron zu und kniete sich vor ihn.

„Vater. Ich habe dir gebracht wonach du verlangt hast", sagte sie anbetend.

Andrew neben mir wurde wütend. Er sah mich an. Ich wusste das es wegen Jennys Gefühlen war. Sie hatte uns die ganze Zeit angelogen und hierhergelockt.

„Hab dank, mein Kind. Und dazu sind beide noch am Leben. Welch eine Freude", euphorie schwang in Arons Worten mit - er schaute auf. Seine schwarzen Augen funkelten Andrew an. Mir würdigte er keinen Blick.

„Was euch betrifft, habe ich schon eine gewisse Vorstellung was wir mit euch machen können. Was hältst du davon, wenn wir uns deine kleine Freundin vornehmen. Die ganze Wache. Einer nach dem anderen und dann kannst du auch gerne nochmal bei ihr", Aron sprach nicht weiter.

14

Andrews Atem wurde unregelmäßig. Er ballte die Hände zu Fäusten und ging ein Schritt vor. Ich hielt ihm am Arm zurück.

„Warte", nuschelte ich.

Dann ging ich einen Schritt vor und wand mich an Aron.

„Wir würden gerne noch einmal mit ihnen reden", sagte ich.

Arons Blick lag jetzt hart auf meinem. Ich versuchte ihm stand zu halten. Und es gelang tatsächlich.

„Was", zischte er.

„Was genau willst du menschenwesen mir erzählen?"

Auch wenn mein Herz so stark gegen meine Brust hämmerte das es weh tat, musste ich es wenigstens versuchen meine Bitte vorzutragen.

„Ihr müsst verstehen das Andrew und ich uns nicht trennen können. Sie wollen Andrew aus Liebe wieder bei sich haben, doch ich liebe ihn mindestens genauso sehr. Nehmen sie ihn mir nicht weg. Ich flehe sie an. Bitte. Aus Liebe zu ihrem Sohn, machen sie ihn glücklich und lassen ihn seinen eigenen Weg gehen", versuchte ich an Aron zu appellieren.

Jenny, die jetzt neben Aron stand, lachte verächtlich auf. Plötzlich fingen meine Beine an zu zittern. Eine Hitze stieg von unten nach oben in mir auf. Umso höher die Hitze stieg, umso heißer wurde sie. Ich griff mir an die Kehle und keuchte. Es war als würde ich innerlich verbrennen. Das Feuer ließ sich nicht löschen. Langsam, aber deutlich fuhr mir das Feuer in den Kopf. Ich sackte auf die Knie und schloss die Augen.

„Ahhh", stieß ich hervor.

15

In Windeseile war Andrew neben mir, doch ich spürte es nicht. Nur sein Duft nahm ich wahr. Das Feuer beherrschte meine Körper vollkommen.

„Hör sofort auf damit", schrie Andrew Aron an.

Diverse Bilder schossen mir durch den Kopf. Sues Beerdigung. Tylor der sich an mir verging und zum Schluss noch Andrew der in Flammen stand. Mit jedem Atemzug, den ich tat, verbrannte meine Lunge mehr. Ich sackte ganz zu Boden.

Plötzlich war das Feuer weg. Ich bekam wieder normal Luft und die schlimmen Bilder waren verschwunden. Meine Muskeln entspannten sich so dass ich vor Erschöpfung liegen blieb. Umgehend lag ich in Andrews Armen. Mein Sehnlichster Wunsch nach dieser Höllenfahrt war es jetzt nur zu schlafen. Hier und jetzt in Andrew Armen.

„Lexa", flüsterte Andrew mir ins Ohr.

„Schatz, du darfst jetzt nicht schlafen. Bleib wach, bitte!"

Ich öffnete meine Augen. Mit Andrews Hilfe rappelte ich mich auf. Ich war noch nicht ganz auf den Beinen, da ließ Andrew mich los. Taumelnd stand ich da und betrachtete was gerade vor meinen Augen passierte. Andrew währte unmittelbar vor mir Wachen ab, damit diese mich nicht angreifen konnten. Jenny kämpfte auf der anderen Seite mit Aron. Moment, Jenny kämpfte gegen Aron? Also war sie doch auf unserer Seite!

Andrews Kampf war unausgeglichen. Er machte eine Wache nach der anderen fertig. Doch Jenny die allein kämpfte und keine weiteren Wachen am Hals hatte, kam nicht klar. Plötzlich traf Aron sie so hart auf der Brust, dass sie im Hohen Bogen gegen eine weit entfernte Wand flog und reglos liegen blieb.

16

„Jenny, nein", flüstere ich.

Automatisch rannten meine Beine in ihre Richtung um zu Helfen. Schließlich war sie tatsächlich auf unserer Seite. Nach nur wenigen Metern ging ich zu Boden. Die Hitze überfuhr mich erneut – Aron hielt mich mit seelischen Schmerzen auf. Ich knickte weg. Im nächsten Augenblick war der Schmerz wieder verschwunden. Ich blickte mich um und sah das Andrew alle Wachen soweit erledigt hatte und mit Aron am Kämpfen war. Dieser Kampf wirkte unentschieden. Ohne jegliche Waffen trafen sich Aron und Andrew nacheinander. Manchmal ging einer in die Knie, doch fast immer steckte einer die Schläge des anderen, ohne einzuknicken weg.

Schnell ergriff ich die Initiative, rappelte mich auf und ging weiter auf Jenny zu. Bei ihr angekommen, lag sie benommen und stöhnend am Boden.

„Jenny", flüsterte ich.

Sie sah zu mir auf. Gemeinsam stützten wir einander.

„Lexa Vorsicht", schrie Jenny in meine Richtung und schleuderte mich aus dem Weg. Über mehrere Meter schlitterte ich über den Boden quer durch den Raum. Sobald ich wieder klar sehen konnte erkannte ich das Jenny jetzt dabei war die Wachen von mir fernzuhalten. Immer neue Wachen kamen von überall her. Jenny hatte jedoch die Oberhand – ein Glück. Sie schleuderte eine Wache nach der anderen mühelos davon. Angsterfüllt wagte ich einen Blick in Andrews Richtung. Der Kampf zwischen ihm und Aron dauerte noch an. Aron, aber auch Andrew waren mittlerweile so angeschlagen das sie das Zepter des Stärkeren immer wieder abgaben. Genauestens beobachtete ich jede Bewegung, jeden Schlag den Andrew austeilte. Alles ging jedoch so schnell, dass

17

ich nur Bruchteile mitbekam. Es steckte eine solche Wut in Andrew, das Aron in meinen Augen immer öfter unterlegen war. Auf einmal flog Andrew quer durch den Raum und landete mit einem lauten Knall an der Tür, wo wir zuvor eingetreten waren. Kaum einen Atemzug später stand Aron schon vor ihm. Er drückte ihn gegen seine Kehle und mit all seiner Kraft an die Tür.

„Nie werde ich es zulassen das du jemanden verdienst der dich liebt. Du hast mir, deinen eigenen Vater, vor den Kopf gestoßen! Das wird nicht ungesühnt bleiben", rief Aron aus tiefster Brust.

Andrew war mittlerweile schon so erschöpft, dass seine Abwehrversuche Aron zum Schmunzeln brachten. Panisch sah ich mich im Raum um. Jenny kämpfte verzweifelt gegen noch mehr Wachen, Andrew war dabei zu sterben. Wo war nur Liliths versprochene Hilfe? Tränen der Wut und Verzweiflung liefen mir über die Wange.

„WARTE! STOPP!!!", kam es plötzlich aus meinem Mund. Ich rappelte mich mühsam auf.

„Nimm mich, bitte! Lass ihn am Leben! Nehme mich! Dann hast du das was du willst", schlug ich vor.

Mit zitternden Beinen machte ich zwei Schritte auf die beiden zu. Andrew war immer noch im Würgegriff von Aron. Dieser blickte mich mit zusammengekniffenen Augen an.

„Nein", kam leise und gequält aus Andrews Mund, doch Aron drückte daraufhin noch fester zu.

„Wieso sollte ich dann das haben was ich will Schätzchen?", fragte Aron und sah mich mit neugierigen Blick an.

18

„Wenn du mich tötest, wird Andrew seine Liebe verlieren. Auch wenn er vielleicht nicht zu dir zurückkommt, wird er den Rest seines Lebens unglücklich sein", eklärte ich meine Worte.

Ich stellte mir einfach vor, wie es mir ergehen würde, wenn ich ihn verlor. Und da solche Gedankenspiele damals schon bei Andrew gut funktioniert hatten, um bestimmte Gefühle hervorzurufen, versuchte ich es einfach.

Arons Blick verriet mir, dass er genau das spürte was ich wollte. Auf einmal zog er Andrew an seinem Hemd vor und knallte seinen Kopf mit aller Gewalt zurück gegen die Tür. Regungslos sackte Andrew zusammen.

„Nein", erneut ging ich einen Schritt weiter, doch Aron stand schon vor mir. Seine Hand lag nun um meinem Hals. Langsam und bestimmend drückte er mich zurück bis an die kalte Wand.

„Es ist sehr nobel von dir, dein Leben zu Opfern um ihn zu Retten. Einen Halbmenschen", er lachte auf.

„Und du hast sogar Recht. Auch wenn ich es nie zugeben würde, aber du hast mir eine gute Lösung vorgeschlagen", sagte er triumphierend.

Wieder spürte ich die Hitze aufsteigen. Wenigstens wusste ich was mich erwartete. Dann kamen die schrecklichen Bilder. Ich versuchte in regelmäßigen Zügen die heiße Feuerluft einzusaugen. Bis schließlich meine Lunge verbrannte und ohne Luft war. Es war alles vorbei. Ich konnte nur hoffen das Andrew und ich uns irgendwann, egal in welchem Leben, einmal wiedersehen würden.

Da ich meinen Körper nicht spüren konnte, hatte ich auch keinerlei Schmerzen. Wie es schon von so vielen erzählt wurde, zog tatsächlich mein Leben noch einmal wie ein Film an mir vorbei. Schöne Momente,

19

wie mein erster Geburtstag an den ich mich sowieso nicht erinnerte. Meine Großeltern, wie sie mich das erste Mal sahen. Die Abende, wo meine Mutter und mein Vater mir Geschichten vorlasen. Dann brach der Film ab.

Unerträgliche Schmerzen quälten mich. Jede Faser in meinem Körper begann zu zucken. Es war nicht die Hitze, sondern eher, als wenn mein ganzer Körper sich gegen sich selbst währte. Ich riss die Augen auf. Andrew war über mir gebeugt. Andrew? Er war nicht tot?

Eine ganze Zeit lag ich da mit diesen Höllenqualen an Schmerzen. Ab und an warf ich durch meine Tränen durchtränkten Augen einen Blick auf Andrew. Er ließ sichtbar meine Gefühle zu. Das wollte ich nicht, aber ein klares Sprechen war unmöglich.

„Hör auf", kam nur gequält aus meinem Mund. Sehnlichst wünschte ich mir das Gefühl von eben zurück. Das Gefühl des nichts Fühlens. „Hör auf", sagte ich erneut zu Andrew. Er sollte nicht erfahren, wie es in mir aussah - wie ich litt und dagegen ankämpfte.

Erneut flogen fetzten von meinem Leben an mir vorbei. Andrew, wie ich ihm das erste Mal in die Augen sah. Unser erster Kuss und mein Gefühl vom Ohnmächtig werden jedes Mal, wenn er lächelte. Der Schmerz ließ nach und ich öffnete die Augen. Andrew war weiterhin über mich gebeugt. Sein Haar waren wild zerzaust, genauso wie ich es am liebsten an ihm sah. Ich lächelte ihn an. Er war also am Leben. Die Erkenntnis machte mich glücklich. Doch ich wusste auch das meine Zeit bald gekommen war. Dieser eine Moment ohne Schmerzen ohne Angst und ohne Sorgen gaben mir noch ein letztes Mal die Möglichkeit, das Glück zu genießen und für alles je dagewesene dankbar zu sein.

20

„Andrew", flüstere ich und legte eine Hand an seine Wange. Ich spürte nicht ob er warm oder kalt war. Doch ich musste kalt gewesen sein, denn bei meiner Berührung zuckte er leicht zusammen.

„Wir bringen dich hier raus. Es wird alles wieder gut mein Schatz." Seine Worte gaben mir allerdings keine Hoffnung zurück. Ich spürte ganz genau das es nicht mehr lange dauern würde.

„Nein. Es, ist schon alles gut, so wie es jetzt ist", flüsterte ich. Tränen liefen über seine Wange und tropften auf mich herab.

„Sch. Nein, nicht", sprach ich ihm zu und wischte mit meiner Hand leicht seine Tränen weg.

Dann fuhr ich ein letztes Mal mit meiner Hand in seinen Nacken und zog ihn kraftlos zu mir herunter. Als unsere Lippen nur noch Millimeter voneinander entfernt waren, lächelte ich ihn erneut an. Mir wurde abermals bewusst was für ein Glück ich hatte noch einmal so Abschied nehmen zu dürfen.

„Erinnerst du dich an unser Gespräch über den Tod des anderen?", sagte ich noch.

Er antwortet nicht. In seinem Gesicht lag jedoch dieser Ausdruck das er genau wusste was ich meinte.

„Ich werde dich immer lieben meine Sonne", kam nur noch sehr leise über meine Lippen.

Andrew reagierte nicht auf meine Antwort.

„Es wird alles wieder gut. Wir bringen dich", Andrew gab nicht auf.

„Schsch", unterbrach ich ihn und legte meine Finger an seinen Lippen.

„Versprich mir bitte etwas", saget ich.

Stumm sah er mich an. Auch wenn ich keine Gefühle spüren konnte, wusste ich genau, dass er keinen Abschied nehmen wollte.

21

„Bitte", setzte ich erneut an.

„Alles was du willst", seine Stimme brach ab.

„Sag meinen Eltern das ich sie über alles Liebe. Es wird mir gut gehen, sie sollen nicht böse sein. Bitte."

„Keiner wird dir Böse sein meine Schöne. Das verspreche ich dir."

Noch mehr Glück durchfuhr meinen Körper. Sein Blick war qualvoll, obwohl ich mich so gut fühlte. In diesem Moment wünschte ich mir das er spürte, wie es mir ging. Mir kam es hingegen so vor, als wenn er diese guten Gefühle bewusst nicht zuließ.

„Du musst loslassen. Fühle es", sagte ich noch leiser als würde ich flüstern.

Wie gewohnt streichelte er mir mit seiner Hand das Haar. Dann gab es einen letzten Kuss. Jeder von uns legte so viel Gefühl in diesen einen, letzten Kuss, dass es mich wohl nie verlassen würde - egal ob lebendig oder tot. Meine Augen fielen zu, doch als der Kuss beendet war, öffnete ich sie noch einmal. Andrew war immer noch dicht über mir. Ein heller Schein umgab ihn. Er tauchte seinen Körper in ein Licht, welches nur für Engel bestimmt sein konnte – für meinen Engel.

Wie aus dem nichts nahm ich meinen Körper wieder wahr. Wärme erfüllte mich. Sterben war unbeschreiblich. Auch wenn die meisten Menschen sich davor fürchteten, musste man keine Angst haben. Es tat nicht weh, bereitet keine Qualen, sondern erlöste, wenn die Zeit gekommen war.

22

Kapitel 3

Mit einem Bild von Andrew vor Augen, schloss ich diese. Und obwohl es hätte dunkel sein müssen, wurde es immer heller und heller. Als es zu hell wurde, riss ich meine Augen wieder auf – doch ich sah nichts. Vorsichtig rieb ich sie mir und erkannte auf einmal, wo ich war. Ich stand neben Andrew. Er hielt meinen leblosen Körper fest in seinen Armen und weinte bitterlich. Wieder und wieder rief er meinen Namen. Gequält kamen diverse laute aus seiner Kehle. Als Jenny ihn an der

Schulter berührte, knurrte er aus voller Brust. Fast tadelnd sprach ich lautlos seinen Namen.

„Nicht schon wieder! Warum? WARUM?!", schrie er in die Dunkelheit. Wie gerne hätte ich ihm jetzt geholfen. Leider war dies nicht mehr möglich; weder trösten oder gar küssen. Ich beugte mich zu ihm herunter und streichelte mit aller Zärtlichkeit seine Wange. Ein kühler Schauer überkam ihn und für einen kurzen Moment stockte sein Atem. Durch seine präzisen Sinne nahm er alles sehr gut wahr, und in diesem Moment war ich unglaublich dankbar dafür.

„Nicht weinen. Es ist richtig so wie es ist", flüsterte ich ihm entgegen.

„Da wäre ich mir nicht so sicher", hörte ich plötzlich eine mir sehr vertraute Stimme.

Zwar musste ich ein paar Sekunden nachdenken, um dieses vertraute Gefühl nach so langer Zeit wieder zuzuordnen, dann war mir jedoch klar wer dieser jemand war.

„Sue?", nuschelte ich. Konnte das wirklich sein? Sue war tot. Moment, ich war seit ein paar Minuten ebenfalls tot. Dann war dieses treffen real?

Mit einer blitzschnellen Bewegung drehte ich mich um. Sue stand so vor mir wie ich sie seither in Erinnerung hatte. Ihr kurzes blondes Haar war ordentlich frisiert, keine Müdigkeitserscheinungen, der mir nur allzu bekannte Hundeblick blitzte in ihren Augen auf – einfach perfekt. Ich fiel ihr um den Hals.

„Sue, du bist es wirklich. Ich bin so froh dich zu sehen", sagte ich und drückte mich noch fester an ihre Brust.

„Ich bin auch so froh dich wieder zu sehen."

Wir lösten unsere Umarmung ein wenig.

24

„Ich, ich habe dich so vermisst. Bist du da um mich, abzuholen? Bist du jetzt ein Engel oder so?", fragend zog ich eine Augenbraue nach oben.

„Naja, also gewissermaßen bin ich schon ein Engel, nur das ich nicht da bin, um dich abzuholen", antwortete sie.

Ich verstand sie nicht wirklich. In mir putschte mich die Freude und das Glück, das ich noch eine Gelegenheit bekam, mich bei ihr zu entschuldigen für all das was passiert war.

„Sue, es tut mir leid wegen deiner Beerdigung. Ich weiß nicht ob du", begann ich zu reden.

Auch wenn ich tot war, ging mein Atem bei diesen Gedanken unregelmäßig und ich schnappte nach Luft.

„Jetzt beruhige dich doch erst einmal! Tief ein und ausatmen. Du kannst zwar nicht mehr sterben, aber hyperventilieren funktioniert ja noch wunderbar! Genau wie früher, oder?", sie grinste mich frech an.

Mein Atem normalisierte sich.

„Wenn es dich beruhigt, ich habe alles auf der Beerdigung gesehen. Du hast dich so fertig gemacht Süße, dabei war es doch nicht deine schuld!", sagte sie und streichelte meine Wange.

Eine Träne lief mir über. Geschickt fiel sie in Sues Hand.

„Aber Aron hat dich getötet und das nur wegen mir", sagte ich quälend.

„Und genau deshalb hat Aron seine gerechte Strafe auch bekommen", antwortete sie und lächelte mich an.

Sofort stoppten meine Tränen.

„Wie meinst du das?", fragend blickte ich in ihr glückliches Gesicht.

„Lilith hat mich geschickt", sagte Sue und strahlte vor Stolz bei diesen Worten.

„Lilith? Dich? Aber woher wusste sie, woher kennt sie dich?"

Ich verstand nicht ganz was Sue meinte. Als wir bei Lilith vorstellig wurden, war sie doch bereits tot?

„Also es fing alles mit meinem Tod an. Da ich durch einen Dämon getötet wurde und dazu auch noch unschuldig war, fand meine Seele keine Ruhe und ich konnte nicht ins Licht gehen. Ich habe mich zuerst auf Ben und meine Mutter konzentriert, aber dann spürte ich das es ihnen nicht guttat, wenn meine Seele noch in der Nähe ist. Sie konnten so einfach nicht loslassen. Und ich auch nicht."

Wie aus dem nichts liefen Sue und ich einen Waldweg entlang. Es war ein schöner Sommertag und die Vögel zwitscherten. Wir waren an dem Ort, wo wir früher als Kind immer viel gespielt hatten. Verdattert schaute ich mich um.

„Sorry, hätte dich vielleicht vorwarnen sollen. Ich dachte mir das das hier ein schönerer Ort zum Reden wäre? Oder gefällt es dir nicht? Ich kann auch", sagte Sue.

Wie wild gestikulierte sie mit ihren Armen herum.

„Nein, nein. Es ist perfekt", sagte ich bestätigend.

Wir strahlten uns an.

„Also wie war das jetzt mit deiner Seele?", griff ich das Thema wieder auf.

„Achja. Also nachdem ich auch von Ben und meiner Mutter Abschied genommen hatte, machte ich mich auf die Suche nach jemanden der mir helfen konnte, wie ich meine Seele befreie", mit ruhiger Stimme erzählte sie von ihrer Nachtoderfahrung.

26

„Und dann bist du auf Lilith gestoßen?"

„Nein, das war erst später. Ich habe mit diversen Menschen, die sich Medium schimpften, geredet. Einige hätten vor Schreck fast einen Herzinfarkt bekommen als ich mit ihnen sprach! Und so etwas nennet sich Medium. HA!", sie schüttelte geistesabwesend den Kopf „Dann aber fand ich einen Priester, der mir half. Er meinte ich müsste richtig Abschied nehmen. Mich komplett von dieser Welt hier lösen. Doch das war gar nicht so einfach. Ich war so sauer auf Aron und wollte Rache. Dann habe ich mich an dich gehalten. Eine ganze Zeitlang habe ich dich beobachtet, aber nie kontaktiert. Es war schrecklich zu sehen was du alles durchmachen musstest…es tut mir leid, aber ich durfte einfach nicht eingreifen. Das Gleichgewicht der Welten durfte durch mich nicht gestört werden", schuldbewusst sah sie mich an.

„Und wie bist du jetzt an Lilith geraten?", fragte ich neugierig nach.

„Als Andrew von ihr erzählte, wie mächtig sie sei, habe ich mich dafür entschieden euch zu begleiten und zu sehen ob das wirklich so war."

Immer noch liefen wir durch den unglaublich schönen Wald. Er sah zwar so aus wie der Wald von damals, nur irgendwie noch perfekter. Sue sprach weiter.

„Nach kurzer Zeit habt ihr sie dann gefunden und ich bin mit euch hineingegangen. Aber es war gar nicht nötig das ich sie anspreche, sie ist auf mich zugekommen", erklärte Sue.

„Sie auf dich?"

Ich blieb stehen. Sue nickte.

„Sie hat mich gesehen, wie ich euch gefolgt bin und wollte wissen, warum ich bei euch bin. Ich erzählte ihr das mit Aron und so hat sie mich in eurem – Spiel - wie sie es ja gerne nennt. Mit eingebunden. Ich

27

durfte eure Hilfe sein", sagte sie und stand mit stolzer Brust vor mir. Ihr Lächeln war wie das von einem Magazin Cover.

„Und das ohne Gegenleistung?", fragte ich besorgt.

Das konnte doch nicht stimmen. Andrew sagte mir damals schon das Lilith nichts ohne Gegenleistung machen würde. Unser Einsatz war unser beider Leben, doch welches wäre Sues Einsatz? Sie war doch bereits tot?

„Wenn ihr das Spiel nicht gewonnen hättet, so nenne ich es jetzt mal, dann würde ich für immer zwischen den beiden Welten als verlorene Seele herumreisen. Aber ich habe dir vertraut. Ich wusste das du es schaffst!"

Ich verstand Sue noch immer nicht.

„Aber wie haben wir es geschafft? Ich dachte wir würden einen Gegenstand bekommen oder müssten eine Tat vollbringen? Und wie meinst du das, dass du unsere Hilfe bist?", mein Kopf schwirrte bei all den Fragen.

Sue nahm weiterhin grinsend meine Hände.

„Lexa, du hast eine ganz wunderbare Tat vollbracht. Weißt du nicht mehr?"

„Ich? Nein, was denn?", fragte ich.

Schnell ging ich alles noch einmal durch was in dem Königreich passiert war. Es wollte mir jedoch nicht einfallen.

Sue legte mir eine Hand auf die Schulter.

„Selbstlosigkeit Süße. Du hast dich als Opfer angeboten damit ein anderer weiterleben durfte."

„Andrew", sagte ich mich erschrecken und tiefer Sehnsucht.

28

„Genau. Lilith war sich sicher das Andrew sich für dich opfern würde, doch dass du ihm zuvorkamst, fand sie sehr interessant", erklärte Sue.

„Aber jetzt bin ich Tod Sue. Ich verstehe das alles nicht."

Ich löste mich von ihr und schlug mit einer Hand gegen einen Baumstamm.

„Hey", Sue drehte mich wieder zu sich herum und sah mich an „Das sollte ja auch so sein. Ihr habt Liliths Spiel gewonnen und somit darf ich es sein die dir das Leben wiederschenken wird. Das ist die Hilfe!"

Ein großes Klicken hallte in meinem Kopf nach. Jetzt erst verstand ich.

„Und auch meine Seele kann nun hoffentlich in Frieden ruhen. Ich habe mich mit dir ausgesprochen und Aron ist vernichtet. Das wird wohl reichen", sagte Sue, während ein verschmitztes Lachen über ihr Gesicht flog.

Sie hatte so viel mehr Selbstvertrauen als damals noch zur Menschenzeit. Es war unglaublich. Eine Frage beschäftigte mich allerdings noch.

„Wie hast du es geschafft Aron zu vernichten? Nicht einmal Andrew mit Jenny zusammen kamen gegen ihn an."

Ich rieb vor lauter Gedankensalat meine Stirn. Auf meine Frage antwortete sie gelöst und locker.

„Wieso hat Lilith die Macht mich ins Licht zu schicken? Wieso gibt es Halbmenschen? Wieso kann ich dich zurückschicken?", stellte Sue all diese Fragen.

Weiterhin nicht wirklich überzeugt, sah ich in ihre Augen. Sie fehlte mir in diesem Moment noch mehr als wie ich noch am Leben war.

Beruhigend redete sie weiter.

29

„Es lässt sich nicht immer alles erklären. Lilith hat mir diese Möglichkeit mitgegeben Aron zu gegebenem Anlass zu vernichten. Genauso wie Du mir durch deinen Akt der Selbstlosigkeit, die Möglichkeit gegeben hast, dich in die reale Welt zurückzuschicken."

„Ich bin mir nicht sicher, ob das tatsächlich reicht", warf ich skeptisch ein.

„Ich bin sicher, dass es gereicht hat. Sonst wäre meine Seele denke ich schon verdammt und wir könnten uns hier nicht so gut unterhalten", fasste sie zusammen.

Wir grinsten uns dann.

„Ok", flüsterte ich so überzeugt, wie es nur ging.

„Gut. Dann wollen wir mal loslegen!"

Sue klatschte euphorisch in die Hände.

„Andrew macht sich schon genug Sorgen. Schließlich weiß er nichts von eurem ‚Gewinn'."

Ihr Lächeln wurde breiter. Dann schloss Sie ihre Augen. Nur einen Moment später öffnete sie sie wieder und sah mich feste an.

„Bevor ich es noch vergesse, tust du mir noch einen gefallen?", fragte sie und sah mir direkt in die Augen.

Ich schluckte hart.

„Alles was du willst", antwortete ich.

Sie hatte mir schließlich das Leben gerettet.

„Kümmerst du dich bitte um Ben. Binde ihn in euer Leben mit ein. Eine richtige Familie hat er doch so nicht und meine Mutter ist auch keine Hilfe. Sag ihm aber nicht das ich es dir gesagt habe. Versuch alles aus reiner Selbstlosigkeit zu tun. Bitte!"

Diesmal war ich es die ihre Hände nahm.

30

„Natürlich werde ich das machen. Sehr gerne sogar!"

Wir fielen uns ein letztes Mal in die Arme.

„Und noch etwas", flüsterte Sue.

„Ja? Was ist denn?"

„Ich weiß nicht, wie ich es dir sagen soll, aber pass einfach gut auf euch drei auf, ja?", sagte Sue mit einen Ausdruck in den Augen, den ich noch nie zuvor gesehen hatte.

„Ja. Aber wieso", wollte ich nachfragen, doch sie viel mir erleichtert ins Wort.

„Schön, dann fangen wir jetzt an. Es kann ein wenig weh tun. Also nicht als Geist, sondern wenn du wieder aufwachst. Seelen zurückzuschicken ist nicht gerade leicht. Ich habe es ein paar Mal gesehen als ich nach einer Lösung für mein kleines Problem gesucht hatte. Aber gut, das nimmst du doch sicherlich auf dich, oder?"

Sue zwinkerte mir zu - ich nickte. Wir atmeten tief ein und aus.

„Bereit?", fragte sie.

„Danke Sue. Ich habe dich lieb!"

„Ich habe dich auch liebe Süße. Achtung es geht los!"

Sue legte mir die Hände auf die Schultern. Der Wald um uns herum war verschwunden. Alles wurde schwarz und ich schloss meine Augen. Wie sekundenlang im freien Fall spürte ich keinen Himmel und keine Erde. Schwerelos trieb meine Seele zwischen beiden Welten hin und her. Bis mich plötzlich etwas Schweres auf den Boden schmetterte. Es erdrückte mich fest und ich bekam keine Luft. Wie wild versuchte ich einzuatmen, bis es mir schließlich gelang. Jeder Muskel in mir verkrampfte sich bis zur Unendlichkeit - dann erschlaffte mein Körper.

„Was ist mit ihr? Lexa!", rief Andrew.

31

Er war wieder bei mir. Oder besser, ich war wieder bei ihm. Stützend lag ich in seinen Armen. Vorsichtig öffnete ich die Augen. Vor mir waren nicht nur Andrew und Jenny. Neben ihnen stand auch noch Sue. Das Geplapper von Jenny und Andrew blendete ich bewusst aus. Was war mit Sue? Hatte es nicht funktioniert? Dann wandte Sue sich mit einem Lächeln zu mir.

„Es hat funktioniert Lexa, meine Seele ist frei. Denk bitte an Ben. Und vergesse mich nicht. Ich habe dich lieb", sie schaute wieder nach vorne ins nichts.

„So wunderschön", nuschelte sie, ging zwei Schritte vor und verschwand.

„Niemals", sagte ich voller Zustimmung. Niemals würde ich ihre bitte vergessen mich um Ben zu kümmern oder auf uns drei aufzupassen. Niemals würde ich Sue je vergessen.

„Hallo? Hey Lexa, hööööörst du mich?", Jenny fuchtelte wie wild mit ihrer Hand vor meinem Gesicht herum. Ich ergriff ihre Hand und schob sie weg.

„Ja, ich kann euch hören", sagte ich.

Dann dauerte es keine Millisekunde und Andrew hatte mich fest im Arm. Er weinte noch immer – jetzt vor Freude, so kam es mir wenigstens vor.

„Du bist hier. Du lebst. Ich bin so froh", stieß er hervor.

Schnell löste er unsere Umarmung.

„Wie geht es dir? Bist du ok? Wie hast du das gemacht? Du, du warst", staunend sah er mich an.

„Nun gebe ihr doch einen Moment Zeit und bombardiere sie nicht gleich mit so vielen Fragen", tadelte Jenny in Andrews Richtung. Doch

32

wir beide hörten ihr nicht zu. Mit jeder Pore meines Körpers nahm ich nur noch Andrew wahr. Er sah glücklich und trotzdem so mitgenommen aus. Vom Kampf war seine Kleidung zerfetzt, die Tränen taten der Seele den Rest an. Versunken in unseren Blicken, begannen wir uns zu küssen. Der Kuss war wie unser erster – welches auf eine Gewisse Art und Weise auch stimmte. Unser erster Kuss in meinem zweiten neuen Leben.

Kapitel 4

Andrew half mir auf. Kaum stand ich auf meinen eigenen Beinen, knickte ich weg.

„Komm, wir helfen dir", sagte Jenny mit ruhiger Stimme.

„Ich mach das schon", antwortete Andrew schnell und schwang mich auf seinen Arm. Ein unglaublich schönes und sicheres Gefühl umgab mich.

„Du kannst schlafen, wenn du willst. Es ist vorbei", sagte er sanft.

Ich sah ihn an. Im Moment war mir allerdings überhaupt nicht zum Schlafen zu mute. Ich wollte ihn unbedingt von meiner Begegnung mit Sue erzählen und dass sie es war die uns geholfen hatte. Meine Augen verhakten sich in Andrews dunklem Blick. Mir wurde klar, dass es wirklich noch etwas Zeit hatte und ich ihm später noch alles genau erzählen konnte. Ich schloss die Augenlieder und schlief ein.

Ein beruhigendes monotones Geräusch lag mir in den Ohren. Wir waren wieder auf dem Boot. Auch wenn ich es am Anfang nicht für möglich gehalten hätte, freute ich mich darüber jetzt auf dem Wasser zu sein. Weit weg von Arons Insel, von Aron selbst und den ganzen Halbmenschen. In ein paar Stunden würde ich meine Mutter und meinen Vater endlich wiedersehen. Hoffentlich waren die nicht allzu sauer auf mich. Aber das würden wir auch schon wieder hinkriegen. Wenn wir ihnen erst einmal erzählten das Andrew seine Schwester wiedergefunden hatte und wir viel Zeit mir ihr verbrachten, wäre die Wut wohlmöglich schon fast verschwunden. Von den Hochzeitsplänen allerdings, könnten wir ihnen auch in den nächsten Wochen erst berichten.

34

Ohne Angst zu verspüren, öffnete ich die Augen; bereit meinem neuen Leben entgegenzutreten. Mit Schwung setzte ich mich auf die Bettkante. Mein Blick verschwamm leicht, mir wurde etwas schwindelig. Doch schon nach ein paar Sekunden normalisierte sich alles.

Es klopfte an der Tür.

„Lexa?", sagte Andrew leise.

Ich stand auf, ging zur Tür und öffnete sie. Auch wenn das Licht für diesen Engel nicht zu sehen war, staunte ich dennoch. Es war als würde ich ihm zum ersten Mal im Leben begegnen. Das erste Mal in seine Augen schauen und den angenehmen unübertroffenen Duft einatmen. Während ich schlief hatte auch bei ihm sich etwas getan. Er hatte die zerfetzten und dreckigen Klamotten gegen neue getauscht. Sein Haar war ordentlich zurecht gestylt. Und ein echtes Lächeln lag auf seinen Lippen. Gerade wollte ich auf ihn zu gehen und ihm in den Arm nehmen, war es schon passiert. Andrew war schneller und hatte mich schon fest umschlungen.

Langsam streichelte er über mein Haar, meine Stirn entlang über die Wange bis hinunter zu meinen Lippen. Die Berührungen waren so intensiv, dass ich die Augen schloss und mich zurückhalten musste nicht über ihn herzufallen. Ein kleines Lachen kam aus seinem Mund.

Er spürte mein Verlangen.

„Wie geht es dir?", fragte er sofort.

Ich öffnete meine Augen und schenkte ihm auch ein echtes Lächeln.

„Gut. Wirklich. Es ist vorbei, oder?"

Er nickte.

35

„Nur ich verstehe nicht ganz was mit dir passiert war. Du, du warst minutenlang tot", bei den Worten schluckte er schwer.

Der Gedanke daran zurück erfreute uns beide nicht. Und trotzdem mussten wir noch darüber reden. Ich musste ihm alles erzählen was passiert war.

„Komm, lass uns ins Esszimmer gehen", sagte er.

Wir verschränkten unsere Hände ineinander und gingen rüber. Jenny saß schon am Esstisch, der selbstverständlich mit Essen gedeckt war. Jenny strahlte übers ganze Gesicht als sie mich sah. Dann stand sie so schnell auf das ich es nicht bemerkte und fiel mir um den Hals.

„Ich bin ja auch so froh, dass es dir gut geht. Weißt du noch was passiert ist? Kannst du uns alles erzählen?", fragte Jenny neugierig und betrachtete jeden meiner Gesichtszüge.

„Ja, das werde ich machen. Ich dachte wirklich das du uns dahin gelockt hast! Warum hast du das gemacht?", fragte ich sie etwas sauer.

Entschuldigend tätschelte sie meinen Arm.

„Ich weiß es tut mir leid. Aber ich musste so schroff sein, damit mich meine Gefühle nicht verraten!"

Das reichte mir als Erklärung. Gemeinsam nahmen wir Platz und fingen an zu essen. Andrews Hand lag die ganze Zeit auf meinem Knie.

Keiner würde es verkraften, wenn der andrer fort oder gar Tod wäre.

Es war so einfach, vor solch einer Situation darüber zu sprechen. Wenn es aber dazu kam, dann wusste man, dass es kein allein sein geben konnte. Der eine würde immer mit dem anderen mitgehen - egal wohin.

Während der nächsten Stunde erzählte ich den beiden alles an das ich mich erinnerte. Von der Begegnung mit Sue, was Andrew sehr erfreut

36

das Sue endlich ihren Seelenfrieden gefunden hatte und auch ich mit ihr abschließen konnte. Wir drei waren ebenfalls derselben Meinung, sich nie wieder auf Liliths Spiele einzulassen. Das alles war viel zu gefährlich. Am Ende hatten wir drei so gut wie alles aufgegessen. Wobei ich definitiv am meisten verspeiste.

„Ich mach das hier schon", sagte Jenny plötzlich.

„Danke", flüsterte Andrew, den Blick die ganze Zeit auf meinem Gesicht. Er nahm meine Hand und wir gingen zusammen an Deck. Es war Nacht. Der Mond schien so hell, dass das Boot wieder zu leuchten schien. Der Moment erinnerte mich an eine vergangene wunderschöne Nacht die wir auf diesem Boot hatten. Würde solch eine folgen?

Andrew stand vor mir und hielt meine linke Hand.

„Lexa, ich liebe dich."

Auch wenn ich das bereits wusste, war es sehr schön diese Worte immer wieder zu hören. Ich war so nervös, dass sich mein Magen unangenehm zusammenzog. Auch durch tiefes Einatmen, wurde es nicht besser. Mittlerweile war mir richtig übel. Mit einer Hand fuhr ich mir an den Bauch und ging einen Schritt zurück.

„Lexa?", besorgt kam Andrew etwas näher.

„Geht schon", sagte ich.

„Ich liebe dich auch. Aber ich glaube ich habe viel zu viel gegessen. Mir ist ganz schlecht."

Vorsichtig massierte ich meinen Bauch.

„Vielleicht solltest du dich noch ein wenig ausruhen. Wir werden morgen früh schon zu Hause sein", Andrew lächelte zufrieden.

„Ich möchte noch ein bisschen hier oben mit dir bleiben. Geht das?"

Er nickte selbstverständlich. Dann setzten wir uns auf die weise

37

Polsterbank. Ich legte den Kopf auf seinen Schoß. Die Übelkeit war verschwunden, jetzt herrschte nur noch pure Freude und Zufriedenheit in meinem Körper. Ich schlief umgehend ein.

„Guten Morgen", nuschelte mir Andrew ins Ohr. Woher wusste er nur immer genau das ich wach war? Ich schmunzelte ins Kissen. Wie ein Gedanken Blitz wurde mir erneut klar, dass wir alle außer Gefahr waren. Das Böse lag hinter uns, die Zukunft konnte kommen. Weiter lächelnd öffnete ich meine Augen. Andrew grinste nicht minder weniger als ich. Seine Zähne blitzten durch seine weichen Lippen hervor. Eine Brise von seinem Duft schwang zu mir herüber.

„Guten Morgen", sagte ich lächelnd.

Alles erschien mir gerade so einfach und leicht – das Leben, die Liebe.

„Sind wir schon da?", flüsterte ich weiter.

„Ein paar Minuten noch. Dann holen wir dein Auto von Flughafen ab und fahren zu deinen Eltern ok?"

Oh, stimmt. Der Unangenehme Teil dieser Reise war doch noch nicht vorbei. Mein Magen krampfte sich erneut zusammen. Wenigstens hatte ich noch nichts gegessen, das mir nicht wieder so schlecht werden konnte. Andrews fragender Blick lag auf meinem Gesicht.

„Ich weiß nicht, wie meine Eltern das alles aufnehmen werden. Ob sie mir verzeihen das ich ihnen so weh getan habe?", fragte ich, als ob er eine Antwort darauf hätte.

Ich senkte den Blick.

„Lexa, du hast um dein und um unser aller Leben gekämpft. Da werden sie wohl kaum böse auf dich sein!"

Ein leicht empörtes Lachen kam aus seiner Kehle.

38

„Ich weiß, aber das sagen wir ihnen doch nicht, oder?", fragte ich besorgt und zog ich eine Augenbraue hoch.

Er schüttelte den Kopf.

„Natürlich nicht!"

Dann rutschte er mit seinem Körper näher an meinem. Die Hitze seiner Haut strömte in jeder Pore meines Körpers. Mein Atem wurde flacher. Immer schneller zog ich immer mehr heiße Luft ein. Als unsere Lippen sich schließlich trafen, explodierte es fast zwischen uns. Seine Küsse brannten sich in meiner Haut fest. Das Verlangen nach Andrew war so groß, dass es mir vorkam, als wenn ich keine Kontrolle über meinen Körper hatte. Er machte einfach was er wollte. Meine Hände rissen mir so schnell die Kleider von Körper, dass ich es erst mitbekam als kühle Luft meine Haut löschte. Andrew schwang mich so schnell auf seinen Schoss, dass meine Sicht verschwamm. Doch auch als wir wieder zum Stillstand kamen, es wurde nicht besser. Alles drehte sich weiter um mich herum. Ich beendete unseren Kuss.

„Ui, bei mir dreht sich alles! Moment eben", sagte ich und stoppte ihn.

Er streichelte mir eine Strähne aus dem Gesicht.

„Ist schon ok. Du hast ja auch lange und viel in letzter Zeit geschlafen. Soll ich uns was zu essen machen?"

Ich nickte.

Andrew stand auf. Ich saß noch einen Moment auf der Bettkannte. Der Schwindel war vorüber. Grinsend betrachtete ich Andrew wie er seine Kleidung zurecht zurrte. So schnell wie der Wind kam er plötzlich zu mir rüber geschossen. Sein Gesicht nur einen Hauch entfernt.

„Ich werde mein Leben lang nicht genug Dank aussprechen können, dafür, dass du bei mir bist. Nie wieder wirst du in Gefahr sein. Dafür werde ich mit meinem eigenen Leben sorgen."

Antworten konnte ich nicht. Wir schauten uns nur tief in die Augen. Leider erkannte ich es nicht genau, doch wenn ich es nicht besser wüsste, standen Tränen darin. Ich lächelte. Er gab mir einen schnellen Kuss und verschwand wortlos in die Küche.

Jenny aß selbstverständlich wieder mit uns. Ich fragte mich, wann es bei ihr die ersten, man könnte es fast Entzugserscheinungen nennen, auftraten. So genau hatten Andrew und ich das Thema noch nie besprochen. Doch wenn es soweit kommen würde, hoffte ich dass sie sich trotzdem noch nach uns richtete und als Mensch lebte.

Es dauerte tatsächlich nicht mal mehr eine halbe Stunde, bis wir an Land anlegten. Andrew packte in Windeseile unsere Koffer, dann nahmen wir uns ein Taxi zum Flughafen, um mein Auto abzuholen. Die Taxifahrt dauerte zwar nicht lange, dennoch wurde ich müde. Mein Kopf kuschelte sich an Andrews Schulter. Der betörende Duft benebelte meine Sinne. Ich schlief fast ein.

„Wir sind gleich da, soll sie jetzt wirklich noch schlafen?", fragte Jenny leise nach.

„Lass sie doch. Wenn sie das braucht", sagte Andrew.

Dann schwiegen beide kurz.

„Oder kannst du es nicht aushalten, wenn sie schläft?", erkundigte er sich leise und ruhig, so dass nur ich und Jenny es hören konnten.

40

Jenny antwortete nicht. Ich drehte mich ein bisschen, entschlossen dazu meine ankommenden schlaf nicht fortzusetzten.

„Sind wir gleich da?", nuschelte ich. Andrew rieb meine Schulter.

„Ja gleich."

Am Flughafen angekommen, nahmen Andrew und ich mein Auto und fuhren zu meinen Eltern. Jenny fuhr mit dem Taxi direkt zu Andrew in ihr neues zu Hause.

Kapitel 5

Es war schon fast Mittag als wir ankamen. Seltsamer weise war meine Mutter noch zu Hause und nicht bei der Arbeit. Das ersparte das lange Warten auf heute Abend. Das Auto von meinen Dad war nicht zusehen. Er war mit Sicherheit wieder geschäftlich unterwegs.

Starr stand ich vor unserer Tür.

„Mir ist ganz schlecht", sagte ich zu Andrew mit zitternder Stimme. Andrew sah mich an. Seine Augen hatten wieder dieses strahlende Blau wie ich es so sehr mochte. Allein davon wurde ich ein wenig erleichterter und ließ mich auf seine Stimmung ein.

„Wir schaffen das schon! Deine Mutter hat dich vermisst", sagte er und klopfte an die Tür.

Im Haus rannten Schritte auf uns zu. Meine Mutter riss die Tür auf. Als sie uns sah, zog sie mich in ihre Arme und begann zu weinen. Ich konnte gerade sehr genau nachempfinden, wie es ihr ging. Meine Kehle schnürte sich zu. Meine Hände und Füße wurden kalt wie Eis. Ich versuchte die Tränen zu unterbinden, doch es gelang mir nicht.

Extrem, fast hysterisch begann ich mit ihr zu weinen. Wie bei einem Vulkan, der ausbrach, schoss das Blut wieder in all meine Gliedmaßen. Erschreckend ähnlich fühlte es sich wie die Hitze an, welche Aron noch vor kurzem in mir ausführte.

„Tut mir leid", stammelte ich. Sie streichelte mir schweigend die Wange, dann zog sie mich hinter sich her. Andrew folgte uns.

Mom und ich setzten uns auf die Couch, Andrew auf den Sessel. Sie hielt meine Hand.

„Wie geht es dir? Oder besser euch? Ist alles ok. Weißt du was du uns angetan hast, wie es mir und deinem Vater in den letzten Wochen ging?"

Die Tränen liefen ihr noch immer in Strömen über das Gesicht. Ohne dass sie mehr sprach konnte ich es tatsächlich nachvollziehen. Mein Magen zog sich abermals mehr zusammen, meine Hände wurden feucht. Wenn ich nicht schon sitzen würde, müsste ich mich jetzt setzen. Ich fühlte mich plötzlich müde und erschöpft, noch mehr als gerade noch im Taxi. Und aus irgendeinem unerklärlichen Grund war ich auch noch wütend – dass allerdings nur minimal.

„Ich, es", mehr brachte ich zwischen meinem Schluchzen nicht hervor.

„Mach das bitte nie, nie wieder mein Schatz! Ok?"

Dann stand meine Mutter auf. Schlagartig ging es mir wieder besser. Kein Gefühlskampf war mehr in mir zu spüren.

„Ja, natürlich nicht", verwirrt senkte ich den Blick.

„Und jetzt ihr müsst mir alles erzählen. Und lasst ja nichts aus", sagte sie, um vom schlechten Thema abzulenken.

42

Wütend und doch erleichtert warf sie einen Blick zu Andrew. Leicht verschämt nickte dieser. Dann zückte sie ein Taschentuch und wischte sich die letzten Tränen fort.

„So. Und nun, wollt ihr etwas essen? Sie dich doch nur an Lexa, du bist so dünn geworden Schatz."

Und tatsächlich hatte ich Hunger. Besonders auf Moms selbstgemachte Sandwiche. Ich fühlte mich gerade in meine Kindheit zurückversetzt. Früher hatte sie mir auch immer liebevoll etwas zu essen gemacht, wenn es mir nicht gut ging. Ein kindlich glückliches Lächeln trat auf mein Gesicht. Ich nickte zustimmend.

Kaum war Mom aus dem Zimmer, setzte Andrew sich neben mir.

„Geht es dir gut?", fragte er plötzlich.

„Ja", und das war nicht mal gelogen. Mir ging es wirklich gut. Meine Mutter war nicht mehr böse. Aron war besiegt. Und was alles noch perfekt machte: Der Mann, den mein Herz gehörte und bald heiraten würde, saß neben mir und hielt meine Hand. Wieder zog sich mein Magen zusammen. Andrews Hand umklammerte meine jetzt noch fester. Ich schnappte nach Luft.

„Lexa was ist mit dir?", sprach er spürbar nervös.

„Es geht gleich wieder. Ich habe bestimmt nur Hunger. Zumindest fühlt es sich so an."

Mit meinen Lippen versuchte ich zu lächeln - es funktionierte. Im selben Moment kam meine Mutter mit einem Tablett um die Ecke. Sie setzte sich zu mir und legte ihren Arm um mich. Andrews Hände lösten sich von meinen. Glück durchfuhr mich plötzlich. Das unangenehme Gefühl war weg.

Wir aßen alles auf. Wieder war ich es die das meiste aß, doch das störte mich nicht. Schließlich hatte ich einiges abgenommen. Die paar Kilos konnten ruhig wieder rauf.

Meiner Mutter erzählten wir fast alles. Die Sache mit Aron und den anderen Halbmenschen ließen wir bewusst weg. Das mit Jenny sprachen wir ebenfalls an. Mom freute sich genauso für Andrew wie ich das er jetzt einen kleinen Teil seiner Familie wiederhatte. Auch die Neuigkeiten über die Verlobung hatten wir aus gutem Grund erst einmal auf nächste Woche verschoben, wenn mein Vater ebenfalls wieder da war.

„Ihr hättet Jenny ruhig hier mit herbringen können", sagte meine Mutter neugierig.

„Das werde ich bei der nächsten Gelegenheit gerne machen Alice. Ich denke es ist jetzt sowieso das Beste, wenn ich Jenny für heute nicht länger warten lasse", sprach Andrew und stand auf.

Er wollte schon los? Ich sah auf die große Uhr überm Kamin. Es war bereits Abend. Zwar erst sieben Uhr, doch die Dämmerung hatte mittlerweile eingesetzt.

„Oh, ja. Dann werde ich mitkommen."

Ich stellte mich neben Andrew. Meine Mutter sah mich prüfend an.

„Schatz, willst du nicht lieber auch ins Bett gehen? Du siehst müde aus. Leg dich hin, du hattest eine anstrengende Reise", sagte meine Mutter.

„Ja ich werde mich bei Andrew hinlegen."

Daraufhin nahm ich Andrews Hand. Meine Mutter sah verzweifelt aus. Sie machte sich große Sorgen, das es mir nicht gut gehen würde.

„Vielleicht solltest du dich besser hier hinlegen Lexa. Ich komme morgen wieder vorbei", schlug Andrew vor.

44

Mit dem Finger streichelte Andrew meine Hand. Ein flaues Gefühl machte sich in mir Breit. Egal bei wem ich heute Nacht bleiben würde, ich hatte ein schlechtes Gewissen. Wenn ich bei Andrew blieb, dann machte meine Mutter sich Sorgen. Aber wenn ich bei meiner Mutter wäre, waren Andrew und ich nicht zusammen, so wie wir es eigentlich nie mehr erleben wollten. Doch ich durfte jetzt nicht auf meine Gefühle hören, sondern logisch denken. Andrew und Jenny hatten sicherlich noch viel zu besprechen. Das könnte die ganze Nacht dauern. Und da ich eh nur schlafen würde, konnte ich das auch bei meiner Mutter machen. Zudem kam ich während des Schlafes nicht in Jennys unmittelbarer Nähe und sie nicht in Versuchung sich in meine Träume zu schleichen. Außerdem hatte meine Mutter mich Wochen nicht gesehen und Andrew dafür jeden Tag. Schnell stellte ich diese pro und contra Liste gegeneinander. In weniger als zehn Sekunden war mir klar, dass ich bei meiner Mutter bleiben musste. Nicht nur für heute, sondern wenigstens so lange bis Andrew und ich verheirate waren. Wir müssten weiterhin ein normales Teenager Leben führen. Die Schule zu Ende machen und einen Job finden.

„Ich bringe dich noch zur Tür", sagte ich letzten Endes und zog Andrew mit.

Leise ließ ich die Tür ins Schloss fallen und schaute Andrew in seine tiefen nie zu Ende scheinenden Augen.

„Morgen bin ich wieder da", flüsterte Andrew.

Zart streichelte er mir ein paar Strähnen aus dem Gesicht, dann zeichnete er mit dem Finger meine Gesichtszüge nach. Ein wunderschönes Gefühl durchfuhr meinen Körper. Wenn er dies früher

45

tat, war es wirklich großartig; doch jetzt, wo uns keine Gefahr mehr drohte, war es noch überwältigender. Das Kribbeln lief mir immer wieder vom Kopf bis in die Füße und wieder zurück. Dann küsste er mich. Zwar nur leicht und nicht sehr lange, doch im Moment durchfuhr bei jeder noch so kleinsten Berührung von ihm, mein Körper ein kleiner Stromschlag. Bereits jetzt sehnten wir einander. Tränen liefen mir übers Gesicht. Wirkliches weinen blieb allerdings aus. Ich kämpfte, konnte sie aber einfach nicht zurückhalten. Andrew spürte Ebenfalls meine ungeheure Sehnsucht.

„Soll ich später doch noch wiederkommen, wenn deine Mutter schläft?", fragte er lächelnd.

Zärtlich wischte er die Tränen weg. Wieder versuchte ich nicht auf mein Gefühl zu hören, sondern auf meinen Verstand.

„Nein, schon gut."

Mit meinem Pullover wischte ich schnell mein Gesicht trocken und grinste ihn an.

„Keine Ahnung was los ist. Ich bin einfach total übermüdet", sagte ich erschöpft.

Andrew lächelte.

„Ja. Im Schlaf oder auch wenn man sehr, sehr müde ist wie du gerade, öffnet sich deine Seele. Deine Gefühle sind dann frei. Es ist schwer dieses unter Kontrolle zu bringen."

Seine Finger fuhren wieder über mein Haar, meine Wange hinunter bis an meinen Hals. Er gab mir einen letzten Kuss auf die Wange und verschwand.

46

Auch wenn er schon lange außer Sicht war, blieb ich noch so lange stehen, bis das wunderbare Gefühl vollkommen verschwand. Wie ein Schlag kam die Erschöpfung durch. Ich ging zurück ins Haus. An diesem Abend schlief ich so schnell ein wie noch nie.

Wie schon lange nicht mehr, weckte mich die warme Sonne auf meiner Haut. Schweißperlen standen auf meiner Stirn. Mit einer Handbewegung wischte ich sie weg, drehte mich auf den Rücken und stieß gegen etwas. Leicht erschrocken riss ich die Augen auf.

„Entschuldige, ich wollte dich nicht wecken", sagte Andrew.

Er lag neben mir und musterte mich.

„Oh, du bist es. Wie lange bist du denn schon hier? Was ist mit Jenny?", erkundigte ich mich.

Mit seiner kühlen Hand wischte er weitere Schweißperlen von meiner Stirn.

„Ich bin heute Morgen schon sehr früh hierhergekommen. Meine Sehnsucht war zu groß!"

Mein Herz flatterte vor Glück.

„Meine auch", hauchte ich, dann gab er mir einen Kuss.

„Und Jenny?", fragte ich neugierig.

„Wir haben uns lange unterhalten. Aber sie verstand das ich zu dir wollte."

Unser beides Grinsen wurde breiter, meine Freude stieg ins unermessliche.

„Und deine Mutter ist auch schon einkaufen gefahren. Sie hofft das sie dann wieder bei dir ist, wenn du wach wirst", sagte er.

„Oh, dann sind wir ganz allein?!"

47

Keiner sprach es aus, doch wir wussten beide, dass der andere es eben so wollte. So sanft und kaum spürbar, fuhr Andrew unter mein Shirt und zog es mir geschickt über den Kopf. Wesentlich ungeschickter stellte ich mich mit seinem Shirt an. Das tat dem Vorhaben jedoch keinen Abbruch. Er zog mich auf seinen Schoß. Wie schon am Vortag verschwamm meine Sicht. Es dauerte einen Moment bis ich mich wieder fing. Andrew spürte das etwas nicht stimmt und hörte auf meinen Körper zu verwöhnen. Doch mir ging es schon wieder gut. Ich begann ihn zu küssen. Er stockte und setzte kurz aus. Mit meiner Hand öffnete ich geschickt den Knopf an seiner Hose. Sofort ließ er sich wieder auf das Gefühl ein. Seine Hände und Lippen waren überall. Meine Gefühle schwappten über. Meine Lust und das Verlangen waren fast nicht mehr zu stillen. Doch wir taten unser Bestes, um daran etwas zu ändern.

Selbstverständlich waren wir nicht den ganzen Tag im Bett. Meine Mutter kam schon früh wieder vom Einkaufen zurück. Andrew machte sich, wie er auch gekommen war, durch das Fenster aus dem Staub. Meine Mom und ich aßen zusammen Mittag, dann hatte ich die offizielle Erlaubnis zu Andrew nach Hause zu fahren. Auch wenn ich leicht angeschlagen davon war mit Andrew geschlafen zu haben, ging der Tag gut über die Runden.
Nachts blieb ich wieder zu Hause. Es fiel mir schwer ohne Andrew einzuschlafen. Der einzige Gedanke, der mir über die Runden half, war das er jeden Morgen in meinem Bett lag als ich aufwachte.
Die Tage verbrachten wir mit etlichen Unternehmungen. Einen Tag zeigten Jenny die Gegend. Wir waren bestimmt fünf Kilometer

48

gelaufen, oder mehr gewandert. Dennoch lag ich am Abend im Bett und wälzte mich von der einen auf die andere Seite. Mein Stoffwechsel hatte sich ebenfalls noch nicht wieder an Arizona gewöhnt. Schweißgebadete wachte ich morgens und teilweise auch mitten in der Nacht auf.

Dieses war die vierte Nacht zu Hause. Es war noch dunkel als ich abermals klatschnass erwachte. Demnach schlief ich schon wieder nicht durch. Langsam, aber spürbar ging mir das alles an die Substanz. Nicht zu schlafen, auch wenn man müde war, das kann doch nicht sein. Bei der nächsten Gelegenheit besorge ich mir Schlaftabletten oder irgendetwas homöopathisches aus der Apotheke. Und etwas gegen dieses ständige Schwitzen. Mein Hals fühlte sich an wie eine trockene Wüste. Im Dunkeln suchte ich nach meiner Wasserflasche, die mittlerweile immer an meinem Bett stand. Doch ich fand sie nicht. Vorsichtig tastete ich mich durch mein Zimmer an die Tür, um das Licht einzuschalten.

Geblendet vom Licht rieb ich mir die Augen und ging wieder auf mein Bett zu. Plötzlich saß Andrew vor mir und sah mich mit einem Grinsen an. Ich erschrak so heftig, dass ich mit dem Rücken bis zur Tür stolperte und erschrocken, wie eine Spinne an der Wand, kleben blieb. Mein Magen rutschte mir bis zu den Knien, Angstschweiß trat auf meine Stirn. Auch meine Hände wurden klatsch nass.

Andrews Gesichtsausdruck verwandelte sich umgehend.

„Es tut mir leid, ich wollte dich nicht erschrecken. Wieso bist du denn noch wach meine Schöne?"

Kein Ton kam aus meinem Mund. Nicht nur weil ich immer noch eine sehr trockene Kehle hatte, sondern auch weil der Schock mich weiterhin lähmte. Dabei war es doch nur Andrew, mein verlobter, der Mann, den ich liebte. Ich lockerte meine Haltung und atmete ein paar Mal tief durch. Dann ging ich zu ihm rüber, schnappte meine Wasserflasche und trank sie mit einem Zug fast ganz leer. Binnen weniger Sekunden drehte sich mein Magen um. Ich wusste das der Weg ins Badezimmer zu weit wäre, deswegen stürzte ich zu meinem Schreibtisch und erbrach heftig in den Papierkorb. Unmengen an Wasser kamen aus meinem Hals. Andrew war bereits bei mir und hielt mir die Haare zurück. Es war unangenehm in seiner Gegenwart sich zu übergeben, doch im Moment war mir alles egal. Mein Körper fühlte sich an als wollte er sich von innen nach außen wenden. Der Brechreiz war weg – ein elendiges Gefühl blieb. Andrew nahm mich hoch und legte mich aufs Bett. Er spürte genau was mit mir los war und wirkte sehr besorgt.

„Was ist bloß mit dir?", fragte er.

Ich lag auf dem Bett und sah Andrew an. Er hielt meine Hand. Der Schmerz in seinen Augen war für mich so spürbar. Dann noch meine eigene Angst.

„Ich weiß es doch auch nicht", setzte ich an.

„Vielleicht habe ich mir ja einen tropischen Virus oder so eingefangen? Wenn es mir in ein paar Tagen nicht besser geht, dann werde ich zum Arzt gehen. Versprochen!"

Er nickte. Ich schloss die Augen und versuchte an etwas anderes zu denken als an die Übelkeit. Nach wenigen Minuten schlief ich wieder ein.

50

Kapitel 6

„Guten Morgen mein Schatz! Willst du nicht langsam aufstehen?",
sprach meine Mutter.

Sie saß an meinem Bett und redete auf mich ein. Am liebsten würde ich noch liegen bleiben. Ich wollte noch nicht aufstehen. Ich linste unter der Decke hervor. Sie lächelte mich glücklich an. Vorsichtig legte sie ihre Hand auf meine Schulter und schubste mich leicht.

„Na komm schon. Da unten wartet schon jemand auf dich", lockte sie mich aus der Reserve. Ich legte die Stirn in Falten. Das konnte nur Andrew sein. Das Gefühl des Verlangens überflutet mich. Adrenalin wie bei einem Flugzeugstart schnellte in meine Adern. Mit einem Satz sprang ich aus dem Bett. Die Übelkeit war verschwunden. So schnell es ging, rannte ich die Treppe runter. Als wenn ich Andrew Wochen oder gar Monaten nicht gesehen hätte, viel ich ihm um den Hals.

„Hey, hey was bist du so stürmisch", grinste er.

Ich löste leicht die Umarmung und sah ihn an.

„Ich habe dich halt vermisst", flüstere ich in sein Ohr.

„Wie geht es dir? Ist dir noch übel."

Ich schüttelte den Kopf. Dann musste ich ihn einfach küssen. Nach einem kurzen Moment wollte ich mehr, doch er löste sich ganz von mir. Gegen seine Kraft kam ich nicht an, deswegen versuchte ich es gar nicht weiter. Und jetzt sah ich auch, warum er aufhörte. Meine Mutter kam die Treppe herunter.

Da heute Sonntag war, genossen wir den Tag einfach. Morgen würde die Schule wieder losgehen und von den Ferien hatten wir beide keine wirkliche Erholung gehabt. Andrew und ich bereiteten Jenny auf das kommende Schuljahr vor. Noch immer zeigten sich bei ihr keine auffälligen Entzugserscheinungen vom Inkubus Dasein. Sollte sie es wirklich schaffen dem Leben als aktiver Halbmensch abzudanken?

52

Andrew würde es allerdings sehen, wenn sie wieder in alte Gewohnheiten zurückfallen würde.

Wir erzählten Jenny alles Mögliche. Über die Schüler, die Lehrer, die Cafeteria und vor allem das sie sich nicht so wahnsinnig schnell in der menschlichen Öffentlichkeit bewegen durfte. Es war bereits Abend und ich hätte schon längst zu Hause sein sollen, doch ich schlief auf der Couch bei Andrew ein. Erst als er mich ins Bett tragen wollte, wurde ich wach.

„Oh nein wie spät ist es? Mom. Ich", rief ich erschrocken.

„Du kannst heute Nacht bei mir schlafen. Ich habe mit ihr gesprochen", sagte Andrew.

Kaum hatte er zu Ende geredet, schlief ich schon wieder.

Diese Nacht wachte ich nicht auf. Die Hitze übermannte meinen Körper hingegen wieder so dass ich klatsch nass am nächsten Morgen zu mir kam.

Umgezogen und atemberaubend gut zurecht gemacht, saß Andrew auf der Bettkante.

„Guten Morgen", sagte ich zu ihm und setzte mich auf.

„Na hast du deine Nacht gut verbracht", erkundigte ich mich neugierig. Er nickte.

„Und wie, wenn man fragen darf?", wollte ich wissen.

„Nichts Besonderes. Ich habe mit Jenny geredet, alles für unseren ersten Schultag vorbereitet und sowas halt."

„Achso", sagte ich nur und begann ihn zu küssen. Er brach ab.

„Lexa, was aber viel wichtiger ist, hast du denn gut geschlafen?" Er stupste mit dem Finger gegen meine Nase.

53

„Naja, ich finde schon. Wenigstens bin ich heute Nacht nicht wach geworden oder musste mich übergeben."

Andrew tat so, als würde er die Ironie in meinen Worten nicht hören.

„Wirklich?", hakte er nach.

Seine Hand lag an meiner Wange.

„Ja. Wieso fragst du so genau? Ist etwas passiert?"

Nervosität machte sich in mir breit. Und dann, als wenn ich es habe kommen sehen, wurde mir wieder übel. Doch ich kämpfte dagegen an.

„Was?", fragte ich erneut als er mir keine Antwort gab. Das alles lenkte mich ebenfalls von der Übelkeit ab.

„Du hast dich nur herumgewälzt und", er sprach nicht weiter und wich meinem Blick aus.

Seine Hand von meinem Gesicht war verschwunden.

„WAS?"

Jetzt wurde ich sauer, die Übelkeit war ganz vergessen.

„Nichts Besonderes, aber hast du etwas bestimmtes geträumt? Du hattest so viele verschiedenen Gefühle. Ich konnte es nicht aushalten mich voll und ganz darauf einzulassen. Mir wurde ganz schummerig davon, kein Wunder, das es dir in letzter Zeit so geht!"

Andrew musste ein wenig auf eine Antwort von mir warten. Seine Worte gingen mir wieder und wieder durch den Kopf.

„Meinst du mit mir stimmt was nicht?", fragte ich verängstigt nach.

Tränen liefen bereits über mein Gesicht. Der Schock das mein Freund, der früher so gern in meiner Nähe war, es nicht mehr ertragen konnte, saß zu tief.

„Es ist schon ok mein Schatz", versuchte Andrew mich zu beruhigen, doch es funktionierte nur schleppend.

54

„Heute Nachmittag werden wir weitersehen, doch jetzt müssen wir zur Schule. Ist das ok für dich? Kriegst du das hin?"

Ich nickte, stieg aus dem Bett und machte mich für die Schule fertig.

Auf den Weg zur Schule mussten wir noch kurz bei mir zu Hause halten. Ich konnte nicht ahnen das ich bei Andrew übernachten würde und hatte dementsprechend meine Schulsachen nicht eingepackt.

Jenny, die auf dem Rücksitz saß, fragte uns weiter über ihre zukünftigen Mitschüler aus. Auf manche Fragen wussten nicht einmal Andrew und ich eine Antwort.

Wie als wenn keine Ferien gewesen waren, tummelten sich hunderte Schüler auf dem Schulhof. Jenny begrüßte alle als würde sie schon ewig hier zur Schule gehen. Andrew und ich freuten uns das sie sich so sehr auf das normale Leben als Mensch einließ. Auch wenn wir nicht wussten, wie lange dieser Zustand anhielt.

Jenny und Andrew gingen auf direkten Weg zum Sekretariat, um sie anzumelden. Ein Glück war Anfang des Schuljahres, somit würde es hoffentlich kein Problem werden Jenny hier unterzubekommen.

Ich setzte mich währenddessen draußen auf eine Bank und genoss die Sonne. Mit geschlossenen Augen vertiefte ich mich in das Gefühl welches Andrew und ich an dem einen Morgen hatten als wir allein bei mir zu Hause waren. Auf einmal mischten sich meine Gedanken mit denen von der vorletzten Nacht. Wie als wenn ein Schalter umgelegt wurde, wendeten sich all die schönen Gefühle in negative schlechte. Sie kamen voll durch. Ich riss die Augen auf krümmte mich und rang nach Luft. Dann war es wieder vorbei. Einige Schüler schauten mir entsetzt

55

an. Ich räusperte mich, setzte mich aufrecht auf die Bank und tat so als wenn nichts gewesen wäre.

„Hallo Lexa", rief Ben.

Er kam direkt auf mich zu. Automatisch stand ich auf und wir umarmten uns. Ich wusste nicht, ob ich mich freuen oder traurig sein sollte das ich Ben wiedersah. Sollte ich ihm von Sue erzählen? Nein, ich durfte es nicht aufs Spiel setzten das Andrew und Jenny verraten wurden. Von Ben ging eine ungeheure Sehnsucht aus. Es war als würde ich sie selbst fühlen. Auch nach den vielen Wochen, war er noch immer nicht über Sues Tod hinweg. Er konnte, wie am Anfang bei mir, noch keinen richtigen Abschied nehmen und loslassen. Umso länger wir uns umarmten, umso mehr konnte ich nachvollziehen, wie es ihm ging. Schnell löste ich mich von ihm, um abzulenken. Wir nahmen beide auf der Bank Platz. Ich steckte die ganzen Gefühle in eine Schublade und verschloss sie. So viele Schubladen wie ich bereits verschloss, um bestimmte Gefühle nicht zu fühlen, müsste ich schon eine ganze Bibliothek besitzen.

„Und wie waren deine Ferien?", fragte ich höflicherweise nach, um die Stille zu durchbrechen. Sein leichtes Lachen verstummte, dann setzte er ein sehr künstliches lächeln auf.

„Ganz ok. Ich habe nicht viel unternommen. Sues Mom und ich waren viel an ihrem Grab", erzählte Ben.

Als er die Worte aussprach wurde es plötzlich wieder so real. Sue würde jetzt tatsächlich nie mehr wieder hier sein. Sie war und das wusste ich am besten, ins Licht gegangen. Mein Magen zog sich vor Kummer erneut zusammen. Ich rang mit den Tränen. Ben legte seine Hand auf meine. Wie ein Stromschlag durchfuhr es mich. Die Tränen liefen über,

56

ich rang nach Luft. Es waren mehr als nur Schmerzen, welche mich durchfuhren. Verzweiflung und sogar Gefühle, die mir das Leben egal erscheinen lassen, rissen mich wie ein Tornado mit. Meine Kehle ließ immer noch keine Luft in meine Lungen. Ben zog seine Hand erschrocken weg. Frische Luft drang in meine Lungen.

„Lexa, ist alles ok?"

Ich winkte ab, mein Atem immer noch stockend, schnell und ruckartig.

„Ja, entschuldige, aber mir ist seit ein paar Tagen schon nicht so gut."

Zweifelnd sah er mich an.

„Hast du dir einen Tropenvirus eingefangen? Deine Eltern erzählten irgendwie sowas das ihr weggefahren seid. Ins Ausland, Europa und so?", fragte er nach.

Ich nickte. Ein Glück wussten meine Eltern still schweigen zu bewahren. In unserer kleinen Stadt war nämlich kein Geheimnis sicher.

Wie gerufen kamen Jenny und Andrew auf Ben und mich zu.

„Ben, hallo", sagte Andrew und gab ihm die Hand. Prüfend lag sein Blick auf mir. Die Tränen hatten zwar schon aufgehört, doch meine Augen waren noch feucht, meine Wangen nass. Und selbstverständlich spürte Andrew meine verwirrenden Gefühle. Das größte Gefühl war Angst. Angst das etwas Schlimmes mit mir nicht stimmte. Die Blicke von Ben, Andrew und Jenny lagen bedrückend auf mir.

„Hallo", sagte Jenny plötzlich.

„Ich bin Jenny. Andrews Schwester. Ich gehe seit heute auch auf diese Schule."

Wie von Jenny gewollt lenkte Ben ein und sie unterhielten sich. Andrew kam dicht zu mir. Gerade wollte er meine Hand nehmen.

„Nein", stieß ich hervor und zog sie schnell weg.

57

„Fass mich bitte nicht an", sprach ich schnell.

Tränen standen mir wieder in den Augen. Zum Glück beschäftigte Jenny Ben, so dass dieser nichts von Andrew und mir mitbekam.

„Was ist denn los?", fragte er verzweifelt und sah er mich an.

„Komm wir gehen ein Stück. Ich, ich glaube, ich muss mal mit dir reden."

Gerade als wir los gingen, klingelte es zur ersten Stunden. Andrew und ich drehten uns zu Jenny und Ben herum.

„Geht doch schon mal vor. Wir kommen gleich nach. Ben kannst du Jenny den Weg zeigen?", fragte ich Ben.

Er nickte, dann gingen sie los. Jetzt konnte ich in Ruhe mit Andrew über alles reden.

Gemeinsam warteten wir, bis alle Schüler im Gebäude verschwunden waren. Dann verließen wir das Schulgelände.

„Also, weißt du was mit dir los ist?", fragte Andrew sofort nach.

Ich schüttelte den Kopf.

„Nein, nicht direkt. Es kommt mir so vor als wäre ich einer von euch. Die Gefühle von mir, sie sind so stark und mächtig. Viel intensiver als früher."

Angestrengt sah Andrew auf den Asphalt. Diesen Gesichtsausdruck mochte ich überhaupt nicht an ihm. Seine nächsten Worte überlegte er sich gut.

„Meinst du das hat was mit Aron zu tun und das du tot warst?", versuchte Andrew alles zu verstehen.

Noch während er sprach arbeitete sein Hirn nach weiteren Möglichkeiten für mein Verhalten.

58

„Ich bin mir nicht sicher. Eigentlich nicht. Dann hätte Sue mich vorgewarnt", warf ich ein.

„Aber was ist es dann? Warum durfte ich dich gerade nicht berühren?" Unsere Blicke trafen sich für wenige Sekunden.

„Das ist nur eine Theorie, aber wenn ich jemanden oder mich jemand berührt, dann, spüre ich die Gefühle des anderen. Allerdings zu einem Vielfachen stärker als die eigentlich sind", stoßartig atmete ich aus.

„Das war bei dir so, bei meiner Mom und gerade bei Ben. Wobei es bei Ben am schlimmsten war."

Andrew blieb stehen. Ich drehte mich in seine Richtung. Er steckte die Hände aus.

„Versuch es bitte", sagte er kurz und knapp. Angst stieg in mir auf.

„Keine Angst. Ich kann meine Gefühle ziemlich gut beherrschen", sagte er leicht grinsend.

Doch in seinen Augen war ebenfalls Angst zu erkennen.

Langsam und zitternd streckte ich meine rechte Hand zu ihm aus und legte sie auf seine. Ein kleiner Stromstoß durchzuckte mich, dann wurde mir warm ums Herz. Ein schönes und williges Gefühl machte sich in mir breit. Ich konnte es richtig genießen. Dann nahm Andrew seine Hände schnell weg. Die Wärme verließ meinen Körper. Ich spürte nichts, außer meiner eigenen Verwunderung.

„Wie hast du das gemacht? An was hast du gedacht? Warum hast du aufgehört? Es war zur Abwechslung mal ein schönes Gefühl!" Sehnsüchtig nach dem Gefühl sah ich ihn an.

„Das fragst du mich? Ich würde gerne von dir wissen Lexa wie du das gemacht hast?", sagte er fassungslos.

59

Ich nahm meine Hand zurück, die immer noch ausgestreckt über den Boden schwebte.

„Ich weiß es nicht. Ich habe gar nichts gemacht. Aber an was hast du gedacht?", fragte ich wieder nach.

Er kam einen Schritt näher und berührte meine Schultern. Jetzt war das Gefühl nicht zu spüren, nur eine leichte Wärme überflog mich. Dann glitt er mit seinen Fingern über meine Wange. Seine Spur brannte wie Feuer auf meiner Haut. Trotzdem war es wunderbar.

„Ich habe daran gedacht, wie wir uns zum ersten Mal geküsst haben. Wie du mir das erste Mal gesagt hast, das du mich liebst, und wie du meinen Antrag angenommen hast."

Glücklich schauten wir uns in die Augen.

„Und dennoch hattest du Angst", flüsterte ich.

„Alles lässt sich auch nicht abschalten. Ich habe versucht dieses Gefühl so gut es ging auszublenden und es dich nicht spüren zu lassen", entschuldigte Andrew sich.

„So etwas geht? Du musst mir zeigen wie. Noch mehr Schmerz und Leid kann ich nicht ertragen."

„Zuerst müssen wir einmal herausfinden was mit dir los ist", sagte er und hob warnend einen Finger.

Dann lag seine Hand an meiner Wange. Er vergaß seine Gefühle zu unterdrücken. Die Angst den anderen zu verlieren, schlug mir wie eine Faust in den Magen. Ich krümmte mich. Andrew zuckte nur ein wenig zusammen. Er hatte ebenfalls vergessen sich zu schützten und hatte meine Gefühle zugelassen.

„Tut, tut mir leid! Das wollte ich nicht."

60

Er streichelte mir leicht den Rücken. Durch meine Jacke hatten wir kaum Körperkontakt und so konnte ich seinen Trost unbeschwert aufnehmen.

„Ist schon ok. Ich sagte dir doch das ich es stärker abbekomme. Ich war nur nicht drauf vorbereitet."

Mit Andrews Hilfe rappelte ich mich auf. Langsam gingen wir zurück zur Schule, ohne auch nur ein weiteres Wort miteinander zu reden.

Kapitel 7

Wir waren pünktlich zur zweiten Stunde wieder in der Schule, so dass es nicht auffiel das wir zu spät kamen. In den Pausen versuchte Andrew mit Jenny zu sprechen und herauszufinden, ob sie so etwas ähnliches schon einmal gesehen hatte. Doch ihr fiel kein solcher Fall ein, das ein normaler Mensch die Kräfte eines Inkubus bekommt. Und auch meine Nahtoderfahrung würde wohl nichts damit zu tun haben. Während sie weiter darüber philosophierten, versuchte ich meine Hände in den Taschen zu behalten und mit niemanden in Kontakt zu geraten.

Nach der letzten Stunde gingen wir zum Auto. Dort verabschiedeten wir uns von Ben. Ich redete mich mit der Ausrede aus der Abschiedsumarmung raus, dass ich nicht wüsste was für ein Virus mich erwischt hätte. Er fragte nicht weiter nach und ging von dannen. Andrew ging rüber zur Fahrerseite.
„Komm ich schmeiß den mit nach hinten zu mir", sagte Jenny und nahm mir meinen Rucksack vom Rücken. Ohne Absicht streiften sich unsere Hände. Mein Körper krümmte sich in der Mitte. In übermenschlicher Geschwindigkeit war Andrew an meiner Seite. Doch

62

die Gefühle von Jenny, der Schmerz und die Angst übertönten alles. Das bisschen Glück und Zufriedenheit waren kaum spürbar. Noch ein anderes merkwürdiges Gefühl kam noch mit durch. Es war wie Habgier. Was wollte Jenny so sehr besitzen? Ich ging auf die Knie und schloss meine Augen. Mehr kriegte ich nicht mit und wurde ohnmächtig.

„Lexa?", sprach Andrew.

Er streichelte mein Haar. Ein schönes Gefühl, wie das von heute Morgen kam in mir hoch. Vorsichtig öffnete ich die Augen.

„Hey", flüsterte ich.

„Geht es dir wieder besser?"

Ich nickte. Dann setzte ich mich auf und sah in sein verzweifeltes Gesicht.

„Nun schau doch nicht so traurig", sagte ich und hielt mich zurück ihn zu berühren.

„Aber was ist nur mit dir. Das ist alles meine Schuld! Wenn doch"

Qualvoll verzerrte er sein Gesicht.

„Wenn WAS?", ich wurde sauer.

Er wollte jetzt wohl nicht sagen das es besser gewesen wäre, wenn wir uns nie kennen gelernt hätten.

„Ist schon gut. Jetzt können wir daran so wieso nichts mehr ändern", ergab er seine Widerworte.

„Genau. Und deshalb lass uns nach einer Lösung suchen. Jetzt."

Hand in Hand gingen wir hinunter. Andrew steuerte mir bewusst schöne Gefühle zu, damit es mir gut ging. Jenny saß im Wohnzimmer in einem Meer von Büchern.

63

„Und hast du schon was gefunden?", sie schüttelte den Kopf, hob ihren Blick und sah mich an.

„Geht es dir wieder gut?", fragte sie vorsichtig.

Ich nickte. Andrew musste gefühlt haben das ich Habgier bei Jenny wahrnahm. Doch keiner ging im Moment darauf ein. Wir mussten zuerst mein Problem lösen.

Bevor wir uns an die Arbeit machten, aßen wir gemeinsam zu Mittag.

„Ich werde gleich mal in die Apotheke fahren und ein paar Menschliche Medikamente holen. Vielleicht helfen die auch ein bisschen", sagte ich.

Andrew bestand darauf mich zu begleiten. Nur schwer konnte ich ihn überzeugen das ich allein auch gut klar kam.

Allein fuhr ich letztendlich mit Andrews Wagen in die Stadt und ging in eine Apotheke. Wie sollte ich das nur erklären was mit mir los war, wenn ich doch nichts von übermenschlichen Begegnungen erzählen durfte? Dann entschied ich mich für die simpelste aller menschlichen Krankheiten.

„Ich hätte gerne etwas gegen Grippesympthome", sagte ich.

Das passte ziemlich gut auf meinen Zustand. Die Verkäuferin allerdings schaute mich an, als würde sie gar nichts verstehen. Ich ergänzte meine Aussage.

„Also Übelkeit, Hitzewallungen, Schwindel", zählte ich auf.

Die Apothekerin ging nach hinten und kam mit einem kleinen Tablett voller Medikamente wieder.

„Erwachsene oder Kinder?"

Welche eine doofe Frage.

64

„Erwachsene", antwortete ich genervt.

„Sind die Medikamente für sie?", fragte sie weiter.

Was sollte das denn jetzt wieder?

„Ja. Und ich bin auch schon achtzehn, wenn sie das meinen. Ich kann ihnen sogar meinen Ausweis zeigen."

Ich fing an nach meiner Handtasche zu wühlen.

„Nein, das ist schon ok. Das glaube ich ihnen das sie achtzehn sind. Nur sind sie sicher, dass sie krank sind? Können sie eine eventuelle Schwangerschaft ausschließen?"

„Schwangerschaft?", wiederholte ich die letzten Worte der Apothekerin.

„Ja. Ist es ausgeschlossen das sie schwanger sind? Sonst muss ich ihnen nämlich etwas Homöopathisches mitgeben."

Mein bis dahin gefundenes Portemonnaie fiel mir aus der Hand.

Schweiß bildete sich auf meiner Stirn.

„Alles ok?", fragte die Dame vor mir beunruhigt.

„Können sie das nun ausschließen oder nicht?"

Und nein ich konnte es nicht ausschließen. Andrew und ich hatten auf unsere Reise zweimal miteinander ungeschützt geschlafen. Aber konnte das wirklich sein? Bei anderen dauert so etwas Jahre und dann sollte es bei Andrew und mir so schnell funktioniert haben? Die Anzeichen waren da, aber was war mit meiner nicht menschlichen Begegnung mit Aron? Lag es nicht vielleicht doch daran?

„Wollen sie sich lieber setzten?"

Sie zeigte auf einen Stuhl, doch ich wollte mich jetzt nicht setzen.

Benommen schüttelte ich den Kopf.

65

„Nein, danke. Es geht schon. Können sie mir bitte die normalen Medikamente für Erwachsenen geben und einen, also so einen Test." Sie nickte, verschwand wieder nach hinten und packte mir die entsprechenden Sachen in eine Tüte.

Als ich wieder im Auto saß, fuhr ich vorerst nicht los. Ich musste den Test gar nicht machen. Ich spürte das es so war. Direkt als die Verkäuferin es ansprach, wusste ich das sie recht hatte. Tränen liefen mir übers Gesicht. Was sollte ich denn jetzt nur tun? Ein Kind. Ich war gerade erst achtzehn. Wie sollte ich es meinen Eltern beibringen? Wie sollte ich es Andrew erzählen?
Wie in einem Radio mit Empfangsstörungen, hörte ich Sues Worte in meinem Kopf. >Pass auf euch drei auf. < hatte sie gesagt. Jetzt wusste ich genau, dass sie nicht Jenny mit der dritten Person meinte, sondern Andrew und unser ungeborenes Baby.
Nach bestimmt fünfzehn Minuten hatte ich mich wieder soweit im Griff das ich losfuhr. Wie ein Roboter steuerte ich den Wagen durch die Straßen zu mir nach Hause. Meine Mutter war nicht da und ich somit ungestört.

So unauffällig wie möglich ging ich mit der Tüte in der Hand ins Haus, direkt auf mein Zimmer. Als ich den Test heraus holte wurde mir ganz schlecht. Aber diesmal war es ein unwohl sein wegen der Nervosität. Ich packte schnell alles aus, las mir die Anleitung bestimmt 3-mal durch, um auch ja nichts falsch zu machen. Dann ging ich rüber ins Badezimmer.

66

Die berühmten drei Minuten starrte ich in den Spiegel. Diverse Bilder flogen an mir vorbei. Beispielsweise meine Eltern wie sie mich endgültig verstoßen würden. Meinen Trip nach Europa hatten sie mir noch verziehen und die Verlobung würde vielleicht auch noch gehen. Aber ein Kind.

Und dann war da noch Andrew. Vielleicht würde es ihm gefallen, doch wir waren wirklich noch so jung, dass alle Welt tratschen würde. Und was war mit dem Kind überhaupt los? Warum hatte ich Empfindungen wie ein Inkubus? Es war mir auf jeden Fall klar, dass diese Gefühle von diesem Kind kommen mussten. Aber warum und was hatte, es noch für Kräfte?

Die drei Minuten waren mittlerweile um. Fast wie in Zeitlupe ging ich rüber, um das Ergebnis abzulesen. Es war wirklich so: Ich war schwanger. Meine Knie wurden weich wie Butter. Der Test viel mir aus der Hand. Mein erster Gedanke war das ich das Kind nicht bekommen konnte. Ich war noch nicht bereit, es würde kein erfülltes Leben haben. Was könnten wir ihm schon bieten?

Im nächsten Moment hasste ich mich für diesen Gedanken. Ich stand auf, ballte die Fäuste und spannte jeden Muskel in meinem Körper an. Wie konnte ich nur daran denken ein Leben auszulöschen? Es war nun mal passiert. Schließlich konnte das kleine da nichts für. Ich hatte nicht das Recht über sein Leben zu entscheiden.

Ich schnappte mir den Porzellanhaltigen Seifenspender und schmetterte ihn mit voller Wucht gegen die Badezimmertür. Die Wut war vorerst raus. Ich begann die Scherben einzusammeln und schnitt mich.

„Mist", zischte ich.

Mit einer weiteren größeren Scherbe in der Hand, dachte ich für wenige Sekunden darüber nach, wie viele Probleme gelöst werden würden, wenn ich jetzt alles beende. Mein Leben, hier und jetzt auszulöschen. Mein Hals setzte sich zu. Ein ekelerregendes Gefühl kam durch. Purer Ekel gegen mich selbst. Wenn ich tatsächlich mein Leben beendete, dann würde das Kind auch sterben. Und meine Eltern wären noch unglücklicher als sowieso schon. Von Andrew ganz zu schweigen.

Ich schmiss die Scherben wieder in die Ecke. Tränen liefen mir bereits über die Wange. Diese verschiedenen Gefühle so stark zu empfinden, machte mich fertig. Die meisten Gefühle taten einfach so weh, das ich nicht wusste damit umzugehen. Und wenn ich das Kind bekommen würde, dann würde das noch mindestens neun Monate so weiter gehen. Vielleicht würde die Intensität der Gefühle sogar noch mehr wachsen, umso größer es wird? In der letzten Woche waren sie bei mir allein um ein Vielfaches schon gestiegen.

Schluchzend suchte ich eine Ecke des Badezimmers auf die nicht mit Scherben übersät war und setzte mich. Ich zog die Beine an, vergrub meinen Kopf und weinte weiter. Immer wieder schossen mir die gleichen Gedanken durch den Kopf. Bei jedem neuen Gedanken kamen immer neue Gefühle. Mein Puls raste mittlerweile und ich spürte das mein Herz langsam zerbrach. Ein Puzzle aus Millionen von Teilen entstand. Keiner könnte sie je wieder zusammen setzten. Doch eines dieser Teile fehlte. Es fehlte jenes, welches mich selbst zeigte. Ich wusste nicht mehr wer ich war noch wo ich hinwollte. Wie konnte ich diese traumatische Achterbahnfahrt nur abstellen? Meine Hände zerquetschten schon fast meinen Kopf, so sehr drückte ich mir an die Schläfen.

68

„Lexa! Hallo?", rief Andrew.

Er war hier. Im nächsten Moment öffnete er schon die Badezimmertür. Die Scherben wurden von der Tür langsam zur Seite geschoben. Ein komisches quietschendes Geräusch entstand, das es mir schauderte. Schluchzend und mit Tränen überströmt saß ich vor ihm.

„Lass mich in Ruhe. Bitte", flehte ich.

Doch er hörte nicht auf mich. Er kam rüber und kniete sich vor mir.

„Nein, ich lass dich nicht allein", sagte er liebevoll und doch deutlich.

Ich sah ihn an. Vielleicht war es auch ganz gut, dass er hier war. Vielleicht konnte er mir helfen diese Gefühle abzustellen oder zu ordnen. Nicht mehr lange und ich drehte noch durch. Bewusst nahm er nicht meine Hand. Doch ich wollte es.

„Hilf mir", flüsterte ich und nahm seine Hand.

Er hatte etwas Angst, doch das stärkste Gefühl war Verzweiflung. Denn auch Andrew, so gerne er es wollte, konnte mir nicht helfen.

Frische Tränen schossen mir in die Augen.

„Was ist mit dir passiert? Was ist mit deiner Hand?"

Ich schaute auf meine Hand, bei der ich die Wunde noch nicht einmal abgebunden hatte. Mittlerweile war das Blut getrocknet. Mein Blick wanderte weiter. Viel trockenes Blut klebte an meiner Kleidung.

„Es ist nicht so schlimm. Schon gut. Aber", ich wusste nicht, wie ich es ihm sagen sollte. Was wenn er das Kind nicht wollte und mich vor vollendeten Tatsachen stellte und für immer verschwand? Ich löste meine Hände von Andrew und schaute wie wild im Badezimmer herum.

„Irgendwo", nuschelte ich.

69

Und da fand ich ihn. Den positiven Schwangerschaftstest. Mit zitternder Hand überreichte ich ihn an Andrew. Zunächst wusste er nichts damit anzufangen, bis er es genauer betrachtete und ihm einfiel, wofür man solch ein Ding benötigte.

Ich schaute in sein Gesicht, um eine Reaktion abzuwarten. Ich wurde nicht schlau daraus. Im nächsten Moment wollte ich ihn berühren, um zu fühlen, wie es ihm ging. Meine Angst vor der Wahrheit war allerdings zu groß.

„Und?", meine Worte waren nur ein Hauch, doch Andrew sah mich sofort an. Ein leichtes Lächeln machte sich breit. War es echt? Es sah auf jeden Fall verdammt danach aus. Meine Hände ließ ich trotzdem bei mir.

„Ich werde Vater", sagte er mit einem merkwürdigen Tonfall.

Ich wusste nicht, ob ich antworten sollte. Wie eine Frage klang es nicht, deshalb nickte ich nur zustimmend. Plötzlich lag ich in seinen Armen. Ein wolliges und glückliches Gefühl durchfuhr mich. Es kam eindeutig von Andrew, denn unsere Gesichter waren so nah, dass sie sich berührten. Zwar war auch ein Hauch von Angst zu spüren, doch das stand ganz hinten an.

„Du bist nicht böse?", wimmerte ich.

„Böse? Warum sollte ich den böse sein?", fragend sah er mich an. Ich wusste keine Antwort.

„Lexa, ich liebe dich. Du bist die einzige mit der ich mir so etwas wie eine Familie je vorstellen könnte", sagte er ehrlich.

Andrew senkte seinen Blick. Schuldgefühle waren zu spüren.

„Es tut mir nur leid, dass es unter diesen Umständen und jetzt passiert. Bist du mir nicht böse?"

70

„Nein! Bin ich nicht! Überhaupt nicht! Ich dachte nur du willst kein Kind. Wir sind schließlich noch so jung", antwortete ich.

Er legte mir einen Finger auf den Mund.

„Das heißt ja noch lange nicht, nur weil wir jung sind, dass wir schlechte Eltern wären. Oder?"

Ich schüttelte den Kopf. Andrews Lippen legten sich auf meine. Die Gefühle der Angst das Andrew keine Familie wollte, waren wie weggeblasen. Zwar müssten wir noch meine Eltern und den Rest der Welt davon überzeugen, aber zusammen würden wir das bestimmt schaffen.

.

Kapitel 8

Es dauerte noch eine Weile, bis Andrew und ich aus dem Badezimmer gingen. Ich war froh, dass er im Moment hier war. Meine Haut suchte die ganze Zeit Körperkontakt. Dadurch blieben viele schlimme Gefühle unterdrückt.

Wir beschlossen direkt zu einem Arzt zu fahren, um über alles genau Bescheid zu wissen. Schließlich wussten wir nicht, wenn das Baby solche Kräfte besaß, ob auch alles weitere mit ihm in Ordnung sei.

Es dauerte nicht lange und wir waren fertig. Andrew hielt die ganze Zeit, auch während der Untersuchung, meine Hand, damit die Berührungen des Arztes keine Gefühle über mich brachten. Der Arzt hatte dann noch einen langen Vortrag über Vorsicht in der Schwangerschaft gehalten. Besonders in den ersten drei Monaten sollte man sehr gut aufpassen, dass man sich nicht überanstrengt. Und zum guten Schluss bekamen wir das OK, das es dem Baby gut ging.

Mit Andrews Auto fuhren wir zu ihm nach Hause. Wie würde Jenny nur reagieren?

„Wann wollen wir es deinen Eltern sagen?", fragte Andrew.

Seine Hand lag auf meinem Knie.

„Ich weiß es nicht. Noch nicht. Das hat doch noch etwas Zeit, oder?", bat ich.

Andrew nickte.

Unterwegs kam bei uns beiden leichte Panik auf. Gegenseitig spürten wir unsere Gefühle. Jeder von uns machte sich Gedanken wie das alles funktionieren sollte. Aber am meisten ängstigt uns die Ungewissheit, wieso das Kind solche Kräfte besaß.

„Kannst du dir das erklären?", fragte ich, während die Bäume mit einer rasenden Geschwindigkeit an uns vorbeizogen.

„Nein, aber ich denke wir sollten Jenny fragen. Sie weiß vielleicht etwas?"

„Ja, das ist eine gute Idee", sagte ich und drückte zustimmend leicht seine Hand.

72

Gerade als wir die Tür zu Andrews Haus öffneten, riss Jenny diese vor uns auf.

„Was ist denn los mit euch? Ich kann eure Angst bis hier im Haus spüren!"

„Wir müssen reden Jenny", sagte Andrew mit ruhiger, aber ernster Stimme. Gemeinsam gingen wir alle ins Haus und nahmen im Wohnzimmer Platz.

Ich sagte nicht viel. Andrew erzählte es Jenny direkt, ohne groß herumzureden. Mit besorgtem Blick sah sie mich an. Dann kam sie zu mir herüber und kniete sich vor mir.

„Und wie geht es dir jetzt?", fragte sie mich.

Ohne nachzudenken nahm sie meine Hand. Ein Gefühl von ungeheurem Schmerz und Mitleid durchfuhr mich. Ich schnappte nach Luft, die Tränen liefen wieder über. Andrew nahm rasend schnell meine Hand und versuchte positiv zu denken. Es dauerte eine Weile, bis ich mich wieder einkriegte. Doch schließlich war der Schmerz weg.

„Tut mir leid", rief Jenny.

Sie saß bereits auf einem Sessel, so weit weg wie möglich von mir. Ich wischte mir die immer noch leicht nachlaufenden Tränen davon.

„Ist schon ok. Wir sollten nur in Zukunft etwas besser aufpassen", flüsterte ich schwer atmend.

„Weißt du wie das sein kann?", fragte Andrew besorgt, doch er versuchte an etwas Schönes zu denken und es mir zu vermitteln.

„Ich weiß nicht genau. Aber ich hätte da vielleicht eine Theorie", antwortete Jenny.

„Und die lautete?", bohrte Andrew nach.

73

„Also du und ich sind stärker als die üblichen Halbmenschen von Aron. Könnte es dann nicht auch sein das unsere ersten Nachkommen auch etwas Besonderes sind?"

Andrew saß stur wie eine Statue da und ließ Jennys Worte wirken. Nach einer gefühlten Ewigkeit stimmte er nickend zu. Jenny und Andrew vertieften sich erneut in eine Diskussion. Ich nahm daran nicht teil. Ich stand auf, ging wie ferngesteuert in die Küche und schmierte mir ein Sandwich. Mein Blick schweifte aus dem Fenster, wo es bereits dämmerte. Würden Andrew und ich es wirklich schaffen, so jung schon gute Eltern zu sein? Ok, Andrew war nicht mehr so jung und hatte mehr Erfahrung im Leben sammeln können, aber in Sachen Kinder und deren Erziehung, waren wir beide Neueinsteiger.

Meine Hand fuhr auf meinen Bauch. Das fertige und unangerührte Sandwich lag ohne Beachtung vor mir. Wie ein Stein lag mir das Kind, Andrew und mein Kind, schwer im Bauch. Vor meinem inneren Auge spielten sich mehrere Szenen ab.

In der einen sah ich Andrew, mich und unser zukünftiges Kind in Andrews Haus. Wir stritten uns. Das Kind ließ sich nicht beruhigen. Wir waren so überfordert das unsere Gemeinsame Zukunft in tausende Scherben zerbrach.

Die andre Zukunft zeigte ebenfalls uns drei am selben Ort. Wir waren glücklich. Das kleine spielt im Garten. Andrew und ich saßen auf der Veranda uns sahen ihm beim Spielen zu. Wir waren sehr glücklich und nichts konnte uns trennen.

Die erste Szene hatte ich, warum auch immer, klarer vor Augen. Und das machte mir Angst. Es gäbe allerdings noch eine letzte dritte Möglichkeit. Die wäre das wir das Kind nicht bekommen würden. Aber

74

so etwas wollte ich nicht machen. Ich würde kein Leben umbringen. Schon als mir klar wurde, was auch der Schwangerschaftstest bestätigte, dass ich schwanger war, wusste ich, dass ich dieses Baby bekommen werde. Ich würde es nicht töten.

„Hey", sagte Andrew.

Ich zuckte stark zusammen. Meine Gedanken waren so real, dass ich die Wirklichkeit für einen Moment nicht mehr wahrnahm und somit Andrew nicht hörte, wie er plötzlich hinter mir stand.

„Tut mir leid, ich wollte dich nicht erschrecken. Geht es dir gut?"

Er fasste nach meiner Hand, aber ich wollte einfach nur allein sein.

„Ich, ich bin müde. Ich werde ins Bett gehen", entgegnete ich nur.

Ohne Andrews Antwort abzuwarten, drehte ich mich um und ging nach oben ins Schlafzimmer.

Die nächsten Tage beteiligte ich mich nicht sehr an Gesprächen oder ähnliches. In der Schule dachten alle das läge an meiner Krankheit. Deshalb hielten sie sich auch so gut wie es ging fern von mir, obwohl ich versicherte das es nicht ansteckend war. Der Abstand war aber sehr gut. Wenn mich keiner berührte, gab es auch keine Gefühlsausbrüche.

Es war Freitag. Andrew, Jenny, Ben und ich saßen in der Cafeteria beim Mittagessen. Seit Tagen schossen mir immer die gleichen Gedanken durch den Kopf, so dass ich auch jetzt nicht richtig anwesend war.

Wann sollte ich es meinen Eltern sagen?

Werden die Gefühle von dem kleinen noch schlimmer? Bekomme ich noch mehr ungewöhnliche Symptome oder nur die normalen welche jede schwangere Frau bekam?

„Lexa, hallo?", rief Ben.

Er winkte mit seiner Hand vor meinen Augen hin und her, doch zum Glück berührte er mich nicht.

„Was?", benommen schüttelte ich den Kopf.

„Ist alles ok? Du solltest dich am Wochenende echt ausruhen und vielleicht nochmal zum Arzt gehen. Du siehst so blass aus!"

Gerade wollte er, jetzt doch, meine Hand nehmen, aber ich zuckte zurück.

„Ist, schon ok. Ich war bereits beim Arzt. Ich soll mich nur noch etwas ausruhen", erwiderte ich zögernd.

Auf meiner Wange spürte ich Andrews besorgten Blick. Ich erwiderte ihn nicht. Jenny unterhielt sich mit einem anderen Mädchen, das an unserem Tisch stand.

„Dann kannst du sicherlich auch am Sonntag nicht mitkommen, oder?", Ben redete immer noch auf mich ein.

„Wohin? Was ist denn am Sonntag?", fragte ich nach.

„Sues Mom und ich wollten auf den Friedhof. Ich dachte vielleicht möchtest du mitkommen?", schlug Ben vor.

Es lag nicht viel Hoffnung in seinen Worten. Doch ich wollte sehr gerne mitkommen. Auch wenn ich wusste das Sue nicht mehr da war, wollte ich Ben beistehen. Ich hatte es Sue schließlich versprochen.

„Aber ich komme sehr gerne mit", antwortete ich.

Es war ein leichtes ihm in diesem Moment anzulächeln. Ben erwiderte das Lächeln und nickte.

76

„Gut, dann hol ich dich am Sonntag um neun Uhr ab? Du kannst natürlich auch mitkommen, wenn du magst."

Ben wendete sich an Andrew.

„Ich werde es mir überlegen. Vielen Dank", sagte Andrew höflich.

Ich wusste nicht was ich davon halten sollte. Einerseits wollte ich Andrew jede Sekunde in meiner Nähe haben, aber andererseits würde ich gerne mit Ben allein auf den Friedhof damit ich mich ganz um ihn kümmern konnte, so wie ich es Sue versprochen hatte. Ich war mir sehr unsicher.

Andrew und ich fuhren allein nach der Schule zu mir nach Hause. Jenny wollte den Nachmittag noch in der Bibliothek verbringen, um weiter zu recherchieren.

„Ich werde am Sonntag nicht mitkommen. Wenn das ok für dich ist?", sagte Andrew und warf mir einen scharmanten Blick voller Glück zu. Seine Hand lag wieder auf meinem Knie, so dass ich das Glück auch spüren konnte. Wie machte er das nur, seine Gefühle so gut zu steuern?

„Das ist ok. Ich wusste nicht wie", mir fehlten die Worte.

„Du musst mir nichts erklären", erlöste Andrew mein Gedanken Wirrwarr.

Den Rest des Weges schwiegen wir. Doch es war ein schönes Schweigen. Wir brauchten keine Worte, um zu verstehen.

Die Zeit verging wie im Flug. Fast das ganze Wochenende hatte ich geschlafen. Ob das wohl ein normales Anzeichen einer Schwangerschaft war? Von Samstag auf Sonntag schlief ich zu Hause.

77

Da Ben mich morgen abholen wollte, wäre es zu kompliziert bei Andrew zu übernachten und früh morgens wieder zu mir zu fahren.

Es klopfte an der Tür.

„Lexa?", sagte meine Mutter und linste durch einen Spalt der Tür zu meinem Bett.

„Ja", nuschelte ich.

„Ähm, Ben ist da. Er sagte er wollte dich abholen?"

Ich fuhr hoch und warf einen entsetzenden Blick auf den Wecker. Es war bereits zwanzig nach neun. Wieso hatte ich meinen Wecker denn nicht gehört?

„Sag ihm ich bin sofort fertig! Ja?"

So schnell es ging machte ich mich fertig und stürmte die Treppe hinunter.

„Hallo Ben. Es tut mir leid, ich habe meinen Wecker nicht gehört", entschuldigte ich mich.

Ganz außer Atem gingen wir gemeinsam in die Küche.

„Das macht doch nichts. Wir haben doch Zeit", er grinste mich an.

Meine Schuldgefühle waren verschwunden. Den Kaffee, welchen meine Mutter mir wie gewohnt morgens fertig machte, trank ich in Rekordzeit, so dass wir umgehend losfuhren.

„Wo ist denn Sues Mom? Ich dachte sie wollte mit?", fragte ich nach.

„Sie mag es nicht, wenn so viele auf dem Friedhof sind. Nicht das sie etwas gegen dich hätte, sie mag es einfach nur nicht."

Besorgt aber auch irgendwie gleichgültig erzählte Ben von Sues Mom.

„Wie geht es ihr denn sonst so? Und wie geht es dir im Moment?", fragte ich weiter nach.

78

Er atmete stoßartig aus und starte bewusst auf die Straße, ohne mich anzusehen.

„Es muss ja weitere gehen. Bei Amber ist es allerdings nicht so einfach", sein Atem wirkte zunehmend angestrengter.

„Wie meinst du das?", bohrte ich nach.

„Ach, ich weiß gar nicht wie ich dir das beschreiben soll. Es ist fast so als wenn ihr Körper nicht mehr will. Oder fiel mehr ihre Seele?! Sie kann nichts richtiges essen oder trinken. Immer wird ihr gleich schlecht oder muss sich übergeben. Sie unternimmt nichts mehr und lässt sich auch nicht helfen."

Während Ben erzählte, wie schlecht es Amber ging, machte sich mein Magen bemerkbar. Mir wurde übel. Hätte ich anstatt dem Kaffee lieber etwas essen sollen? Dürfen schwangere überhaupt Kaffee trinken? Ich wurde nervös, meine Hände ganz feucht. Was wenn ich dem Kleinen damit jetzt etwas angetan hatte. Meine Hände umklammerten meinen Bauch. Die Übelkeit ließ nicht nach.

„Ist alles ok?", fragte Ben besorgt.

„Ja, mir ist nur etwas übel", sagte ich.

„Wir sind schon da. Vielleicht hilft dir etwas frische Luft?!"

Schnell parkte Ben das Auto und hielt mir die Tür auf. Wir liefen ein Stück über den Friedhof. So gut es ging vermied ich es von Ben berührt zu werden. Doch er merkte das es mir nicht gut ging und wollte helfen. Ich setzte mich auf eine Bank. Ben setzte sich neben mir.

„Lass mich bitte, es geht gleich wieder", sagte ich angestrengt.

Ich versuchte tief ein und auszuatmen, doch es half nichts.

„Aber Lexa, du siehst krank aus", sprach Ben.

Er rückte näher und legte seine Hand auf meine Stirn.

79

„Nein", wollte ich noch sagen, doch es war schon zu spät.

Die Übelkeit wurde schlimmer. Schmerz durchfuhr jede Faser meines Körpers. Ich krümmte mich und flehte das der Schmerz aufhörte. Aber nichts veränderte sich, es wurde nur noch schlimmer. Jetzt nahm Ben mich sogar noch in den Arm. Ich versuche ihn kraftlos wegzudrücken. „Andrew", flüsterte ich, schloss die Augen und nahm die Schmerzen hin, bis mein Körper so betäubt war, dass ich nichts mehr spürte.

Der Untergrund, auf dem ich lag, war unbequem. Alles war still, doch ein ganz leises Gemurmel von weit weg war zu hören. Ich öffnete die Augen und starrte in grelles weißes Licht. Mein Blick schweifte schnell von diesem Licht weg und überflog den kleinen Raum, in dem ich mich befand. In einer Ecke standen komische Geräte. Alles war weiß und aus Metall gehalten. Hatte Ben mich in ein Krankenhaus gebracht? Mit Mühe setzte ich mich auf. In meinen Ohren klingelte es noch leicht. An meiner Hand bemerkte ich so eine Art Zugang wie sie Ärzte immer legen, um den Patienten Medikamente zu geben. Was hatten die mir gegeben? Ich durfte doch keine Medikamente nehmen. Was war mit dem Baby?

Ich hielt die Luft an und riss mir das Ding von der Handfläche. Dann stieg ich von der Liege auf und ging langsam zur Tür. Hoffentlich kam ich hier unbemerkt raus. Meine Beine wackelten, was das Unbemerkte auftreten etwas schwieriger machte.

Gerade als ich nach dem Türgriff greifen wollte, ging diese auf. Ich fuhr leicht zurück, wobei ich an eines dieser komischen Medizinischen Gerät stieß und stolperte. Ich landete aber nicht auf dem Boden, sondern wurde nach oben gezogen. Im nächsten Moment stand ich schon wieder auf meinen eigenen Beinen. Sofort trat mir ein mir sehr bekannter unglaublich schöner Duft in die Nase. Das konnte nur Andrew sein.

Ich ordnete meine leicht verschwommene Sicht und sah tatsächlich Andrew vor mir.

„Was machst du denn Lexa. Du sollst dich doch ausruhen", sagte Andrew.

81

Ohne dass ich auch nur einen Schritt tat, saß ich wieder auf der Liege.

„Ich wollte nur, wo bin ich? Und was haben die mir gegeben?", fragte ich durcheinander.

Schnell hob ich meine Hand, die mit Blut verschmiert war.

„Warum hast du dir das rausgerissen?", tadelnd sah Andrew mich an.

„Aber ich darf doch keine Medikamente nehmen. Was ist mit dem Baby?!"

Tränen stiegen mir in die Augen. Ich wusste nicht, wieso, doch zurückhalten konnte ich sie einfach nicht. Andrews Blick wurde wieder weich.

„Ist schon gut. Ich kann verstehen das du durcheinander bist. Doch du kannst unbesorgt sein. Ben hat zuerst mich angerufen und dann den Notarzt. Und somit konnte, und musste, ich Ben sagen das du schwanger bist, damit der Notarzt das richtige tun kann. Ich bin dann so schnell gekommen wie möglich."

Vorsichtig wischte er mir eine Träne weg, die gerade dabei war, hinunterzulaufen. Dann nahm Andrew mich fest in den Arm. Es ging mir gut.

Nach kurzer Zeit kam ein Arzt ins Zimmer.

„Guten Tag. Wie schön, dass sie wach sind. Wie fühlen sie sich?", fragte der Arzt.

„Ganz gut soweit", antwortete ich kleinlaut.

Zwar hatte ich keine Angst vor Ärzten, dennoch fühle ich mich in deren Gegenwart nicht sehr wohl. Das Baby lag mir wieder wie in Stein im Magen.

82

„Ihre Werte sind soweit ok. Ruhen sie sich die nächsten Tage aus, dann wird es ihnen schnell wieder besser gehen."

Ich nickte, sagte jedoch nichts. Der Arzt ging zur Tür und öffnete sie, da drehte er sich erneut zu uns um.

„Ach, Dr. Muse wollte gleich noch nach ihnen sehen. Bitte warten sie noch etwas, dann können sie wieder nach Hause", ergänzte der Arzt.

Wieder nickte ich.

Als der Arzt aus dem Zimmer war, sah ich Andrew fragend an.

„Noch mehr Ärzte", genervt schüttelte ich den Kopf.

„Ja. Du weißt doch wie die sind. Sie gehen eben auf Nummer sicher."

Er versuchte zu lächeln. Doch irgendetwas stimmte da nicht. Andrew berührte mich bewusst nicht und mich anlügen fiel im sichtbar schwer.

„Verschweigst du mir etwas?", bohrte ich nach.

„Vor dir kann ich auch nichts verbergen, oder?", ein ehrliches Lächeln trat auf sein Gesicht.

„Nein nicht wirklich" , sagte ich und grinste zurück.

„Also was ist es?", wollte ich wissen

„Es ist nichts Schlimmes. Nur die Frau Dr. Muse, sie ist eine Ärztin für das Baby", erklärte Andrew.

Dann war Stille.

„Aber das ist doch gut. Dann wissen wir das es dem kleinen auch gut geht."

Schweigend sah Andrew mich einfach nur weiter an. Dann löste er seine starre.

„Na dann ist ja gut. Aber du weißt das es jetzt so gut wie offiziell wird. Wir müssen es auch schon bald deinen Eltern sagen", erklärte Andrew.

„Ich weiß. Und das werden wir, auch sobald wir zu Hause sind."
Bestätigend strich ich über meinen Bauch.

Die Untersuchungen ergaben das mit dem Baby und mir alles in bester
Ordnung sei. Andrew und ich saßen still im Auto auf dem Weg zu mir
nach Hause. Es waren nur noch zwei Blocks bis wir am Ziel ankamen.
„Alles ok?", fragte Andrew besorgt und ebenfalls leicht aufgeregt. Ich
sah in seine klaren wunderschönen Augen, bei denen mein Herz
unregelmäßig zu schlagen begann. Hoffentlich würde unser Baby seine
Augen bekommen. Und seine weichen Gesichtszüge, sowie seine
großartigen Lippen.
Immer noch in meinen Gedanken versunken, lächelte Andrew leicht
auf. Er spürte meine unterschiedlichen Gefühle und war amüsiert. Ich
schüttelte leicht den Kopf und nickte ihm entgegen.
„Ja, es ist alles ok. Lass uns das nur schnell hinter uns bringen, ja?",
nervös zupfte ich an meinem Shirt herum.

Andrew parkte das Auto am Straßenrand. Gemeinsam gingen wir den
Weg hoch zu unserem Haus. Plötzlich blieb Andrew stehen. So schnell
es ging ließ er meine Hand los.
„Was ist denn los?", fragte ich überrascht.
„Warte", flüsterte er und hob einen Finger.
„Aber was ist denn los?", bohrte ich nach.
Gerade wollte ich seine Hand nehmen, um zu fühlen was los war, doch
er zog sie so schnell weg, dass ich keine Chance hatte auch nur in die
Nähe zu gelangen.
„Deine Mutter", sagte Andrew ernst.

84

„Ist was passiert? Geht es ihr gut?"

Mein Atem wurde unregelmäßig.

„Ja es geht ihr gut. Reg dich nicht auf. Es ist nur, es ist etwas passiert.
Sie ist sehr traurig."

Andrew hatte die letzten Worte nicht einmal zu Ende gesprochen, da
rannte ich schon zur Haustür und stürmte ins Haus.

Meine Mutter saß tränen überströmt in der Küche.

„Mom" rief ich und ging auf sie zu. Andrew nahm schnell meine Hand
und hielt mich zurück. Erst jetzt wusste ich warum. Ich durfte sie nicht
berühren. Sie nicht trösten oder in den Arm nehmen. Die Gefühle
wären zu stark. Mit dem was heute schon auf dem Friedhof passiert
war, konnte keiner von uns wissen was die Gefühle von Mom bei mir
anrichten würden.

„Lexa! Da bist du ja. Ich, ich habe den ganzen Tag versucht, aber", ein
Schluchzen nach dem anderen kam aus ihrem Mund.

Sie sah mich durch ihre kleinen angeschwollenen Augen und mit einem
nicht endenden Tränenschleier an. Ich musste sie in den Arm nehmen.

Andrew spürte was ich vor hatte und hielt meine Hand noch fester.

Jetzt ließ er sie los, ging selbst auf Mom zu und legte einen Arm um sie.

Er würde sie für mich trösten, ich durfte es nicht riskieren.

„Was ist passiert?", fragte Andrew in einem ruhigen Ton, doch der
Schmerz überschattet sein ganzes Gesicht.

„Ron", stieß Mom hervor.

„Dad", flüsterte ich. Meine Beine begannen zu wackeln. Meine Hand
griff nach etwas, woran ich mich festhalten konnte. Auf einmal war
Andrew an meiner Seite und führte mich zu einem Stuhl.

„Was ist passiert Mom. Sag bitte!"

85

Wieder begann sie zu schluchzen und auch bei mir liefen jetzt die Tränen.

„Sag", schrie ich sie fast an.

„Er hatte einen schweren Autounfall", begann sie leise zu erzählen.

„Ist er", ich beendete den Satz nicht.

Mom wusste genau was ich fragen wollte und sofort schüttelte sie den Kopf. Mit mehrfach tiefem ein und ausatmen versuchte ich die Anspannung abzuschütteln. Es gelang mir nicht richtig. Dann erzählte Mom weiter.

„Er liegt in St. Barbara im Krankenhaus im Koma."

„Aber Koma ist nicht tot. Wann kann Dad wieder nach Hause? Wie", meine Stimme versagte.

Gerade wollte Mom meine Hand nehmen, war Andrew schon bei mir und hielt mich fest. Er versuchte seine Gefühle zu steuern, doch auch wenn seine nur schwach durchkamen, schlugen sie bei mir ein wie eine Rakete. Dann noch meine eigenen Gefühle und die Gedanken um Dad. Es dauerte eine ganze Weile, bis ich mich wieder im Griff hatte.

„Ich werde heute Abend noch fliegen. Andrew kannst du dich bitte um Lexa kümmern, solange ich weg bin?", mit ernstem Blick sah sie Andrew an.

Er nickte.

„Kommt gar nicht in Frage. Ich komme mit", leicht wütend stand ich vom Stuhl auf.

Jetzt durfte ich nicht an mich denken. Ich musste an meinen Dad denken, der mich jetzt brauchte. Andrew wollte mir gerade ins Gewissen reden, da ging meine Mutter dazwischen. Sie sah mir tief in

86

die Augen und bat ohne Worte, nur mit diesem behutsamen und auf irgendeine Art und Weise beruhigenden Art, um Verständnis.

„Schätzchen, das geht leider nicht. Sie lassen immer nur eine Person zu ihm. Und du musst auch an dich denken wie es dir dort gehen wird in dem Krankenhaus bei den ganzen Ärzten. Dann noch die Schule", versuchte sie es mir zu erklären.

„Das ist mir gerade alles egal Mom", stieß ich hervor.

Neue Tränen liefen mir übers Gesicht.

„Bitte versteh."

Sie kam auf mich zu und legte eine Hand an meine Wange. Ich kämpfte nicht dagegen an und wich auch nicht aus. Ein unbeschreibliches Gefühl von Verständnis und bitte verbreitete sich über meinem Körper. Doch der Kummer überwiegte. Ich hielt die Luft an. Für wenige Sekunden ließ ich ihre Berührung über mich ergehen, dann löste ich meine Wange von ihrer Hand.

„Ich geh ein paar Sachen packen für die nächste Zeit", sagte ich nur.

So schnell es ging verschwand ich nach diesem Satz in mein Zimmer. Andrew folgte mir nicht gleich, was ich im nächsten Moment bereute. Oben angekommen, sackte ich auf die Knie und zog mehr und mehr Luft ein. Moms Gefühle strömten noch in meinem Körper nach, sowie meine eigenen. Um mich herum verschwamm die Sicht. Es war wie heute auf dem Friedhof. Gleich würde ich Ohnmächtig werden. Plötzlich ebbten die Gefühle langsam ab. Mein Atem wurde regelmäßiger. Ich schaute mich um und sah Andrew neben mir knien. Seine Hand umfasste die meine. Er wusste das ich ihn genau jetzt und in diesem Moment mehr brauchte als je zuvor.

87

Wieder saßen wir schweigend in Andrews Auto auf dem Weg zu ihm. Doch diesmal war es nicht so dass wir uns schweigend verstanden. Diesmal war es einfach so dass ich nicht reden wollte. Damit ich nicht in Versuchung geriet ihm doch um den Hals zu fallen und um meine gerade getrockneten Tränen zurückzuhalten, blickte ich aus dem Fenster in die Dunkelheit.

Jenny saß wieder in einem Bücherhaufen versunken auf dem Wohnzimmerboden. Sie war so vertieft, dass sie es nicht bemerkte als Andrew und ich ins Haus kamen.

„Oh, da seid ihr ja wieder. Ich habe, ähm, was ist denn los? Ist etwas passiert? Geht es dir gut Lexa?"

Noch während sie sprach stand sie auf und kam auf mich zu.

„Ich geh dann jetzt schlafen", sagte ich leise.

Geschickt, und ohne sie zu berühren, huschte ich um Jenny herum, ging direkt ins Schlafzimmer und schloss die Tür hinter mir.

Mit zitternden Händen umfasste ich noch immer den Türgriff. Erst Sekunden später ließ ich mich langsam zu Boden sinken, zog die Beine an und versuchte meinen Gefühlen freien Lauf zu lassen - doch da war nichts. Es war einfach nichts mehr zu fühlen. Keine Tränen waren mehr übrig die ich hätte verschütten können, keine Wut war mehr zu fühlen, die ich hätte rauslassen können. Das einzige was ich spürte war eine innere Leere. Mein Dad lag im Krankenhaus und keiner wusste ob er wieder gesund werden würde. Dann das Baby, wobei auch hier keiner wusste, wie das alles Endet. Würde es ein normales Baby werden oder hatte es am Ende auch Kräfte wie Andrew und Jenny? Und wie würde es mir in der Schwangerschaft gehen. Würde ich das überhaupt

88

überstehen? Keiner konnte diese Fragen beantworten und somit konnte mir auch keiner nur im Geringsten helfen.

Meine Gedanken umkreisten immer weiter diese Leere, in der ich mich befand, bis ich einschlief.

Kapitel 10

Ich starrte nichts suchend aus dem geschlossenen Fenster. Die Sonne stand in einem merkwürdigen Winkel am Himmel. Es war bereits früher Nachmittag und ich lag noch immer in Andrews weichem Bett. Doch all das interessierte mich nicht wirklich. Es war mir egal wie weich das Bett war, noch wie spät es gerade sei.

Die letzten Tage und Wochen waren sehr anstrengend und verwirrend zugleich, so dass mein Körper, egal wann, nur schlafen wollte. Dazu kam noch diese innere Leere, welche mich von Kopf bis Fuß wie eine Gefangene einkerkerte.

Es klopfte leise an der Tür. Ich zuckte zusammen.

„Ja?", kam krächzend aus meiner Kehle. Mein Hals war trocken und rau. Mir fehlte fast jegliches Zeitgefühl, so dass ich mich nicht daran erinnern konnte, wann ich das letzte Mal etwas aß oder trank. Andrew betrat, während meine Gedanken weiter mit sich selbst beschäftigt waren, das Zimmer.

„Hallo, hast du gut geschlafen?", er kam näher und setzte sich zu mir aufs Bett. Seine wunderschönen blauen Augen blickten trübe dahin und sahen mich wie durch einen Schleier an.

„Ja schon", flüsterte ich, ohne die Lippen zu bewegen.

„Aber?", fragte er vorsichtig nach. Seitdem ich wusste das Andrew ein Halbmensch war und spezielle Fähigkeiten besaß, wusste ich auch, dass es nichts bringen würde ihn anzulügen. Genau wie seine Schwester Jenny, war Andrew der Nachfahre eines mächtigen Inkubus Dämon namens Aron. Sie besaßen beide die Fähigkeit die Gefühle der Menschen zu spüren. Weiterhin konnten sie in die Träume von allen Menschen im Schlaf eindringen, ihnen Alpträume übersenden und somit Lebensenergie aussaugen. Diese Erfahrung durfte ich noch vor wenigen Tagen am eigenen Körper erfahren. Und das alles war nur ein sehr kurzer Auszug ihrer Fähigkeiten.

Ich wand den Blick ab. So schnell es ging schob ich den Gedanken an all das wieder beiseite. Hätte ich vorher gewusst welches Ausmaß, das alles nach sich zog, wären so manche Entscheidungen wohl anders verlaufen. Oder auch nicht?

Die Lebenseinstellung von Andrew und Jenny war wenigstens anders als bei anderen Halbmenschen. Sie hatten sich bewusst gegen das Leben als aktiver Halbmensch entschieden und wollten nur als Mensch weiterleben. Der größte Unterschied hierbei war das sie als Halbmensch nahezu ewig leben konnten. Durch das Leben als einfacher Mensch würden sie auf normale Art und Weise altern und sterben. Der größte Hacken hierbei war allerdings das nach einer gewissen Zeit als aktiver Halbmensch die Umstellung auf ein einfaches Menschenleben als unmöglich angesehen wurde; denn es war wie eine

90

Sucht. Eine Sucht von solch großem Ausmaß wie man es sich nicht vorstellen konnte. Einmal angefangen als Halbmensch zu leben, möchte man dieses nicht wieder aufgeben. Das Glück die Träume zu empfangen, andere Menschen zu manipulieren wäre wie ein Rausch. War ein Halbmensch längere Zeit ohne Energie von Träumen, viel es ihm schwer sich auch nur in der Nähe von Menschen aufzuhalten. Besonders wenn diese dann noch schliefen. Doch das Ganze wäre möglich. Andrew war der lebende Beweis. Jedoch würde dieser Entzug nicht ohne einen wichtigen Grund funktionieren. Und diesen hatte Andrew damals in der Liebe zu den Menschen gefunden. Die echte Liebe gab einen die Kraft alles zu überstehen, hatte er einmal gesagt.

„Machst du dir noch Gedanken wegen Aron?", Andrew platze mitten in meine Gedanken. Sanft streichelte er über mein Haar. Ich schloss die Augen und sah die Bilder wieder deutlich vor mir.

Vom Anfang als Andrew und ich in Arons Königreich eingedrungen waren und ihn dort bekämpften; bis zum Ende unserer Flucht von dieser grauenhaften Insel. Obwohl alles ein gutes Ende nahm und Aron letztendlich besiegt wurde, hatten sich dutzende dieser schrecklichen Erinnerungen in meinem inneren Auge eingebrannt. Zum Beispiel wie sich Jenny, vorgetäuscht, zurück auf Arons Seite schlug. Oder wie Aron Andrew fast erwürgte, bis ich mich für ihn opferte. Jedes einzelne Bild ließ mich aufs Neue erschrecken. Ein eiskalter Schauer überzog meine Haut.

„Uns wird nichts mehr passieren", versuchte Andrew mich zu trösten und küsste sanft meine Stirn.

„Ich weiß", entgegnete ich flüsternd. Und es waren, außer in diesem Moment, gar nicht die Gedanken an Aron die mich so beschäftigten. Viel mehr lagen die Gedanken bei meinem Vater.

Als wir gerade ein paar Tage wieder zu Hause in Arizona waren, hatte mein Vater der regelmäßig auf Montage fuhr, einen schweren Autounfall. Dieses war jetzt zwei Wochen her. Seitdem lag er im Koma.

„Ich muss zu ihm", sagte ich schließlich ganz versunken in Andrews Armen. Er wusste sofort das ich meinen Vater meinte. Er fühlte meine Angst, Trauer, Sehnsucht. Die ganzen zwei Wochen hatte ich ihn nicht ein einziges Mal gesehen. Meine Mutter, die wiederum die ganze Zeit bei ihm war, sagte ich sollte mich auf die Schule konzentrieren. Im Moment könnte ich bei Dad sowieso nichts machen. Er müsste es von sich aus schaffen.

Doch die Schule war mir derzeit echt egal. Wie ein Roboter lief ich die letzten Tage sowieso nur mit, ohne wirklich etwas zu verstehen.

„Und du meinst das ist eine gute Idee? Wer weiß was unterwegs alles passieren könnte?" Andrew redete mit seiner mir nur allzu vertrauten, warmen und sanften Stimme auf mich ein. Merkwürdigerweise musste ich feststellen, dass dieses nicht mehr die Wirkung hatte wie noch von vor geraumer Zeit. Jedes Wort hatte mich früher immer bis auf den Grund meines Herzens berührt. Gerade in diesem Tonfall und dazu sein Duft wirkten fast hypnotisch. Aber jetzt war es wie eine Mauer, die mein Herz Stein für Stein mehr und mehr einschloss. Entfernten wir uns tatsächlich voneinander? Was wenn er mich bald nicht mehr so liebte, weil ich mich so sehr verändert hatte? Neben den eh schon negativen Gedanken machte sich zusätzlich leichte Panik in mir breit.

92

„Beruhig dich bitte Lexa."

Behutsam bettete er mich tiefer in seine Arme. Die Panik ebbte ab. Anhand dieser Aktion wurde mir nur wieder allzu deutlich klar, warum er so besorgt war. Auch dieses begann vor wenigen Wochen. Als wir uns auf den Weg zu Arons Königreich befanden, musste Andrew wieder zu einem aktiven Halbmenschen werden, um nicht erkannt zu werden. Da alle Bewohner dieser besagten Insel aktive Halbmenschen waren, hätten sie es sofort gesehen, wenn Andrew als normaler Mensch dort erschien wäre. Um damals zwangsweise seinen Dienst wieder aufnehmen zu können und wir uns auf hoher See befanden, hatte ich mich als Menschenopfer für seine Inkubusdienste bereitgestellt. Uns blieb allerdings nicht viel Zeit. Andrew musste nicht nur in meine Träume eindringen, sondern eine schwerwiegendere Tat vollbringen. Er musste mir, in kürzester Zeit, so viel Lebensenergie entziehen wie möglich war. Und dieses gelang nur wenn er, während ich schlief, sich mit mir vereinigte. Auf Grund das ich vorher durch diverse Umstände auch schon nicht regelmäßig verhüten konnte, wurde es noch komplizierter und ich tatsächlich schwanger. Als wenn das nicht in unserem Alter schlimm genug wäre, hatte dieses Baby, welches ich unter meinem Herzen trug, eigenartige Kräfte. Kräfte die einem Inkubus glichen. Es konnte ebenfalls Gefühle spüren und verstärken. Und da ich diejenige war die dieses Baby in sich trug, übertrugen sich diese Kräfte auf meinen Körper. Das bedeutete im Klartext: Wenn ich jemanden berührte, ob gewollte oder nicht, empfing ich dessen Gefühle hundertmal schlimmer als diese Person es überhaupt selbst wahrnahm. Egal ob gut oder schlecht.

In jüngster Vergangenheit war dies mehrfach vorgekommen. Einmal hatte Ben mich berührt. Ben war von Sue, meiner längsten und besten Freundin, die dann aber durch Arons Hand getötet wurde, dessen Freund. Aron wollte damals all meine lieben töten, damit ich unglücklich werden würde, mich von Andrew trennte und dieser zu ihm zurückkehrte. Doch der Plan war nicht aufgegangen – Sue allerdings war und blieb tot. Ben kam bis zu jenem Tag nicht richtig damit klar. Ein Sonntag vor wenigen Wochen waren wir zusammen auf dem Friedhof, um Sue zu besuchen. Dort berührte er mich unabsichtlich, so dass ich letztendlich im Krankenhaus erwachte, weil die vielen Gefühle für mich nicht auszuhalten waren. Mein Körper blockierte und ich wurde bewusstlos.

Genau dies war auch der Grund weshalb Andrew sich solche Sorgen machte, wenn wir zu meinem Dad reisen würden. Die Möglichkeit einer Berührung mit vielen verschiedensten unerwarteten Gefühlen, empfand er als äußerst riskant.

Noch eine ganze Weile lagen wir so da. Tränen sammelten sich in meinen Augen. Am liebsten hätte ich Andrew jetzt nicht in meiner Nähe. Er sollte nicht wissen, wie es mir gerade ginge. Für ihn war ich sowieso schon wie ein offenes Buch. Behutsam schob ich mich aus seinem Arm und setzte mich hin.

„Ich würde gerne ein wenig spazieren gehen."

Andrew setzte sich ebenfalls auf.

„Du möchtest noch etwas allein sein?", ein bedrückender Ausdruck lag auf seinem Gesicht.

94

„Ja. Aber", erwartungsvoll sah er mich an. „Andrew, bitte entschuldige mein Verhalten der letzten Wochen. Ich liebe dich so sehr. Vergiss das bitte nicht."

Wie eine zerbrechliche Porzellanpuppe, nahm er mein Gesicht in seine Hände. Für den Hauch einer Sekunde spürte ich nur ihn. Kein Schmerz, keine Sorgen.

„Ich liebe dich auch."

Mit einem guten Gefühl lösten wir einander. Ich schlüpfte in meine Jeans, stapfte in die Turnschuhe und verließ das Zimmer. Andrew folgte mir nicht.

Mit schnellen Schritten ging ich die Treppe hinunter am Wohnzimmer vorbei, wo Jenny, mal wieder, in Büchern versunken dasaß.

„Oh, hallo Lexa. Wie geht es dir? Geht ihr weg?"

Ich blieb stehen und sah sie an.

Meine Beziehung zu Jenny war…kompliziert. Sie gehörte zu Andrew wie ein Teil seiner Familie. Doch auch wenn sie und ich uns anstrengten, gelangen wir auf keinen grünen Zweig miteinander. Wir stritten uns nicht, und dennoch zweifelten wir jeder an den anderen. Ich bezweifelte immer, ob sie es wirklich ernst meinte mit Andrew und dem inaktiven Leben als Inkubus. Und sie bezweifelte meine Liebe zu Andrew. Beide sprachen wir nie darüber, aber fühlten es gegenseitig.

Das schöne Gefühl welches Andrew mir mit auf den Weg gegeben hatte, war bereits fast verschwunden. Die Leere und ein Haufen anderer unangenehmer Gefühle machten sich erneut breit.

„Nein, nur ich", hauchte ich Jenny kurz entgegen, dann verließ ich weiter mit tränenbestückten Augen umgehend das Haus. Mitleid,

95

besonders von Jenny, war das letzte was ich jetzt wollte geschweige denn ertragen konnte.

Ohne darüber nachzudenken lief ich die Straße entlang. Mittlerweile war es dunkel. Und da auch schon der Oktober angebrochen war, wurde es bitterkalt sobald die Sonne verschwunden war. Eine Jacke oder einen dicken Pullover hatte ich in dem Moment vergessen. Ich schlang die Arme fester um meinen Oberkörper und lief weiter.

Durchgefroren und mit zitternden Beinen blieb ich stehen und versuchte Anhand von Anhaltspunkten herauszufinden, wo ich überhaupt gerade war.

Wenn das Straßenschild nicht irrte, war ich fast drei Meilen gelaufen. Ich stand bereits in einem komplett anderen Bezirk. Einige Gebäude kamen mir bekannt vor, doch als ich das letzte Mal hier war, war ich noch ein kleines Kind.

Ich setzte mich auf eine Bank, direkt unter einer Straßenlaterne. Mir blieben nur wenige Momente, um in meine Gedanken zu versinken, da vibrierte mein Handy. Andrew rief an. Die Kälte trocknete eine herunterrollende Träne. Es fühlte sich wie Feuer auf der Haut an. Andrew hatte bislang jede Stunde versucht mich zu erreichen, doch mein Gefühl ließ es nicht zu mit ihm zu sprechen. Ich wollte ihm so gerne alles sagen. Aber genau wie es ihm manchmal ging und er nicht die richtigen Worte fand, so ging es mir gerade auch.

Ich zog die Beine an, um mich selbst etwas mehr aufzuwärmen. Automatisch griff ich zu meinem Handy. Jedoch nicht, weil es klingelte, sondern weil ich mit jemanden sprechen musste. Ich musste mit jemanden über all das reden oder wenigstens über einiges davon.

Es klingelte kaum zweimal.

96

„Hallo?"

„Ben? Hallo, ich bin es Lexa", ohne es steuern zu können liefen mir die Tränen runter.

„Hallo Lexa. Schön von dir zu hören, wie geht es dir?", ich sagte nichts, schluchzte nur leise.

„Lexa? Was ist denn los? Weinst du?"

Ohne zu drängen gab Ben mir Zeit mich zu sammeln. Es gelang mir kurz darauf einen Moment die Fassung zurück zu gewinnen.

„Kannst du mich abholen?", ein erneutes Schluchzen entfuhr mir. Meine Hand fing ein weiteres ab.

„Äh, ja. Wo bist du denn? Ist Andrew nicht da?"

„Nein, nein", fuhr ich ihm dazwischen. „Nicht Andrew. Kannst du mich allein abholen?" Ich biss mir auf die Zunge. Diese Worte, das ich Andrew nicht sehen wollte, taten mir im Herzen weh - doch es ging nicht anders. Ich kniff die Augen zusammen, um vielleicht doch noch in ein schwarzes Loch zu versinken.

„Natürlich hol ich dich ab. Wo bist du?"

Nachdem es einige Minuten dauerte, bis ich Ben den Platz nennen konnte, an dem ich gerade war, legte ich mit zitternden Händen auf. Erst jetzt kamen die Schmerzen richtig durch. Nicht die körperlichen Schmerzen wie die Kälte, die meine Füße bereits taub haben werden lassen, sondern die emotionalen Wunden schlossen sich einfach nicht. Ich ließ meinen Kopf in den Schoß fallen und weinte leise vor mir hin.

Nach nicht einmal zehn Minuten hielt ein Auto vor mir. Vorsichtig hob ich den Kopf. Es war ein alter roter Kleinwagen. Ben fuhr das Auto seiner Mutter. Meine Tränen waren zum Glück bereits verstummt als

97

Ben ausstieg. Der Anblick war zum Schmunzeln. Solch ein gut gebauter großer durchtrainierter Mann und dann so ein Auto.

„Lexa, was ist denn los?", er kam schnell auf mich zu. Sofort schob ich alle Gedanken zur Seite.

„Stopp, warte!", ich hob instinktiv meine Hände - er blieb stehen. Adrenalin schoss mir in den Kopf und pochte schmerzlich an meinen Schläfen. Meine Augen wollten sich schließen, doch ich hielt sie auf und sah Ben traurig an.

„Frag bitte nicht wieso, aber…fass mich nicht an, ja?"

Verwundert sah er auf mich runter.

„Aber Lexa, ich verstehe nicht", er machte einen weiteren Schritt auf mich zu.

„Bitte…fass mich einfach nicht an. Kannst du mich einfach hier wegbringen?" Ein neuer Schwall von Tränen machte sich breit.

„Aber natürlich. Komm, steig ins Auto."

Ben ging zurück zum Auto und hielt mir die Beifahrertür auf. Ich rappelte mich von der Parkbank hoch und ließ mich im Auto nieder. Ben stieg wieder auf der Fahrerseite ein.

„Wo möchtest du gerne hin und was ist mit Andrew, wenn ich fragen darf?", verlegen sah Ben aus dem Fenster. Obwohl es dunkel war wusste ich das ihm die Frage unangenehm war und er rot wurde.

„Ich", mir fehlten jegliche Worte. Ich wusste nicht, wie ich es ihm sagen sollte. Nur eines war mir klar, nämlich dass ich nichts von Andrews und Jennys Existenz erzählen durfte. Doch über meine Schwangerschaft und meinen Dad wusste Ben ja sowieso Bescheid. Also war er für mich im Moment einfach der perfekte

98

Ansprechpartner. Doch wo sollte ich anfangen? Mit zitternden Fingern spielte ich an dem Saum meines dünnen Shirts herum.

„Warte", mit einer fließenden Bewegung zog Ben seine Footballjacke aus. „Hier, zieh die an. Du bist ja ganz durchgefroren!", er hielt sie mir hin. Ohne eine Berührung auszutauschen nahm ich sie entgegen.

„Danke", sagte ich und zog schnell die Jacke über. Die Wärme seines Körpers war noch an ihr zu spüren. Wie ausgehungert nahmen meine durchgefrorenen Glieder alles auf. Langsam wurde mir wieder wärmer. Das Zittern ließ nach.

„Kein Problem", grinste er leicht. „Und…wo darf es hin gehen?", im selben Augenblick startete er den Wagen.

„Keine Ahnung. Hauptsache erst einmal hier weg und bitte nicht nach Hause", flüsterte ich. Ein Stich durchzog ein weiteres mal mein Herz bei den letzten Worten.

Er überlegte kurz und schmunzelte mich mit einem warmen Blick an. Komischerweise fühlte ich mich von ihm verstanden. Auch ohne über irgendetwas gesprochen zu haben.

„Ok", bestätigte er kurz. Dann fuhren wir los.

Wir fuhren eine ganze Weile durch die Dunkelheit, bis Ben den Wagen in eine schmale Gasse lenkte. Dort war es noch dunkler da keine Straßenlaternen mehr an den Seiten standen. Ich kannte die Gegend nicht. Trotzdem versuchte ich, zwecklos, irgendetwas aus dem Fenster zu erkennen.

Mein Körper hatte mittlerweile wieder normal Temperatur. Trotzdem hielt ich die Jacke weiterhin fest umwickelt. Sie fühlte sich wie eine Art Schutz an. Und das nicht nur gegen die Kälte.

99

Insgesamt sprachen wir auf der Fahrt nicht wirklich miteinander.

Allerdings besaß ich den inneren Drang dazu. Ich wollte mit ihm reden. ihm alles sagen. Oder zumindest das was ich mir vorgenommen hatte.

„Wo fahren wir denn genau hin?", noch immer sah ich zum Fenster hinaus. Es wurde immer dunkler und dunkler. Lediglich eine Schwarze Wand war draußen zu erkennen.

„Keine Angst. Wir sind gleich da", sagte Ben, um mich zu beruhigen. Ein letztes Mal bog er ab und hielt nach einigen Metern an.

Ben stieg aus, kam auf meine Seite und hielt mir die Tür auf. Sue hatte damals Recht als sie erzählte das Ben wirklich nicht einer von den typischen Footballspielern war. Auf dem Schulball damals zeigte er sich schon von seiner charmantesten Seite. Nun war er auch mir gegenüber so. Obwohl er wusste, dass er mich nicht versuchen brauchte abzuschleppen oder rumzukriegen, war er unglaublich zuvorkommend. Ich stieg aus dem Wagen. Ben schloss die Tür hinter mir und ging einen Schritt vor. Das alles passierte zu meiner Erleichterung ohne Körperkontakt.

„Komm, es sind nur noch ein paar Meter", grinsend sah Ben mich an. Ich nickte. Ein wohliges Gefühl kam in mir auf.

Einen letzten großen Busch ließen wir noch hinter uns, dann sah ich es. Wir standen an einer Klippe. Oder mehr auf einem Berg, der rings herum von anderen Bergen umgeben war. Alles war genau zu erkennen. Der Mond erhellte die Nacht so sehr, dass die Landschaft aussah wie ein Meer aus Kratern. Unglaublich durcheinander und dabei so unbeschreiblich schön. Eine Windböe wehte mir die Haare vor die Augen. Sofort legte ich sie mir zurück hinters Ohr damit ich diese Aussicht weiter betrachten konnte. Inmitten der vor uns liegenden

100

Berglandschaft floss ein Fluss. Das Rauschen des Wassers und singende Nachtigallen waren zu hören. Noch eine ganze Zeit stand ich mit offenem Mund einfach nur da. Ben ließ mir alle Zeit der Welt, um alles was es hier zu sehen gab zu verinnerlichen. Dann sah ich ihn an. Er erwiderte triumphierend meinen Blick. Aber nicht auf irgendeine grässliche Art und Weise, sondern eher stolz.

„Es ist wunderschön. Oder besser…unbeschreiblich."

Ich ging einen kleinen Schritt vor. Ein kalter Wind bremste mich. Automatisch zog ich die Jacke fester zu.

„Dann hat es seinen Zweck erfüllt."

Fragend lag jetzt mein Blick auf ihn. Ich zog die Augenbrauen zusammen.

„Ich dachte du wolltest irgendwo hin wo du alles einfach hinter dir lassen kannst. Keine Sorgen mehr, oder", er sprach nicht zu Ende. Schon bei seinen Worten wurde mir klar, dass dies eigentlich sein Ort war. Sein Rückzugspunkt, um über Sue nachzudenken und ihr ganz nah zu sein. Ein unwohles Gefühl machte sich in meiner Magengegend breit. Ich schaute wieder nach vorne.

„Warum zeigst du mir das?", flüsterte ich.

„Wie du dir wahrscheinlich denken kannst, komme ich oft hier her. In den letzten Wochen hat sich alles in meinem Leben verändert. Aber auch in deinem Leben Lexa."

Ich spürte seinen Blick auf meiner Wange, doch ich sah weiterhin nach vorne.

„Wir fühlen einander ähnlich und ich dachte, vielleicht würde dieser Ort dir genauso helfen wie mir. Du musst nämlich wissen, Sue und

101

ich...wir sind damals sehr oft hier gewesen. Hier fühle ich sie...irgendwie", ein kleines Schmunzeln lag in seinen Worten.

„Danke das du mir das zeigst. Ich vermisse sie auch", Ben löste sich und ging zwei Schritte zurück.

„Sue war dir sehr wichtig und du ihr auch. Wir haben viel geredet. Auch über euch", sagte Ben und räusperte sich. „Auch wenn das jetzt nicht zu glauben sei, aber kurz vor ihrem...Tod, hatten wir ein Gespräch darüber, dass wir, wenn jemand von uns nicht mehr da sei, dass der andere sich um die Lieben des anderen kümmert. Und dazu gehörst du."

Ben drehte sich in meine Richtung. Ich sah zu ihm hin. Der Mond schien auf sein Gesicht und tauchte es in einen warmen Ton, der mein Herz berührte. Ich fühlte das auch ich ihm von meinem Erlebnis mit Sue erzählen musste. Langsam ging ich zwei Schritte auf ihn zu, und blieb nur wenige Zentimeter vor ihm stehen. Verwundert über mich selbst hielt ich diesen geringen Abstand ein.

„Ben", wir sahen uns tief in die Augen „Ich muss dir auch noch etwas erzählen. Auch über Sue."

Überrascht sah er zu mir herunter.

„Sue?", formten seine Lippen.

„Ja. Ich habe auch mit ihr gesprochen. Auch über solch eine Situation." Ich unterbrach für einen Moment, drehte mich herum und ging wieder auf die Klippe zu. War es richtig ihm davon zu erzählen. Mein Mund wurde trocken. In meiner Brust begann mein Herz schneller zu schlagen.

„Wirklich? Du hast auch mit Sue gesprochen darüber?", er kam mir nach. Ich hielt die Luft an. Automatisch rechnete ich damit das er mich

102

berührte, doch dies geschah nicht. Ben hatte tatsächlich meinen Wunsch respektiert und fasste mich unter keinen Umständen an. Erleichtert stieß ich den Atem aus.

„Ja, ich habe mit ihr gesprochen."

Ich schloss die Augen. Wie weit konnte ich gehen? Er wird mich für Geisteskrank halten. Besonders heute schon nach der Aktion mit dem nicht anfassen.

„Das war allerdings…nach ihrem Tod", sagte ich zögernd.

„Was? Was sagst du da?", Bens Worte wurden härter. „Wenn du mich ver", ruckartig drehte ich mich ihm wieder zu und schaute ihm direkt in die Augen. Der Abstand fast geringer als vorhin.

„Nein! Ich sage dir die Wahrheit!"

Ben rührte sich nicht. Sein Gesicht wirkte wie erfroren. Er wartete darauf das ich anfing ihm alles zu erzählen. Und genau das war jetzt an der Zeit.

„Als ich mit Andrew in Europa war, da bin ich beinahe gestorben."

Vorsichtig hob Ben eine Hand, um mich zu trösten, mir sein Mitgefühl zu schenken. Im nächsten Moment ließ er diese wieder sinken.

„Aber das wusste ich ja gar nicht", antwortete er verunsichert. Endlich wirkte seine Mimik wieder etwas weicher.

„Nein, das wissen auch nur Andrew und Jenny. Meine Mutter darf dies unter keinen Umständen erfahren. Es geht mir wieder gut. Wenn sie alles wüsste, würde sie sich nur noch mehr Sorgen machen. Und das könnte sie nicht auch noch vertragen. Bitte sag ihr nichts", flehte ich ihn an. Nur Millimeter trennten meine Hand von Bens Brust.

„Nein ich werde ihr nichts sagen", sagte er ehrlich. Er sah auf meine Hand. Ich zog sie zurück. Wie wachgerüttelt fragte er weiter nach.

103

„Und als du im Sterben lagst, da hast du Sue gesehen?", nervös verlagerte Ben sein Gewicht auf das andere Bein.

„Ja. Sie hat mir geholfen meine Seele wieder zurück zu bringen, wo sie hingehörte. Und sie hat gesagt, ich soll auf mich, das Baby und Andrew aufpassen", ich machte eine Pause. Den Gedanken wie sie damals in dieser Zwischenwelt zu mir sprach bescherte mir eine überwältigende Gänsehaut.

„Und ich sollte mich um dich kümmern. Sie hat dich so sehr geliebt und könnte es nicht ertragen, wenn du weiter leidest. Du sollst wieder Leben. Wir beide sollen wieder richtig Leben. Mit ihr in unseren Herzen."

Tränen standen in unseren beiden Augen. Ein nahezu magischer Moment überzog diese Sekunde unseres dar seins.

„Lexa, das ist doch", er schluckte schwer "das kann doch gar nicht sein", flüsterten seine Lippen. Ruckartig drehte er mir den Rücken zu. Geschickt und so unbemerkt wie möglich, wischte er sich die Tränen davon.

„Ben, fühlst du es nicht? Du weißt das ich nicht lüge. Es war wirklich so. Und das Sue dasselbe zu dir gesagt hatte, wo sie noch lebte, ist doch ein zusätzlicher Beweis."

Stille lag zwischen uns. Das Singen der Nachtigallen war verstummt. Nur noch das leise Rauschen des Flusses war im Hintergrund zu hören. Dann drehte Ben sich wieder zu mir.

„Ich glaube dir. Wirklich. Und ich bin froh, dass du mir das gesagt hast. Danke."

Die Mauer zwischen Ben und mir war vollkommen eingerissen. Endlich konnte ich mich Ben gegenüber soweit öffnen wie ich wollte.

104

„Sie sagte noch etwas"

Kapitel 11

Ich erzählte ihm alles was Sue betraf. Unter anderem davon das ihre Seele noch eine ganze Zeitlang zwischen den Welten gefangen war, aber letztendlich ins Licht gegangen sei. Auch wenn es ihn sichtlich schwer fiel das alles zu begreifen, freute es ihn dennoch sehr. Wir redeten die nächsten Stunden noch so weiter, bis die Sonne begann aufzugehen.

„Oh, Mist. Ist das wirklich schon so spät?", bemerkte ich erschreckend. Was sollte ich Andrew nur erzählen, wo ich war? Mir wurde übel. Am besten sagte ich ihm die Wahrheit, lügen brachte bei seinen Fähigkeiten sowieso nichts. Mit dem Gedanken an das Gespräch, welches ich gleich mit Andrew haben würde, versuchte ich mich wach zu halten. Doch ich war so müde, dass mir schon nach wenigen Metern im Auto die Augen zufielen.

Jemand hob mich aus dem Wagen. Ich zuckte zusammen und riss die Augen auf. Andrew hatte mich auf seinen Arm.
„Schlaf weiter", flüsterte er mit seiner wundervollen Stimme. Diesmal erreichte sie mein Herz und dieses schöne warme Gefühl begann mich von innen zu erhellen. Die auf mich einströmenden Gefühle von Andrew taten selbstverständlich auch ihren Beitrag, doch das Gefühl seiner Stimme, war anders - besser.
„Es tut mir leid", murmelte ich noch, dann schlief ich wieder.

Mein Körper weigerte sich aufzuwachen. Aber innerlich war ich ausgeschlafen. Vorsichtig öffnete ich die Augen. Es war dunkel. Wie spät mochte es wohl sein?

106

Ich drehte mich auf den Rücken und stieß leicht gegen Andrew welcher direkt neben mir lag. Mein Herz machte einen kleinen Satz vor Freude das er bei mir war. Dieses wurde allerdings sofort getrübt da noch das Gespräch bevor stand was ich gestern so lange mit Ben zusammen gemacht hatte. „Entschuldige", das war das erste was ich sagte.

„Das macht doch nichts", mehr sagte er nicht. Wieder wusste er nicht was er sagen sollte. Sein Gesichtsausdruck war leidend. Dieser Anblick tat mir in der Seele weh. Es war nicht meine Absicht ihn zu verletzten.

„Andrew. Es tut mir leid. Das mit gestern…ich musste einfach mal…raus."

Ich schluckte hart. Er atmete angespannt ein und aus.

„Lexa, das ist schon ok. Ich kann dich gut verstehen das du hier…mal raus musst", sein Blick bohrte sich bis tief in mein Herz. Dann sprach er mit solch einer ruhigen und dennoch verletzend ernsthaften Stimme weiter die wie ein Tornado mein soeben noch tief berührtes Herz zum Verwüsten brachte. „Ich wäre letzte Nacht fast wahnsinnig geworden, weil ich nicht wusste, wo du warst. Und an dein Handy bist du auch nicht gegangen. Das Gefühl so machtlos zu sein ist unerträglich."

„Ja, mein Akku war leer. Es tut mir leid", ohne nachzudenken fiel ich ihm um den Hals. Ich spürte Andrews Qual. Aber genau das wollte ich auch und erst recht hatte ich dies verdient. Ihn so warten zu lassen, war nicht fair von mir. Dann veränderten sich Andrews Gefühle. Ich spürte keinen Schmerz mehr, sondern verlangen. Ein Verlangen wie wir es schon lange nicht mehr zueinander hatten.

„Tu das einfach bitte nie wieder", murmelte er mir ins Ohr. Ich nickte.

„Versprochen."

107

Gemeinsam verließen wir nach einer gewissen Zeit Andrews Zimmer und gingen in die Küche. Jenny saß am Tisch und frühstückte ihr Müsli.

Heute war Montag und wir mussten zur Schule. Der Alltag ließ nie lange auf sich warten.

„Ach Lexa, deine Mom hat gestern und vorgestern Abend angerufen", sprach Jenny mit vollem Mund in meine Richtung.

„Mom. Mist, das hatte ich total vergessen!", stieß ich hervor. Mom rief bisher jeden Abend um dieselbe Zeit an. Am letzten Abend war ich mit Ben unterwegs und hatte alles total vergessen. Meine ganzen Sorgen waren, wie Ben es vorhergesehen hatte, wenigstens in der Nacht komplett verschwunden. Das Aufflackern des unbeschwerten Gefühls an dem Abend wurden von dunklen Schuldgefühlen überschattet. Nervös ging ich einen Schritt auf sie zu.

„Und was hat sie gesagt? Am besten ich rufe sie gleich zurück." Meine Hand griff direkt nach dem Telefon.

„Ich denke das bringt nichts. Jetzt werden dort alle wohl noch schlafen oder bei der Visite sein. Sie sagte sie ruft dich wieder an. Und dass ich dir liebe Grüße ausrichten soll", für einen Moment war alles still. Ich wartete auf eine andere Nachricht von Jenny. Fragend und voller Hilflosigkeit sah ich sie an.

„Deinem Vater geht es unverändert", nuschelte sie.

Automatisch ging ich zurück und ließ mich in den Stuhl fallen. Jeder Atemzug, den ich tat, wurde schwerer und schwerer. Innerlich brach ein weiteres Stück von meinem Herzen in tausend kleine Teile. Fragte sich nur wie viele Teile noch übrig waren, um so zu zerbrechen.

108

Die Schule war heute, wie bereits die letzten zwei vergangenen Wochen, eine Qualvolle tat. Noch immer durfte ich niemanden berühren. Mehr als die Hälfte meiner Mitschüler hielten mich mittlerweile für völlig durch geknallt.

Zum Lunch saßen Andrew, Jenny und ich an einem Tisch für uns allein. Ich aß nichts, sondern saß einfach nur da. Plötzlich rumste ein Tablett neben mir auf unseren Tisch. Ich zuckte dermaßen zusammen das ich fast vom Stuhl viel.

„Hallo. Ist hier noch etwas frei?", ich schaute auf und sah Ben neben mir stehen. Andrew und Jenny starrten ihn nur an.

„Äh, na klar. Setz dich."

Jennys Gesichtsausdruck wirkte wütend. Bei Andrew war hingegen keine Reaktion zu erkennen. Ben ignorierte sie beide und richtete sich nur an mich.

„Und, wie geht es dir heute so?"

Einfacher Small Talk. Wie normal mir das vorkam.

„Ganz ok. Und dir?", hackte ich nach.

„Ja, auch ganz ok", wir lächelten einander an.

Die restliche Pausenzeit redeten Ben und ich über etliche alltäglichen Dinge. Hin und wieder warf Andrew ein Wort mit ins Gespräch ein. Jenny hingegen war komplett still.

Auf dem Weg zur Klasse, verabschiedete Ben sich in seiner freundlichsten Art von uns. Jedoch ohne mich auch nur einmal zu berühren.

Als Ben verschwunden war richtete Andrew das Wort an mich.

109

„Wir kommen gleich nach. Geh doch schon mal vor", sagte er zu mir.
Wo wollten Andrew und Jenny nur hin? Seither hat er mich doch auch
nicht allein gelassen? Ich wusste das mein nächtlicher Ausflug mit Ben
Konsequenzen hatte. Aber so ein Verhalten?
„Kann ich nicht mitkommen?", ich versuchte den Hundeblick
aufzusetzen. Es funktionierte nicht.
„Nein. Wir sind gleich wieder da", zärtlich gab er mir einen Kuss und
übersendete mir noch ein letztes Mal eine Portion schöner Gefühle.
Doch auch wenn diese überwogen, spürte ich seine Angst. Nur wovor?
Noch bevor ich fragen konnte waren die beiden verschwunden.

Die ganze Stunde über hatten Andrew und Jenny sich nicht mehr
blicken lassen. Ich wartete bewusst so lange, bis alle Schüler am Ende
der Stunde den Klassenraum verlassen hatten, damit ich sicher und
ohne Berührungen gehen konnte.
Mit gestrecktem Hals verließ ich den Klassenraum. Ich suchte nach
Andrew oder Jenny. Und tatsächlich. Andrew stand lässig angelehnt an
meinem Spind und wartete auf mich. Es war wie am Anfang als wir uns
damals kennen lernten. Ein schönes Kribbeln durchflog meinen Bauch.
Lächelnd ging ich auf ihn zu.
„Hi", sagte ich und blieb unmittelbar vor ihm stehen.
„Hi", erwiderte er und gab mir einen so sanften Kuss, dass mein Atem
aussetzte.
„Wo wart ihr denn? Und wo ist Jenny?", nebenbei öffnete ich meinen
Schrank und kramte die Bücher zurecht.
„Wir haben uns nur etwas…unterhalten", seine Antwort kam flapsig.
Ungläubig sah ich ihn an.

110

„Und worüber habt ihr euch so wichtiges Unterhalten, das ich es nicht wissen durfte?", ich schloss meinen Schrank und nahm, ohne zu zögern Andrews Hand, noch bevor er Antworten konnte oder getäuschte Gefühle aufkommen ließ. Meine Bücher vielen mir aus der Hand und ich sackte leicht zusammen. Ein stechender Schmerz kam aus meiner Brust das mir die Luft weg blieb. Diese Art von Gefühl hatte ich bislang so noch nicht erlebt. Zumindest nicht so gefühlt. Erlebt hatte ich es allerdings schon öfter - es war Eifersucht.

Umgehend löste ich meinen Griff von Andrew. Luft ging wieder in meine Lungen. Vorsichtig richtete ich mich auf.

„Was", flüsterte ich in Andrews Richtung, mit der Gewissheit das er dies sehr wohl hörte.

Besorgt sah er mich an.

„Es ist…können wir das vielleicht später und nicht hier besprechen?", Andrew bückte sich und hob meine Bücher auf. Dann drückte er sie mir in die Hand ohne mich zu Berühren.

„Ok. Später."

Die letzten Stunden des Unterrichts verspürte ich einen ungeheuren Drang von hier zu verschwinden. Genauso wie damals als ich allein nach Europa geflohen war, um meine lieben zu schützten. Doch daraus hatte ich gelernt. Es brachte nichts vor seinen Problemen davon zu laufen.

Die Schule war zu Ende. Jenny, die wenigstens die letzte Unterrichtsstunde anwesend war, fuhr allein mit dem Auto zurück nach

111

Hause. Andrew und ich beschlossen ein wenig spazieren zu gehen. Er war mir schließlich noch eine Antwort schuldig.

„Also, was war denn los, dass ihr so schnell euch unterhalten musstet?"
Wir liefen Hand in Hand in einen Park. Dort war zu dieser Uhrzeit nicht viel los und somit konnte wir ungestört über alles sprechen.
Andrew ließ meine Hand los.
„Es war nur…Jenny, sie stellt doch sehr viele Nachforschungen im Moment an, was dich und dem Baby betrifft."
Ich blieb stehen.
„Und? Hat sie etwas rausgefunden?", erwartungsvoll sah ich ihn an.
„Nein, nicht wirklich. Sie ist auf einen ähnlichen Fall gestoßen. Der liegt allerdings schon mehrere Jahrhunderte zurück. Dennoch würde sie gerne dort hinfahren, um weiter zu forschen."
Tränen standen in meinen Augen. Ich war so gerührt von Jenny das sie das alles auf sich nahm, nur um mir zu helfen.
„Hey mein Schatz. Es wird alles gut." Jetzt liefen die Tränen über.
Andrew nahm mich sanft in seine Arme. Kurze Zeit später verstummten die Tränen ein Glück wieder.
„Andrew…das Gefühl von dir gerade in der Schule", er löste sich erneut von mir und ging ein paar Schritte weiter.
„Was genau hast du denn gefühlt?", fragte er mich mit einem seltsamen Ausdruck auf dem Gesicht. Vielleicht hoffte er das ich bestimmte Gefühle nicht richtig zuordnen konnte.
„Es fühlte sich an wie Eifersucht oder Neid?!", ich ging auf ihn zu.
Andrew rührte sich vorerst nicht. „Was hast du? Warum hast du solche Gefühle?"

112

Für einen kurzen Moment schloss er die Augen. Dann sah er mich an.

„Lexa, ich liebe dich", er atmete stoßartig aus. „Und ich bin in gewisser Weise auch nur ein Mann", ich verstand nicht. Andrew kam näher auf mich zu und nahm meine Hand. „Als Ben bei uns war, konnte ich seine Gefühle spüren. Er fühlte sich dir sehr nah und zu dir hingezogen. Und auch dir ging es gut, als er da war."

Erst in diesem Moment hörte ich den Taler in meinem Kopf fallen.

„Ben? Du machst dir Sorgen um Ben?"

Andrew war tatsächlich eifersüchtig auf Ben. Einerseits beruhigte es mich ungemein das Andrew so auf einen anderen Mann reagierte, da mir das zeigte das er mich wirklich liebte. Andererseits war dieser Gedanke dermaßen überflüssig.

„Andrew, ich liebe nur dich. Und wegen Ben…wir sind auf einer Art und Weise verbunden. Das aber nur wegen Sue", Andrew zog angestrengt die Augenbraun zusammen.

„Tut mir leid. Ich wollte da eigentlich gar nicht so ein Wirbel drum machen."

Jetzt nahm ich sein Gesicht in meine Hände und küsste ihn. Es war ein langer deutlicher Kuss. Das Blut floss pumpte mir in den Kopf als seine Lippen begannen sehnsüchtig diese Geste zu erwidern. Für uns beide war klar, dass nichts mehr zwischen uns stand. Ich versuchte an wunderschöne Momente zu denken, die alle etwas mit Andrew zu tun hatten. Er spürte meine Gefühle, die kleinen Explosionen, die jeder einzelne Gedanke auslöste und ließ sich ebenfalls fallen.

Der nach Hause Weg kam mir kürzer vor als er eigentlich war. Andrew und ich liefen Hand in Hand die Straßen entlang und zeigten unser

Glück. Den Rest des Nachmittags hatte ich wieder einmal verschlafen. Am Abend aßen wir gemeinsam. Jenny hatte schon ihren Koffer gepackt. Sie wollte bereits morgen los fahren um genaueres über meine Situation und wie es weiter gehen würde, heraus zu finden.

Das Telefon klingelte.

Ich stand auf und ging ran.

„Hallo?"

„Lexa Schatz, hier ist Mom", ich stutzte. Es war eine ungewöhnliche Zeit das sie anrief. Meine Hände wurden feucht. Das konnte nichts Gutes bedeuten.

„Hallo Mom. Was gibt's? Ist etwas passiert, mit Dad?", Mom sagte vorerst nichts. Mein Herz schlug nur so gegen meinen Brustkorb.

„Es ist…Lexa, vielleicht ist es doch besser, wenn du die Tage mal herkommst. So wie du Zeit hast, am besten vielleicht sogar erst am Wochenende", sie versuchte ruhig zu klingen, doch ich hörte es fast, wie ihr die Tränen herunterliefen.

„Geht es ihm schlechter?", flüsterte ich mit der Erwartung das diese Frage bestätigt werden würde.

„Naja, das kann man nicht genau sagen. Es geht auf und ab. Aber wer weiß…kannst du am Wochenende herkommen?"

„Natürlich. Aber ich komme nicht erst am Wochenende. Ich nehme den nächsten Flug Mom. Ich will bei euch sein."

„Danke Schatz. Ich habe dich lieb."

„Ich habe dich auch lieb", Mom legte auf.

Selbst nachdem meine Mutter bereits lange aufgelegt hatte, hielt ich den Hörer noch in der Hand. Mir war klar: Ich musste meinen Vater sehen. Andrew stand vor mir und nahm mir den Hörer aus der Hand.

114

„Ich muss ihn sehen", flüsterte ich ihm entgegen. Andrews Blick war gesenkt. Er antwortete nicht. Wohlmöglich suchte er wieder nach den richtigen Worten, damit ich nicht zu ihm reise. Egal was er aber dazu sagen würde, ich musste meinen Vater besuchen.

„Wenn er das…wirklich nicht…", meine Stimme zitterte, doch ich musste es aussprechen „Wenn er es nicht schafft, dann könnte ich es mir nie verzeihen ihn nicht ein letztes Mal gesehen zu haben. Ich will nicht, dass es so endet wie bei Sue."

Wir sahen uns tief in die Augen. Er spürte das ich keiner Kurzschlussreaktion folgte, sondern dass mir dieses wirklich wichtig war.

„Ich werde mitkommen", sagte er. Meine Lippen zauberten seit langer Zeit wieder ein Lächeln. Unsere Gesichter kamen einander näher. Wir küssten uns. Unsere beiden Gefühle waren so gleich, dass keine Verwirrung meinem Körper durchfuhr, so dass ich diesen Moment richtig genießen konnte.

Wir fuhren zu Dritt zum Flughafen. Jennys und unser Flug lagen nur wenige Minuten auseinander. Noch als wir die Koffer packten und den ganzen Weg zum Flughafen, redete sie auf uns ein.

„Aber ich bin mir sicher, dass es nicht mehr lange dauert, bis ich herausgefunden habe, wie es mit dir weiter geht. Warte doch bitte noch ein paar Tage oder eine Woche?", sie flehte mich praktisch an, aber ich wollte nicht nachgeben. Ich konnte nicht nachgeben. Ich musste zu meinem Vater.

„Tut mir leid Jenny, aber das geht nicht.", sie versuchte es wieder und wieder.

„Aber wenn dir etwas passiert? Auf dem Flughafen sind so viele Menschen und Gefühle!"

Ich antwortete nicht.

„Und", gerade wollte Jenny erneut anfangen auf mich einzureden, da ging Andrew dazwischen.

„Jenny, lass gut sein. Sie ist doch nicht allein."

Mit knirschenden Zähnen ließ Jenny sich in den Autositz zurückfallen. Schweigend fuhren wir die restliche Strecke zum Flughafen.

Der Abschied von Jenny und mir verlief kurz. Wir berührten uns nicht, doch die Angst stand ihr ins Gesicht geschrieben. Andrew umarmten sie schnell, dann gingen wir in getrennte Richtungen.

Zögernd liefen wir durch die große und mit Menschen überfüllte Halle. Schaffte ich es tatsächlich die bevorstehende Reise heile zu überstehen? Doch ich musste zu meinem Vater. Egal was für Herausforderungen vor uns lagen, schließlich hatten wir auch Aron besiegt und gegen dutzende Halbmenschen gekämpft. Dann sollte dieses auch zu schaffen sein.

Trotz all meiner Gedanken stieg Panik in mir auf. Andrew, der bereits unseren Koffer in der einen Hand trug, legte seinen freien Arm um mich und bombardierte mich mit schönen Gefühlen. Wir sahen uns tief in die Augen und wühlten uns durch die Menschenmenge.

Alles verlief sehr gut. Die Tickets, welche Andrew bereits telefonisch vorbestellt hatte, lagen für uns bereit. Wir gaben unseren Koffer auf und bewältigten den Check-In ebenfalls ohne das nähere Kontrollen gemacht wurden. Nur Andrews Gefühle waren es die ich wahrnahm.

116

„Erste Klasse?", wütend schimpfte ich mit leisen Worten auf Andrew ein, während wir den langen Gang zum Flugzeug entlangliefen. „Die waren doch bestimmt total teuer!"

„Ich dachte, wenn du in deinem Zustand schon fliegen musst, dann wenigstens so bequem wie möglich."

Entsetzt blieb ich stehen und bemerkte nicht das sich schnell die Leute hinter uns aufstauten.

„Was denkst du dir dabei!", ich senkte meine Stimme „Ich bin vielleicht schwanger, aber nicht krank!" In meinem inneren war ich so unbeschreiblich wütend. Eine leise Stimme in meinem Kopf befahl mir mich nicht so aufzuregen, doch es gelang mir nicht. Wieso war ich nur so wütend? So schlimm war erste Klasse doch auch nicht. Andrew meinte es nur gut. Wie Engel und Teufel, Gut und Böse redete mein Kopf weiter mit sich selbst.

Im nächsten Moment drängelten sich diverse Passagiere an uns vorbei. Auch Andrews schnelles wegziehen, von den Menschen, damit sie mich nicht berührten, war zu spät. Hände drückten sich in meinen Rücken. Schlagartig wurde mir übel. Automatisch fuhr mir meine Hand an den Bauch. Ich begann zu zittern. Durch meine Dicke Jacke und der Kleidung war dieses zum Glück die einzige Reaktion auf die hereinbrechenden Gefühle. Andrew hielt mich fest in seinen Arm. Sein Duft benebelte mir weites gehend die Sinne.

„Es tut mir leid. Du hast recht und meinst es ja nur gut", flüsterte ich mit Tränen in den Augen und sah zu ihm hoch. Vorsichtig streichelte er mir eine Strähne aus dem Gesicht.

„Du brauchst nichts mehr zu sagen. Lass uns gehen."

Ich nickte, dann gingen wir gemeinsam in die erste Klasse. Ohne weitere Worte nahmen wir unsere Plätze ein. Das Flugzeug startete.

„Es tut mir leid", flüstere ich nach wenigen Minuten, die wir in der Luft waren. Andrew fasste meine Hand und schenkte mir ein Lächeln. Wunderbare Gefühle durchströmten mich. Im inneren war ich absolut entspannt. Kurze Zeit später schlief ich ein.

Kapitel 12

„Lexa. Aufwachen", flüsterte mir Andrew sanft ins Ohr. Vorsichtig öffnete ich die Augen und sah meinen über alles geliebten Andrew vor mir. Ich begann zu grinsen.

„Hi", flüstere ich zurück. „Sind wir schon da?"

„Nein, noch nicht ganz. Aber es wird nicht mehr lange dauern." Diese Worte rüttelten mich wach. Nicht mehr lange und ich würde meinen Vater wiedersehen. Ich wurde nervös.

„Ich muss mir mal kurz die Beine vertreten", sagte ich zu Andrew und löste seine Hand von der meinen.

„Soll ich mitkommen?", gerade wollte er schon aufstehen, da ging ich ihm dazwischen. Auch wenn ich bis eben geschlafen hatte, wollte ich jetzt noch einen Moment für mich haben. Mit der Hoffnung auf sein Verständnis fuhr ich mir angestrengt durch die Haare.

„Nein, bitte bleib hier. Es wird schon nichts passieren."

Er sah immer noch nicht überzeugt aus. „Ich werde mich schon nicht verlaufen!", scherzte ich lässig weiter. Andrew atmete stoßartig aus.

„Ok", schnell schenkte ich ihm noch ein Lächeln, dann stand ich auf und ging den Gang hinunter.

118

Mit großer Vorsicht durchquerte ich die breiten Gänge. Die erste Klasse war ganz anders als die normalen Plätze. Ich genoss den Freiraum. Ohne etwas Bestimmtes anzusteuern landete ich in eine Art Aufenthaltsraum. Es wirkte wie in einer Bar, nur ohne Tresen. Ein weicher Teppich war verlegt und Dunkles Mahagoni Holz zierte die Wände. Leise Musik prasselte sanft auf einen ein. Hier war das Rauschen des Flugzeuges noch leiser als eh schon in der ersten Klasse. Verträumt schaute ich aus dem bulligen Fenster. Wir überflogen gerade ein dichtes Meer aus weißen Wolken. Sonnenstrahlen ließen einige aufleuchten – beinahe wie in einem schönen Traum. Ich legte meine Arme über meinen Bauch und versuchte tiefer in Gedanken abzutauchen. Am liebsten würde ich jetzt auf eine dieser Wolke liegen und die Sonne genießen. Aber ich war in diesem Flugzeug gefangen.

Ein lauter Gong ertönte und riss mich aus meinem Tagtraum.

„Meine Damen und Herren, bitte nehmen sie ihre Plätze ein, wir werden in kürze landen."

Noch einmal letztes Mal genoss ich den Blick aus dem Fenster auf dieses Bett aus Wolken.

Auf halben weg zu meinem Platz, kam mir eine Stewardess mit einem Speisewagen entgegen. Freudig lächelte sie mir bereits entgegen. Trotz alle dem, fuhr Angst in mir hoch. Wie würde ich nur an ihr vorbeikommen, ohne sie zu berühren? Auch wenn die Gänge hier sehr breit waren, verlief solch ein Manöver nicht ohne jegliche Berührung ab.

Ich beschloss mich dicht an die Seite zu drängen. So behutsam, dass ich ebenfalls mit den Leuten, die auf den Plätzen saßen, nicht in Berührung käme. Wie in einer Zwangsjacke, verschränke ich meine Arme vor dem

Körper. Lächelnd ging die Stewardess weiter an mir vorbei, ohne mich zu berühren. Stoßartig atmete ich aus. Das Adrenalin wich so schnell aus meinem Körper, dass ich leicht zur Seite kippte. Schnell hielt ich mich an dem Sitz neben mir fest. Der Geschäftsmann hielt mir leicht die Hand an der Hüfte damit ich nicht umkippte. Wie zuvor schon auf dem Gang überkam mich diese Übelkeit. Ich wollte mich von dem Mann lösen, doch er hielt mich fest. Es war unmöglich von ihm weg zu kommen. Eine weitere Berührung am Rücken folgte. Es war die Stewardess.

„Mam, sie müssen sich bitte auf ihren Platz setzten", sie sagte noch mehr, doch mittlerweile klingelte es in meinen Ohren. Ich nickte dennoch in ihre Richtung, ohne mir etwas anmerken zu lassen. Sie ließ von mir ab, doch der Mann vor mir hielt mich weiterhin fest. Mein Körper krümmte sich und ich ging auf die Knie. Ein kräftiger Griff umfasste meinen Kopf. Ich versuchte durch meine zusammengekniffenen Augen irgendetwas zu erkennen. Das Gesicht des Mannes war ganz nah. Mit aller Anstrengung überlegte ich ob ich ihn kannte, doch es viel mir nicht ein. Eines allerdings kam mir sehr ungewöhnlich vor. Dieser Mann schimmerte rings herum. Bevor ich noch einen weiteren Blick erhaschen und mich erneut überzeugen konnte, schlossen sich meine Augen wieder. Mein Körper krampfte immer weiter. Neben dem Klingeln welches mein Gehör fast betäubte, hörte ich ein Gemurmel. Wortfetzen wie „was hat sie denn", und „lasst mich durch", kamen mir zu Ohren. Eine Person erkannte ich sofort - Andrew. Seine Stimme würde ich aus tausenden von Stimmen heraushören. Warum half er mir denn nicht? Plötzlich war da nur noch Stimme zu hören. Sie war so nah und deutlich das sie alle anderen

120

übertönte. Sogar das Klingeln in meinen Ohren war kurz weg als die grellen Worte auf mich einredeten.

„Du glaubst doch nicht etwa das du ungeschoren davon kommst für das was ihr getan habt? Wir werden dich finden, egal wo." Dann ließ der Druck nach, die Krämpfe hörten auf und ich fiel mit dem Oberkörper auf den Boden. Meine Augen waren immer noch geschlossen und blieben es auch. Ich wurde jedoch nicht ohnmächtig. Meine anderen Sinne nahmen alles Weitere auf.

Gerade als die Gefühle des Schmerzes, der Trauer und der Wut nachließen, schlug mir etwas weiteres direkt in den Magen. Unkontrolliert schrie ich aus voller Kehle, bis kein Ton mehr herauskam. Dann umfassten jemand meinen verkrampften Körper. Zuerst wusste ich nicht wer mich hochnahm. Erst als ich spürte das schöne Gefühle mich durchzogen, wusste ich es konnte nur Andrew sein.

Die Schmerzen ließen nach. Wenigstens nahm ich es an. Denn mittlerweile hatte ich jegliches Gefühl für meinen Körper verloren. Ob ich auf dem Boden lag oder weiterhin in Andrews Armen, konnte ich nicht sagen. Was mir allerdings am Merkwürdigsten vorkam, dass keine Geräusche zu hören waren. Auch nicht die der Personen die gerade noch so dicht bei mir waren. Nicht einmal Andrew. Nur mein eigenes leises Atmen lag mir in den Ohren. Dieses wirkte so beruhigend das ich unbewusst so entspannte und plötzlich aufhörte zu atmen. Das war falsch. Ich musste weiter atmen, ansonsten würde ich das hier nicht überleben – und das Baby auch nicht. Mit dem letzten Rest an innerer Kraft versuchte ich meinen Körper zum Atmen zu bewegen. Es funktionierte. Nach einer gefühlten Ewigkeit zog ich frische Luft ein.

121

Ich würde nicht sterben. Nicht in diesem Moment. Der Tod fühlte sich anders an - empfind loser und wohltuender. Leben hingegen war schmerzhaft.

„Lexa?", Andrew war hier, bei mir. Es ging mir gut, dachte ich. Matt und erschöpft lag mein Körper da.

„Lexa, bist du wach?", flüsterte er mir entgegen. Dann nahm er sanft meine Hand und legte sie in seine. Ein wohliges Gefühl durchfuhr mich. Diese Berührung schenkte mir so viel Kraft, das ich vorsichtig die Augen öffnete.

„Was...was war passiert?", ich richtete mich leicht auf. Mein Kopf brummte und jegliche Glieder schmerzten. Andrew saß auf einem Stuhl neben mir. Erleichterung und Angst lagen in seiner Mimik. Ich sah mich weiter um. Wir waren in einem kleinen Raum. Die Wände waren weiß. Nur die Liege, auf der ich saß, der Stuhl und ein Schrank die sich mit uns in diesem Raum befanden waren aus dunklem massivem Holz.

„Ein Glück bist du wach. Geht es dir gut", sagte Andrew erleichtert.

„Ja, es ist alles ok. Aber was", ich sprach nicht zu ende, da kamen die Erinnerungen bereits zurück. Es waren jedoch nicht die Schmerzen, welche mir ins Gedächtnis schossen, sondern die Worte dieses Mannes, welcher mich hart zu packen hatte.

Andrew, der weiter hin meine Hand hielt, erschrak auf Grund meiner wirren und schlimmen Gefühle.

„Was ist mit dir?", in übermenschlicher Geschwindigkeit stand er auf einmal vor mir und hielt mein Gesicht.

„Es ist...im Flugzeug", und dann wurden nicht nur meine Erinnerungen klar, sondern auch die Zusammenhänge passten. Der

122

Mann, welcher mich packte, war ein Halbmensch. Deshalb dieser Schimmer um ihn herum. Und seine Worte. Wir sollten büßen für das was wir getan hatten. Sie würden uns überall finden.

„WAS war genau Lexa?!", die Tränen liefen über und ich begann zu weinen. Andrew stand hilflos vor mir und flehte mich an etwas zu sagen. Doch es kam kein Ton aus meinem Mund. Der Schock das weiterhin Halbmenschen hinter uns her waren, lähmte mich nahezu am ganzen Körper. Warum könnte dieser Alptraum nicht endlich ein Ende nehmen. Ich fuhr mir mit den Händen durch die Haare. Der eh schon kleine Raum, in dem wir waren, wurde spürbar kleiner.

„Sie sind hinter uns her", quietsche ich.

„Wer? Lexa bitte rede mit mir!", Andrew schüttelte mich leicht an der Schulter was mir ein wenig die Fassung zurückgab.

„Die Halbmenschen. Sie sind hinter uns her und werden uns überall finden", ein Schluchzen entrann mir. Andrew nahm mich sofort fest in seine Arme.

„Schsch", er tröstete mich einfach ohne weiter nach zu fragen.

Bestimmt eine halbe Stunde später hatte ich mich wieder soweit im Griff und erzählte Andrew von der Begegnung mit dem Halbmenschen im Flugzeug.

„Und was machen wir jetzt?", fragte ich und schnäuzte in ein Taschentuch. Andrew saß neben mir auf der Liege und hielt mich noch immer fest im Arm.

„Wir werden deinen Vater besuchen", erwiderte Andrew direkt.

„Aber wenn die Halbmenschen"

„Lexa, ich werde aufpassen das dir nichts passiert. Das euch nichts passiert", seine weiche Stimme wirkte wie Balsam für meine Seele. Die darauffolgende unmittelbare Berührung mit den zusätzlichen Gefühlen tat allerdings auch das übrige. „Wir werden uns zu Hause darum kümmern. Jetzt kümmern wir uns um deinen Vater", erklärte er schließlich zu ende.

Als wir den Flughafen verließen und mit einem Taxi ins Hotel fuhren, ging die Sonne bereits auf.
Andrew und ich, oder besser nur ich, schlief bis in den Nachmittag hinein. Die vielen Krämpfe hatten meine Körper so mitgenommen und erschöpft, dass nicht einmal die Gedanken an die Halbmenschen mich mehr wachhielten.
Am späten Nachmittag dann, fuhren wir zu meinem Vater ins Krankenhaus.

Wir stiegen aus dem Taxi und standen vor einem riesigen Gebäude. Die Hälfte des Gebäudes war aus Glas, so dass die Sonne sich darin spiegelte. Trotz des vielen Lichtes überzog ein kaltes Gefühl meine Haut. Andrew bezahlte nebenbei das Taxi, doch ich stand wie angewurzelt auf dem Asphalt. War es wirklich richtig diesen Weg zu gehen? Doch wenn ich daran zurück dachte das ich meinen Vater vielleicht nie wiedersehen würde, zerriss es mir das Herz. Die Oberflächliche Kälte drang tiefer in meine Knochen. Der Gedanken noch einen geliebten Menschen zu verlieren ohne Abschied zu nehmen, wie damals bei Sue, das würde ich nicht verkraften. Ich wüsste sowieso nicht, wie es mir heute ginge, hätte ich nicht doch noch die

124

Gelegenheit bekommen mich von ihr zu verabschieden. Sue, oder besser Sues Geist, war uns als Hilfe von Lilith zugesandt worden, um Aron zu vernichten. Nur durch meine Selbstlosigkeit mein Leben für Andrews zu opfern, hatten wir das ganze überhaupt überlebt. Während ich als Opfer kurzzeitig Tod war, bin ich Sue begegnet. Wir sprachen uns aus und sie schickte mich zurück ins Leben.

„Lexa?", Andrew fasste mich an der Schulter und riss mich aus meinen Tagträumen. „Wollen wir?", fragte er vorsichtig nach, ich nickte zustimmend.

Fast in Zeitlupe betraten wir das Krankenhaus. Ein Unwohles Gefühl lag mir im Bauch. Auch hier drin wirkte es kühl. Sie Wände waren weiß und der Boden grau gehalten. Hektisch liefen Menschen kreuz und quer durch die Gegend. Ich schloss meine Arme um mich selbst damit ich so wenig Angriffsfläche wie möglich zu bieten hatte. Andrew blieb dicht neben mir. Gemeinsam liefen wir die überfüllten Gänge entlang. Vor einer Informationstafel hielten wir und suchten nach dem richtigen Weg. Ich sah mich währenddessen weiter um. Menschen saßen und standen überall. Bei einer Mutter mit ihrem Kind blieb mein Blick hängen. Das kleine Mädchen, es mochte vielleicht 3 Jahre alt gewesen sein, weinte. Bei diesem Anblick schossen auch mir die Tränen in die Augen. Das unwohle Gefühl strahlte jetzt von meinem Bauch bis in alle übrigen Körperteile. Schnell schaute ich woanders hin und wischte die bereitstehenden Tränen davon. Die kleine tat mir so leid. Andrew legte einen Arm um mich und lächelte. Ich wusste genau, dass er meine Gefühle spürte, doch er blockierte sich. Mir war klar warum, er dachte bewusst an etwas Schönes, damit dieser ohnehin schwere Weg für mich nicht noch steiniger werden würde.

125

Im dritten Stock bogen wir nach rechts ab. Eine große Glastür öffnete uns den Weg. Wir standen am Anfang eines endlos scheinenden Ganges. Auch hier waren die Wände weiß, hier du ein Bild und der Boden traurig grau. Im Gegensatz zum Erdgeschoss allerdings war hier nirgends ein Mensch zu sehen. Eine bedrückende Stille engte mich ein. Auf dem zweiten Blick schien für mich alles in einem komischen grau durchzogen. Nicht nur der Boden, sondern auch die bunten Blumenbilder an den Wänden, die Luft - einfach alles so schleierhaft. Nach wenigen Metern überfuhr mich eine Art Kälte. Wie ein Blitz flog sie mir ins Gesicht und wanderte ohne halt bis hinunter zu meinen Füßen. Ich begann zu zittern. Andrew sah mich verwundert an.

„Was ist?", fragte ich in sein fragendes Gesicht.

„Das wollte ich dich auch gerade Fragen."

„Mir ist nur etwas kalt. Das liegt an dieser eigenartigen grauen Umgebung", stumm stand er vor mir.

„Stimmt was nicht?", bohrte ich nach.

„Nein, also es ist schon alles ok. Lass uns weiter gehen."

Doch ich blieb stehen.

„Warte…du weißt doch was. Was ist los?", ich flüsterte nur, dafür aber mit ernster Miene. Andrew kam dich zu mir und atmete tief ein.

„Lexa, ich glaube…du bekommst noch weitere…Fähigkeiten."

Wir flüsterten nur, obwohl niemand in Reichweite war.

„Und…was. Also wie kommst du darauf. Du meinst von dem Baby?"

Er nickte. Dann schloss er die Augen und wog seine Worte genau ab. Warum konnte er nicht direkt sagen was los war? Ich wurde etwas sauer.

126

„Nicht böse werden. Ich erzähl es dir ja schon, aber vielleicht lieber später im Hotel?"

„Nein, erzähl es. Bitte!", sprach ich und begann erneut zu erzittern. Ein weiterer Kälteschauer überfuhr meinen Körper.

„Spürst du die Kälte?", fragte Andrew monoton.

„Ja. Hat das etwas damit zu tun?"

Er nickte wieder, redete dann ohne Aufforderung weiter.

„Du fühlst jetzt sogar schon ohne Berührungen. Wir sind auf einer Intensivstation. Das ist eine Welt zwischen Lebenden Gefühlen und Toten Gefühlen. Dieses ist das Komplizierteste überhaupt. Selbst wir Halbmenschen wissen nicht immer damit umzugehen und somit reagieren unsere Körper nicht nur mit Empfindungen, sondern auch mit aktiven Reaktionen. Wie die Kälte die dich erzittern lässt."

Wieder und wieder dachte ich über seine Worte nach. Mein Kopf schwirrte. Ich schloss die Augen und schüttelte ihn leicht.

„Und spürst du das denn auch? Ist dir auch kalt?", fragte ich in der Hoffnung nicht ganz allein damit dazustehen.

„Nein."

„Nein?", von dem ganzen hin und her pochten meine Schläfen bereits. "Aber du sagtest doch das es weitere Fähigkeiten sind?"

„Ja, das stimmt auch. Aber du stehst am Anfang. Ich kann diese körperlichen Reaktionen ausblenden und lasse nur die Gefühle durch."

Ich schluckte schwer.

„Dann wird es...noch schlimmer?", murmelte ich mehr zu mir selbst. Benommen sah ich auf meine Füße.

„Ich weiß es nicht. Du bist kein Halbmensch Lexa. Ich weiß nicht inwiefern sich diese Fähigkeit ausprägt. Es wird sicherlich alles gut."

127

Andrew legte einen Finger unter mein Kinn und hob es leicht an. Dann zauberten seine Lippen ein Schmunzeln, doch seine Augen sahen traurig aus. Er wollte mir so gerne helfen. Aber keiner wusste wie.

„Kannst du mir zeigen, wie ich meine Gefühle beherrsche und blockiere?", fragte ich vorsichtig nach.

„Natürlich können wir das versuchen. Aber nicht hier und jetzt. Meinst du, du schaffst das heute trotzdem?", antwortete er und rieb aufmunternd meine Oberarme.

„Ich muss", sagte ich mit Nachdruck. Und das war tatsächlich so. Ich musste meinen Vater sehen.

Mit dauerhaftem Körperkontakt liefen wir den schier unendlichen Gang entlang. Plötzlich kam meine Mutter aus einer Tür, wenige Meter vor uns. Sie hatte einen grünen Kittel an sowie einen Mundschutz auf. „Oh, Lexa!", sie stürzte sich in meine Arme. Ein Schaar von Gefühlen strömte auf mich ein. Doch durch unser beider Kleidung war dies nur halb so schlimm. Zumal lag Andrews Hand noch in meiner. Das oberste Gefühl bei von meiner Mutter war zum Glück im Moment einfach Freude, weil wir hier waren. Dann nahm sie auch Andrew kurz in den Arm. Ich schwankte ein wenig und zog den Griff nach Andrews Hand fester zu.

„Wo ist Dad?", fragte ich zögerlich.

„Hier entlang Schatz", sie zeigte auf die Tür, wo sie gerade rauskam.

„Ach Andrew", begann meine Mutter. Andrew unterbrach sie.

„Kein Problem Alice, ich warte hier", schockiert sah ich ihn an.

„Du kommst nicht mit?", mir wurde übel. Das letzte Mal, wo ich allein war lag ich anschließend auf einer Liege in einem viel zu kleinen Raum.

128

„Nur für Familienangehörige. Aber du schaffst das schon", munterte er mich auf und nahm mich fest in die Arme. So fest es nur ging und solange das es nicht auffiel übersendete er mir Explosionen von guten Gefühlen.

„Es geht deinem Vater gut", flüsterte er mir abschließend ins Ohr.

Ich drückte ihn ein wenig von mir weg.

„Woher", weiter fragte ich nicht. Andrew und ich sahen uns einfach nur in die Augen. Dort fand ich die Antwort. Er spürte die Gefühle meines Vaters und es ginge ihm gut. Mich erwarten positive Gefühle in diesem Raum. Ich könnte ohne Angst hineingehen. Mein Herz machte einen kleinen Hüpfer.

Schließlich lösten wir uns komplett voneinander. Meine Mutter und ich gingen durch eine kleine, ebenfalls graue Tür in einen Vorraum. Sie half mir beim Anziehen eines Kittels und des Mundschutzes.

„Ich werde jetzt draußen bei Andrew warten. Geh hinein, wenn du soweit bist", sagte sie als ich umgezogen vor ihr stand.

„Alleine?", flüsterte ich.

„Ja, es darf immer nur eine Person bei deinem Vater sein."

Ich sagte nichts. Ich starrte meine Mutter nur in die Augen.

„Hab keine Angst mein Schatz", stärkte meine Mutter mich und legte tröstend eine Hand an meine, mit dem Mundschutz überdeckten, Wange. Ein leichter elektrischer Schlag war zu spüren, doch ich versuchte ihn auszublenden. Ich versuchte nur an meinen Vater zu denken. Kurz darauf war sie verschwunden.

Auch wenn mich der Gedanke daran beruhigte das es meinem Vater gut ginge, stand ich noch einige Minuten vor der Tür. Mit klatschnasser

129

Hand umfasste ich den Türgriff. Ein letztes Mal atmete ich tief durch und betrat den Raum.

Vor mir lag mein Vater auf einem Bett. Im Zimmer war nichts weiter zu finden außer dieses Bett und etliche Geräte um ihn herum. Zögernd ging ich einen Schritt weiter auf ihn zu. Wieder überkam mich diese Übelkeit. Ein Glück hatte ich heute noch nicht viel zu mir genommen. Letztendlich stand ich vor seinem Bett. Ich sah ihm direkt ins Gesicht. Dad´s Haut sah blass und aschfahl aus. Ansonsten schien es tatsächlich als würde er nur schlafen. Wären die ganzen Schläuche und Geräte nicht ringsherum die gleichmäßig piepsenden Geräusche von sich gaben. Erneut machte ich einen Schritt um das Bett herum an seine Seite. Mein Magen zog sich unangenehm zusammen. Mit jedem Zentimeter, dem ich mich seinem Herzen nährte, kam ein schwerer Stein in meinem Bauch hinzu. Mein Atem wurde unregelmäßiger. Immer schneller versuchte ich Luft einzuatmen. Unter diesem Mundschutz war dies beinah unmöglich und so riss ich ihn mir mit einem Satz herunter. Lautlos landete dieser auf dem Boden. Mein Blick weiter stur auf Dad gerichtet. Ich fragte mich wie Andrew es vor der Tür spüren konnte das es ihm gut ging. Ich spürte im Moment nur diese schwere in mir. Kein wohltuendes Gefühl oder ähnliches kam durch. Zögernd streckte ich eine Hand aus, um ihn zu berühren. Millimeter vor seiner Haut kamen meine Finger zitternd zum stehen. Was wenn Andrew sich getäuscht hatte und es ihm doch nicht gut ginge? Was wenn ich gleich bewusstlos neben ihm lag? Nein, Andrew musste recht behalten. Ich vertraute ihm. Langsam bahnte sich meine noch immer ausgestreckte Hand den restlichen Weg zu Dad´s grauer blasser Hand. Ein Blitz durchfuhr meinen Körper und nahm mir für

130

einen Moment die Sicht. Atmen schien unmöglich, bis ich mit aller Kraft frische Luft einzog. Mit aller Kraft pumpte ich meine Lungen auf. Das darauffolgende Gefühl war tatsächlich ein schönes. Es fühlte sich an, wie an einem schönen Sommertag wo man nur im Garten lag und die Ruhe genoss. Erleichtert atmete ich aus und lauschte weiter nach mehr, anderen Empfindungen.

„Dad, ich bin es…Lexa. Ich bin hier", flüsterte ich. Jetzt veränderte sich das Gefühl in Freude. Auch wenn Dad´s Körper keinerlei Reaktionen hervorbrachte, wusste ich das er mich hörte. Er war glücklich das ich bei ihm war.

„Oh, Dad. Ich habe dich so vermisst", formten meine Lippen. Ein paar Tränen liefen mir über die Wange. Meine Stimme begann zu zittern. Plötzlich durchfuhr mich eine Art Mitleid. Dad wusste das es mir nicht gut ging und wollte mich trösten. Ein Meer von etlichen Gefühlen kamen jetzt auf mich zu. Schnell zog ich meine Hand von seiner weg und taumelte zwei Schritte zurück. Keuchend blieb ich an der Wand stehen. Auch wenn ich wusste das er ansprechbar und seine Seele noch nicht hinüber gegangen war, kamen jetzt meine Menschlichen Reaktionen voll durch. Der Anblick ihn dort so hilflos zusehen schmerzte. Es schmerzte mir im Herzen und in der Seele. Zitternd ließ ich mich zu Boden sinken. Hilflos saß ich eine ganze Weile da und sah ihn einfach nur an, ohne auch nur ein Wort zu sagen. In verschiedenen Intervallen spürte ich jetzt auch von dieser Entfernung seine Gefühle. Ich spürte seine Gefühle, während er schlief. Spürte ich etwa seine Träume? Langsam schloss ich die Augen und ließ es zu das seine Gefühle die totale überhand über meinen Körper hatten. Wie eine Geschichte, die vor mir ablief, sah ich zu den entsprechenden Gefühlen

131

auch Bilder vor mir. Es war zwar meine Geschichte, doch mit Dad´s Gefühlen. Meinem Dad in diesem Moment so nah zu sein, machte mich einfach nur glücklich.

„Lexa?", flüsterte meine Mutter mir ins Ohr. Ich öffnete die Augen und sah sie vor mir knien. Ich war im Sitzen an der Wand eingeschlafen.
„Mom? Oh, bin ich etwa eingeschlafen?", sofort rappelte ich mich auf und sah mich um. Mein Dad lag selbstverständlich immer noch auf seinem Bett, meine Mutter stand vermummt vor mir.
„Wir haben uns Sorgen gemacht. Und nachdem du über eine Stunde hier bist, musste ich einfach mal nach dir schauen."
„Natürlich…entschuldige. Ich bin im Moment einfach…müde." Dann lächelte sie mich an.
„Das kann ich gut verstehen mein Schatz. Geht ihr zwei ruhig zurück ins Hotel. Wir sehen uns später."
Ich nickte und verließ den Raum.
Andrew lief aufgeregt den Flur auf und ab als ich, befreit von dem Kittel, ihm entgegentrat.
„Hey", flüsterte ich nur, da stand er bereits dicht vor mir.
„Ist alles ok mit dir?"
„Ja. Ich muss dir etwas erzählen", sagte ich, nahm seine Hand und wir liefen erneut den schier unendlichen Gang entlang. Ich fing an ihm alles bis ins kleinste Detail zu erzählen. Von der Berührung mit meinem Vater, und dass er reagiert hat als ich mit ihm sprach. Dann noch das ich seine Träume fühlen konnte. Das Adrenalin putschte meinen Körper so auf, dass ich fast hysterisch wirkte. Doch Andrew schien davon nicht beeindruckt zu sein. Er hörte sich in Ruhe alles an und saß

132

am Ende, mittlerweile im Hotel, mit Ratloser Miene vor mir. Er zweifelte an irgendetwas. Ein bestimmter Gedanke ließ ihn keine Ruhe. Ich fragte diesmal nicht vorsichtig nach, sondern einfach drauf los. Denn jetzt konnte auch ich seine Gefühle ohne jegliche Berührung, wenn auch nur leicht, spüren.

„Was ist Andrew? Was macht dir Sorgen?", er sah zu mir auf, doch sagte nichts.

„Was?", fragte ich energischer nach. So langsam war ihm doch eigentlich klar, dass ich es schrecklich finde, wenn man Geheimnisse voreinander hatte.

„Ich mache mir über eine Bestimmte Sache Gedanken Lexa." Jetzt begann er, wie vorhin noch im Krankenhaus, auf und ab zu laufen. Den Blick fest auf ihn gerichtet, schwang mein Kopf automatisch mit. Links, rechts, links, rechts. Diese Monotone Bewegung machte mich müde. Meine Lieder wollten wieder zufallen, doch ich kämpfte dagegen an. Endlich sprach Andrew weiter.

„Wenn du immer mehr Fähigkeiten von einem unser gleichen annimmst…warum…bist du nur immer so müde?", auch wenn dies keine Frage an mich war, und er sichtlich mehr mit sich selbst sprach, antwortete ich ihm.

„Andrew", mit Schwung stand ich auf. Zu viel Schwung. Das ganze Adrenalin aus meinem Körper war aufgebraucht. Ich ließ mich langsam zurück auf den Stuhl sinken, bevor ich umkippte.

„Also, vielleicht liegt es ja daran das ich schwanger bin? Das ist nicht einfach für eine Frau, das sagte uns der Arzt doch auch schon. Vielleicht ist das zur Abwechslung mal ein ganz normales Schwangerschafts-Symptom?"

133

Andrew blieb stehen und dachte darüber nach. Heute diskutierten wir nicht weiter. Ich ging hinüber ins Schlafzimmer und legte mich ein wenig hin. Der Tag setzte mir sehr zu.

Kapitel 13

Ruckartig fuhr ich hoch. Schweiß stand auf meiner Stirn. Das Schlafzimmer war abgedunkelt. Durch die Vorhänge hindurch war allerdings zu sehen das es draußen hell war - mitten am Tag.

Warum bin ich nur so erschöpft? Wie lange hatte ich überhaupt geschlafen und wo ist Andrew? Bei meinem letzten Gedanken ging die Tür auf. Andrew kam ins Zimmer.

„Hallo. Hast du nicht gut geschlafen? Geht es dir nicht gut?" Aber es ging mir gut. Außer das ich verschwitzt und außer Atem war.

„Doch, es geht mir gut", sagte ich wohl weniger überzeugend.

Ungläubig sah Andrew mich an. Er spürte allerdings das ich nicht log.

„Ok, also ich wollte dir nur gerade sagen das ich mit Jenny gesprochen habe. Sie hat etwas herausgefunden und ist wieder auf dem Weg nach Hause."

„Und du möchtest natürlich so schnell wie es geht mit ihr sprechen, oder?", er nickte.

Wir entschieden uns dafür noch ein letztes Mal meinen Vater im Krankenhaus zu besuchen, bevor wir den Heimweg antraten. Auch wenn er immer noch im Koma lag, fuhren Andrew und ich mit einem guten Gefühl nach Hause.

Den Flug sowie den Rest des Heimwegs schlief ich, sogar zu meinem Erstaunen, nicht. Diverse Gedanken ließen mich nicht zur Ruhe kommen. War diese Müdigkeit wirklich normal? Was und welche Fähigkeiten kamen noch dazu und würden noch schlimmer werden? Ein Augenzwinkern später waren wir mit dem Taxi bereits vor Andrews Haus angekommen. Jenny stand bereits in der Tür, noch bevor wir ausgestiegen waren.

„Hallo!", rief sie freudig zu uns herüber. Vielleicht hatte sie gute Nachrichten und war deswegen so gut drauf?

135

„Hallo Jenny!", riefen Andrew und ich gleichzeitig als wir auf sie zugingen. Umso näher wir ihr kamen, um so unwohler ging es mir. Es war wie das erste Mal bei meinem Vater. Umso näher ich ihm kam, umso schwerer wurde mein Bauch und zog mich runter.

Jenny spürte mein Unwohlsein und versuchte wenigstens ausreichend Abstand von mir zu nehmen.

Am Ende saßen wir im Wohnzimmer. Andrew und ich auf der Couch unterm Fenster und Jenny, soweit es ging auf einem Sessel in der anderen Ecke des Zimmers. Andrew hatte ihr bereits über meine neu entdeckte Fähigkeit berichtet.

„Und? Was hast du herausgefunden?", fragte Andrew mit größter Neugier nach. Jennys Gefühle veränderten sich schlagartig. Mir wurde übel und ich wollte am liebsten die Augen zu machen und schlafen. Dann tat wenigstens nichts weh oder kam zu verwirrenden Gefühlen. Andrew nahm sanft meine Hand zwischen seine und übermittelte mir schöne Gefühle. Es half – ein wenig. Ich beschloss für mich so lange durch zu halten, bis Jenny die Fakten auf den Tisch gepackt hatte. Dann würde ich umgehend aus ihrem Umkreis verschwinden.

„Und?", fragte ich vorsichtig nach.

„Ja, also es war ziemlich…kompliziert. Aber ich habe tatsächlich etwas herausgefunden."

Sie kramte in einer Tasche neben sich und reichte Andrew ein Buch herüber. So schnell es ging, war sie wieder in ihrer Ecke verschwunden. Andrew blätterte das Alte Buch vorsichtig durch. Mit alter Tinte, auf dunkelbraunen Seiten war etwas geschrieben. Doch es war eine andere Sprache als unsere. Interessiert sah ich ihm über die Schulter, gab

136

jedoch nach einem kurzen Moment auf. Ich wollte es dann lieber von Jenny direkt hören was sie herausgefunden hatte.

„Es gibt mehrere Aufzeichnungen dieser Art. Leider konnte ich nicht alle mitnehmen. Dieses Empfand ich als das wichtigste." Ich sah Andrew an. Er laß dieses Buch. Verstand er etwa was dort geschrieben stand? Umso länger er laß, desto schlechter wurde seine Stimmung. Ich nahm bewusst meine Hand von ihm weg, damit dieses zunehmend schlechte Stimmung nicht allzu schnell auf mich übersprang. Wenige Momente später klappte Andrew das Buch wieder zu.

„Und? Was ist damals passiert?", fragte ich neugierig nach.

Jenny begann zu erzählen. Andrew kämpfte, spürbar, mit seinen Gefühlen.

„Vor ca. 500 Jahren gab es eine Zeit mit sehr vielen dieser Aufzeichnungen. Dort wurde in einigen Dörfern vereinzelt angefangen Nieder zu legen, wie sich Menschen verhielten."

Ich war total durcheinander. Mit den Worten die Jenny sprach konnte ich nichts anfangen.

„Aber, wieso? Ging es um wissenschaftliche Untersuchungen oder…also, wenn mich mein Geschichts-Gedächtnis nicht allzu sehr trügt, dann wurde damals diesbezüglich noch nichts großartig aufgezeichnet. Ich verstehe das nicht?!"

Andrew sah mich an, ohne jeglichen Körperkontakt. Ein Schwall heißer negative Gefühle fuhr mir die Beine hoch bis in den Kopf. Es blieb bei einem leichten brennen, welches ich versuchte auszublenden. Andrew sprach jetzt weiter.

„Damals war die Zeit der Hexenverfolgung. Wenn Menschen, besonders Frauen sich auffällig verhielten, wurden diese auf den

137

Scheiterhaufen gebracht und verbrannt", erklärte er kurz. Ich schluckte. Nur gut, dass es so etwas nicht mehr gab! „Einige wurden heimlich von damaligen Forschern beobachtet und dann Aufzeichnungen wie diese gemacht. Im Nachhinein stellte sich bei allen heraus, dass sie schwanger waren. Keiner konnte sich, bis heute einen Reim daraus machen. Aber wir denken das diese Frauen genau in solch einer Situation waren wie du", sagte er abschließend.

Das war tatsächlich eine sachliche plausible Erklärung. Ich biss mir auf die Zunge. Eine Frage brannte mir auf den Lippen. Wollte Andrew da nichts zusagen oder wusste er nichts darüber? Es nützte nichts, ich fragte ihn und Jenny.

„Und wie haben sich die Frauen verändert während der Beobachtungen?"

Andrew und ich sahen beide zu Jenny. Jenny sah stur Andrew an. Sein Gesicht war schmerzverzerrt, und auch die Gefühle, welche ich unmittelbar in meinem Herzen spürten, verhießen nichts Gutes. Nun war Andrews Blick fest auf meinem.

„Es lief unterschiedlich ab. Doch bevor diese Frauen auch nur annähernd das Kind austragen konnten, wurden sie…getötet. Für die Forscher schien dies der einzige Weg zu sein, bevor sie zu gefährlich wurden", am Ende wurde ihre Stimme immer leiser.

„Gefährlich?", wiederholte ich nur dieses eine Wort welches mir wie in die Seele gebrannt war.

„Naja das ist vielleicht das falsche Wort", mischte Jenny sich ein.

„Natürlich verhielt sich jede etwas anders, doch am Ende hat das Baby die Kontrolle über die Mutter genommen. Wenn die Mutter sich nicht

138

auf die Gefühle des Kindes eingelassen hatte, fügte er der Mutter schmerzen zu. Teilweise bis zum Herzstillstand."

Niemand sagte daraufhin etwas. Nur mein eigener, immer schneller werdender Herzschlag, brannte sich in mein Gehör. Jeder von uns ließ diese Worte wirken und überlegte, wie es mit mir weiter gehen würde. Nach einer gewissen Zeit waren wir alle der gleichen Meinung – das spürte ich. Mit größter Wahrscheinlichkeit würde ich sterben. Bei diesem Gedanken begann mein ohnehin schon schnell schlagendes Herz, heißes Blut durch meine Adern zu schießen. Ich schien am eigenen Leibe zu verbrennen. Jetzt hielt ich es nicht mehr aus. Mit einem Satz sprang ich auf und rannte ins Badezimmer. So schnell es ging drehte ich den Wasserhahn auf und versuchte dieses Feuer zu löschen. Erst nach mehreren Qualvollen Sekunden ließ es ein wenig nach. Mein Körper kühlte ab, doch mein Herz brannte spürbar weiter. Es klopfte.

„Lexa? Ist alles ok?", als Andrew sprach flammte das Feuer wieder leicht auf.

„Geh bitte! Lass mich in Ruhe!", bat ich ihn etwas ruppig. Neben diesem Feuer war es ebenfalls wie ein Stich ins Herz Andrew dieses so zu sagen. Aber er hatte seine Gefühle derzeit schlecht im Griff. Dieses Feuer könnte ich kein weiteres Mal ertragen.

„Lexa ich habe es unter Kontrolle. Bitte vertraue mir", flehte ich und atmete tief durch. Bisher konnte ich Andrew immer vertrauen. Warum nicht aus jetzt. Mit zitternder Hand umfasste ich den Türgriff und öffnete die Tür.

139

Tatsächlich war nichts Schlimmes zu fühlen. Erleichtert atmete ich aus und fiel ihm um den Hals. Leichte Hitze durchfuhr meinen Körper, allerdings mehr angenehm als schmerzhaft.

„Bitte helfe mir", flüsterte ich nur.

„Ich werde alles tun was ich kann", sagte er schließlich und nahm mich noch fester in den Arm.

Wir beschlossen heute nicht mehr mit dem Training oder irgendwelchen Erklärungen anzufangen. Die Müdigkeit überkam mich und somit ging ich ins Bett. Andrew blieb im Wohnzimmer bei Jenny. Sie sprachen mit Sicherheit über weitere Neuigkeiten, die sie herausgefunden hatte.

Ein unangenehmes Brummen lag mir in den Ohren. Ich öffnete die Augen und sah mich um. Es war bereits hell draußen. Ein kurzer Blick zur Uhr zeigte das es erst 10 Uhr morgens war. Im selben Augenblick erkannte ich ebenfalls was dieses komische Brummen auf sich hatte. Es war mein Handy, welches auf dem Nachtisch lag.

Ich reckte mich rüber und nahm es in die Hand. Ben rief mich an.

„Hallo?"

„Lexa? Geht es dir gut?", Bens Stimme klang besorgt.

„Äh, ja. Ich hatte bis gerade noch geschlafen."

„Und ich dachte schon dir wäre etwas passiert. Du warst seit ein paar Tagen nicht mehr in der Schule und an dein Handy warst du auch nicht rangegangen. Ist wirklich alles ok?", ich versuchte ihn zu beruhigen. Er klang völlig aufgelöst und durcheinander.

140

„Ja, Ben. Es ist wirklich alles ok. Die letzten Tage war ich bei meinem Vater. Aber es war nichts passiert, ich musst ihn einfach nur mal sehen. Und gestern Abend waren wir erst sehr spät wieder zu Hause. Deswegen komme ich morgen erst wieder in die Schule."

„Das ist schön, dass es dir gut geht."

Ein komisches Gefühl durchkam mich. Ich wäre jetzt gerne bei Ben und wollte ihn trösten. Wieso wollte ich das nur? Wohlmöglich, weil er so besorgt um mich war und ich, trotz meines Versprechens an Sue, mich nicht um ihn gekümmert hatte.

„Wollen wir uns vielleicht heute Nachmittag treffen?"

„Äh, ja gerne", sagte er erfreut.

„Gut, dann komme ich direkt nach der Schule bei dir vorbei ok?"

„Ja! Dann bis später. Ich freue mich!"

„Ich mich auch. Bis dann", sagte ich zufrieden und legte mit einem guten Gefühl auf. Vielleicht könnte ich wenigstens heute Nachmittag mal alle Sorgen und Probleme vergessen.

Gut gelaunt zog ich mich an und ging hinüber ins Wohnzimmer. Andrew und Jenny waren wie wild am Diskutieren. Eine drückende Stimmung lag in der Luft, welche meine gute Stimmung sofort verfliegen ließ.

Sobald Andrew mich bemerkte hörte er auf zu diskutieren und änderte spürbar seine Stimmung. Bei Jenny dauerte dies alles etwas länger, auch wenn sie sich bemühte.

„Hey meine Schöne. Hast du gut geschlafen?"

Er kam auf mich zu und gab mir einen Kuss.

141

„Ja, danke. Was ist denn bei euch beiden los?", mein fragender Blick wechselte von Andrew zu Jenny und zurück.

„Wir hatten nur eine kleine Meinungsverschiedenheit", verärgert saß Jenny im Sessel.

„Und worum ging es?", fragte ich genauer nach. Hoffentlich fingen die beiden nicht schon wieder an mich zu bemuttern. In übermenschlicher Geschwindigkeit, wie ich es schon länger nicht mehr bei Jenny sah, stand sie auf und kam zu uns herüber.

„Lexa, es ist nun mal so: Wenn du dieses Kind bekommen willst, dann wissen wir nicht wie weit es mit dir geht und ob du es überleben wirst. Deswegen bin ich der Meinung", begann Jenny zu erklären.

„Hör auf Jenny!", fauchte Andrew sie an. Es war ein wütendes Fauchen. Andrew und Jenny haben sich in meiner Gegenwart schon eine Weile nicht mehr wie Halbmenschen verhalten.

„Nein Andrew. Wieso sollten wir ihr nicht alle Möglichkeiten offenlegen? Sie muss letztendlich selbst entscheiden!"

Stille lag in der Luft. Dann begann ich sachlich und erstaunlich kühl zu sprechen.

„Also entweder ich bekomme das Kind und weiß nicht, wie alles aus geht, oder ich…werde abtreiben?! Das war es doch worüber ihr geredet habt, oder?", fragte ich direkt nach. Unbewusst verschränkte ich schützend meine Hände vorm Bauch.

„Ja", antworteten beide wie im Chor. Jetzt richtete ich meine volle Aufmerksamkeit auf Andrew. Auch wenn es unhöflich war, doch nur seine Meinung interessierte mich jetzt.

142

„Und was ist deine Meinung dazu?", wir verschränkten unsere Hände miteinander. Im ersten Moment änderten sich seine Gefühle nicht, doch dann kam tiefe Trauer durch.

„Ich weiß nur das ich dich nicht verlieren möchte. Das bedeutet nicht das ich dieses Kind nicht will. Doch du bist mir wichtiger als alles andere auf der Welt." Dieser herzlichen Liebeserklärung durchfuhr ein Blitz voller Zorn. Ich wurde wütend.

„Was fällt dir ein!?", schnaufte ich. Verdutzt standen Andrew und Jenny vor mir.

„Lexa, was", gerade wollte Andrew mich beruhigend berühren, doch die Wut in mir stieg höher und höher. Ich schlug seine Hand weg.

„Fass mich nicht an!", schrie ich in seine Richtung. „Du erwartest von mir das ich das Leben unseres Kindes zerstöre nur für dein egoistisches Glück!"

Ich ließ ihm keine Zeit zum Antworten. Kurzerhand ging ich direkt aus dem Haus.

So schnell es ging startete ich den Wagen und fuhr ohne bestimmtes Ziel los. Tränen liefen mir übers Gesicht. Ich wusste das es falsch war was ich zu Andrew gesagt hatte. Aber ich wusste auch das nicht ich es war die diese Gefühle hatte. Das Baby – es zwang mich dazu Andrew zu beschimpfen. Nur weil dieser eine andere Meinung und Empfinden hatte. Auch ich wollte doch nur glücklich sein. Endlich aus dieser Hölle fliehen und einfach nur ein ganz normales Mädchen sein mit normalen Problemen. Ein Stich durchdrang meinen Unterleib. Ich wusste das es dem kleinen ganz und gar nicht passte das auch ich diese Gedanken hegte.

Plötzlich stand ich vor der Schule. Die Tränen waren mittlerweile verstummt. Eine innere Stimme sagte mir das ich Ben sehen musste. Er verstand mich. Bei ihm fühlte ich mich wohl und konnte wenigstens für einen Moment alles vergessen.

Da die Schule erst in über einer Stunde zu Ende war, beschloss ich ein wenig Musik zu hören und Ben eine SMS zu schreiben das ich im Auto auf ihn warten würde. Nach wenigen Minuten schlief ich ein.

Ein leises Klopfen weckte mich. Erschrocken riss ich die Augen auf. Ben stand am Fenster. Sobald ich ihn sah überzog mein Gesicht ein Lächeln. Zum Glück hatte er meine Nachricht bekommen und war nicht so nach Hause gefahren.

Sofort öffnete ich die Tür und stand vor ihm.

„Hallo. Wie schön, dass du mich abholst, aber ich bin mit meinem eigenen Auto hier."

„Äh, achso. Ich wollte dich sowieso fragen, ob wir vielleicht nochmal zu den Red Rocks fahren könnten und ein bisschen reden?!" bettelnd sah ich ihn an. Ohne Ben dort ihn zu fahren war nicht das gleiche. Er und dieser Ort ergeben diese besondere Verbindung.

„Natürlich. Dann lass uns fahren!"

„Stopp!" befahl ich. „Diesmal fahre ich!" mit einer fließenden Bewegung ging ich rüber zu meiner Beifahrertür und öffnete diese.

„Darf ich bitten." Wir grinsten uns an, stiegen in meinen Wagen und fuhren los.

Die Fahrt dauerte gefühlt nur wenige Minuten. Ben redete sofort drauf los, wie es in der Schule war und was die letzten Tage passiert sei.

144

„Und worüber möchtest du reden?" Mein Blick blieb nach vorne gerichtete. Auch als das Auto bereits geparkt war, saß ich nur da und starrte nach vorne.

„Lexa?" Wie sollte ich es ihm nur sagen? Wie sollte ich ihm sagen das das Baby in meinem Bauch über meine Gefühle Herrschaft besaß und meine Beziehung beinahe zerstörte? Bei diesem Gedanken trat wieder dieses unangenehme Ziehen im Unterleib auf. Auch wenn ich meine Gedanken nicht aussprach, das kleine in mir, fühlte meine Gefühle und die Veränderungen, wenn ich über so etwas nachdachte.

„Also, es ist…Andrew…", zaghaft wagte ich einen scheuen Blick zu Ben. Dieser saß ohne großartige Reaktion vor mir und wartete ab. Seine Gefühle ließen keine Vorurteile vorhersagen.

„Wenn du darüber nicht sprechen möchtest, dann musst du das nicht erzählen", redete Ben mit seiner dunklen rauen Stimme. Doch dieser eigenartige klang ließ das Ziehen in meinem Unterleib verschwinden.

„Doch ich möchte aber. Ich muss mit jemanden darüber sprechen." Traurig ließ ich den Kopf sinken. Es war mir klar, dass ich nicht alles erzählen durfte. Wieder nur das nötigste.

„Also, Andrew und Jenny…sie sind der Meinung das ich das Kind…abtreiben lassen sollte." Scheu sah ich wieder zu ihm hinüber. Mit offenem Mund saß Ben vor mir.

„Wie bitte?" Ben wurde wütend. „Andrew ist zwar der Vater des Kindes, aber das ist auf jeden Fall deine Entscheidung, ob du das Kind bekommst oder nicht. Und Jenny…was bildet die sich überhaupt ein etwas dazu zu sagen…", brummig schimpfte Ben weiter. Ich fühlte mich schlecht. Nicht körperlich, sondern mental schlecht. Er wusste ja gar nicht warum Andrew und Jenny dieser Meinung sind. Eigentlich

145

meinten Sie es doch nur gut. Erneut überkam mich dieser Stich im Bauch. Ich kniff die Augen zu und versuchte diesen Schmerz herunter zu schlucken, ohne mir etwas anmerken zu lassen.

„Lass…lass uns das Thema wechseln ja. Gerade deswegen wollte ich mich mit dir treffen. Um mal etwas anderes um die Ohren zu haben als das Baby und", fragend sah Ben mich an. Ohne Baby, ohne nach uns jagende Halbmenschen, ohne die ständigen Gedanken an meinen Vater. Diese Gedanken dachte ich mir allerdings nur. So gerne ich all dieses Ben auch erzählen wollte, ich durfte es nicht riskieren.

„Also wie schon gesagt…lass uns das Thema wechseln, ja?" Ich zauberte ein ehrliches Lächeln auf meine Lippen.

Ben und ich liefen den ganzen Nachmittag im Wald und auf den Klippen herum. Unsere Gespräche ließen mich endlich auf andere Gedanken kommen. Kein Schmerz war mehr in mir zu fühlen. Es ging mir gut.

Die Sonne war im Begriff unter zu gehen. Jetzt wurde der Zauber der Red Rocks mehr sichtbar als je zuvor. Ben und ich saßen hoch oben auf einem Felsen. Stille lag in der Luft. Nur die Vögel sangen ihr Abendlied. Der kühle Abendwind fegte durch die Bäume und Äste. Es ließ mich ein wenig erzittern. Ohne zu zögern ließ sich Ben seine Jacke von den Schultern gleiten und legte sie mir um.

„Danke", wir lächelten uns an. Ich zog meine Beine heran und vergrub mich beinahe ganz in seiner Jacke. Noch immer war ein schönes Gefühl in mir zu spüren.

„Ob sie uns wohl sehen kann?" Bens Stimme klang traurig und ernst. Wir wussten beide das unter normalen Umständen eine solche Frage

146

rein hypothetisch gestellt werden würde. Doch nach meinem Nahtoderlebnis glaubte selbst Ben an Übernatürliches.

„Ich glaube sie wird auf gewisse Art und Weise immer bei uns sein. Sie will das wir glücklich sind und unser Leben weiterleben", bewusst sah ich zu ihm rüber. Ben schaute mit ernster Miene auf die noch immer rot erleuchteten Felsen. Erst als ich meinen Blick abwandte, sah er zu mir herüber. Seine Gefühle änderten sich. Er hatte Angst. Angst davor, was er als nächstes sagen würde. Warum hat er nur Angst, wenn er an Sue denkt?

„Sie will wirklich das wir glücklich sind. Egal welche Richtung unser Leben einschlägt?" Mein Herz ging schneller. Bens Gefühle warfen mich völlig aus der Bahn. Verwirrt sah ich ihn an. Sein Blick lag fest auf meinen.

„Ben, ich verstehe nicht", er antwortete nicht. Bens Gefühle schlugen in eine Art Verlangen um. Es war jenes Verlangen welches Andrew und ich zueinander hatten.

„Lexa. Ich möchte nur das es dir und dem Baby gut geht. Egal wie du dich entscheidest, ich würde dich nicht verurteilen, sondern zu dir stehen." Mein Herz machte einen Hüpfer, doch es war falsch. Das war nicht ich, die aus mir sprach, sondern das Baby. Bens Gesicht kam näher. Mein Körper wollte es ebenfalls. Langsam und zielstrebig gingen ebenfalls meine Lippen auf die seine zu.

Völlig unerwartet klingelte auf einmal mein Handy. Es rüttelte mich wach. Stück für Stück übernahm ich wieder die Kontrolle über meinen eigenen Körper. Ein letztes Mal sah ich in Bens Gesicht. Den Schmerz der Zurückweisung war voll und ganz in seinem Gesicht zu lesen. Tränen standen in meinen Augen. Es tat weh ihn so zu sehen. Mein

147

Handy klingelte weiter und weiter. Ich wand den Blick ab und stieg vom Felsen herunter. Noch bevor meine Mailbox ansprang, ging ich ran.

„Hallo?"

„Lexa…ist alles ok?", es war Andrew. Ich freute mich seine Stimme zu hören das ich fast euphorisch wirkte.

„Hallo Andrew! Es ist schön dich zu hören. Ja es geht mir gut. Ich werde auch gleich nach Hause kommen", ein erleichterter Seufzer durchdrang das Telefon.

„Ja, ich werde auf dich warten."

„Danke. Bis gleich." Wir legten auf. Ich drehte mich wieder um zu Ben. Doch er war verschwunden.

Kapitel 14

Nachdem ich mehrere Minuten nach Ben suchte, entschloss ich mich als es dunkel war allein nach Hause zu fahren. Diesmal kam mir die Strecke unglaublich lange vor. Ab und an kam ein Auto entgegen, doch um diese Zeit war hier nicht mehr viel los. Noch immer verdutzt von Bens verhalten fuhr ich müde und erschöpft die Straße entlang. Meine Augenlieder wurden schwer. Um mich abzulenken, versuchte ich ein letztes Mal noch Ben auf seinem Handy zu erreichen. Gerade als ich das Handy an mein Ohr legte, war im Lichtkegel der Scheinwerfer ein Schatten zu sehen. Sofort ließ ich das Handy fallen und riss reflexartig das Steuer herum. Noch mehrere Meter schlitterte ich über beide Straßenseiten hin und her. In diesem Moment war ich sehr froh, dass jetzt gerade kein Gegenverkehr herrschte. Es war schwer das Steuer fest zu halten. Meine Hände rutschten immer wieder ab. Ein letztes

Mal wurde ich nach rechts geschleudert - dann kam der Wagen zum Stillstand.

Krampfhaft umfassten meine Hände das schweißnasse Lenkrad. Eine erschreckende Stille lag in der Luft. Nicht einmal das Radio lief noch. Nur mein Atem war zu hören, den ich mit größter Mühe versuchte wieder unter Kontrolle zu bekommen. Langsam ließ ich das Lenkrad los. Ich zitterte so stark, dass ich genau hinsehen musste als ich mich abschnallen wollte. Benommen stieg ich schließlich aus dem Wagen. Was war das nur auf der Straße? Hoffentlich hatte ich niemanden angefahren!

„Hallo?", rief ich in die Dunkelheit. Gezielt ging ich einige Schritte in die Richtung aus der ich gefahren kam.

„Hallo? Ist da jemand?" Ein eisiger Wind fegte an mir vorbei. Auch wenn ich noch immer Bens Jacke anhatte, ging mir diese Kälte bis auf die Knochen. Eine innere Stimme sagte mir das ich einfach weiterfahren sollte. Dort war nicht - es gab noch nicht einmal einen Zusammenstoß. Gezielt ging ich zurück zum Wagen. Schneller, schneller befahl ich mir selbst. Zuletzt rannte ich zurück, setzte mich hinein und verschloss alle Türen. Zunächst wollte ich mich etwas beruhigen und wieder zu Atem kommen als plötzlich eine Angst in mir hochkam, wie ich sie nie zuvor gespürt hatte. Mit zitternden Händen startete ich den Wagen und fuhr mit quietschenden Reifen und einer viel zu hoher Geschwindigkeit davon.

Ohne die Zeit wahrzunehmen stand ich schon vor Andrews Haus. Mein Atem war wieder normal. Aber dieses eigenartige Gefühl ließ mich nicht los. Das Gefühl der Angst. Wenn ich es nicht besser wissen

150

würde, dann könnte man dies als Todesangst bezeichnen. Bewusst versuchte ich mit anderen Gedanken diese zu überdecken, damit Andrew und Jenny nichts merkten.

Ich schloss das Auto hinter mir zu, drehte mich in Richtung Tür als Andrew plötzlich vor mir stand. Automatisch fuhr ich ein Stück zurück und landete mit dem Rücken am Auto.

„Entschuldige. Ich wollte dich nicht erschrecken", sagte Andrew besänftigend. Mehrfach schluckte ich das Herz, welches mir beinahe aus dem Hals sprang, wieder herunter.

„Es ist schon ok. Geht gleich wieder", lächelte ich angestrengt. Andrew sagte nichts, sondern sah mich nur an. Prüfend schaute er auf Bens Jacke, die ich immer noch trug. Eifersucht kam in Andrew hoch. Gleichzeitig durchfuhr ein Stechen meinen Bauch. Doch nicht nur leicht. Es war kaum zu unterdrücken. Mir wurde übel.

„Andrew, bitte. Ich erklär es dir…aber…denk an etwas…anderes", bat ich ihn. Kaum war der Satz ausgesprochen, war die Übelkeit verschwunden. Ein leichtes Ziehen blieb allerdings zurück.

„Ich glaube wir müssen uns unterhalten. Wollen wir ein Stück spazieren gehen?", fragte ich und sah in die Dunkelheit. Hier im Dorf war es, allein durch die Straßenbeleuchtung nicht annähernd so dunkel wie vorhin auf der Straße im Wald. Und mit Andrew an meiner Seite würde mir sowieso nichts passieren. Kaum merkbar nickte ich.

Gemeinsam gingen wir die Straße entlang. Andrew steuerte zwar seine Gefühle, nahm allerdings Abstand, ohne mich zu berühren.

„Darf ich es vielleicht zuerst erklären?", schlug ich nach mehreren Minuten des Schweigens vor. Er nickte zustimmend.

151

„Andrew, ich liebe dich. Und ja ich habe mich heute mit Ben getroffen, aber doch nur weil er der einzige ist mit dem ich, außer dir und Jenny, noch reden kann. Ich brauche jemand unbeteiligten zum Reden. Dieses große Geheimnis kann ich nicht allein tragen. Es tut mir leid."

Andrew blieb stehen und drehte mich zu sich herum. Fest umschlungen hielten unsere Hände einander fest. Ein schönes Gefühl durchfuhr mich. Komischerweise ließ das stechen nicht nach. Ich blendete es bewusst aus.

„Das muss dir ganz bestimmt nicht leidtun. Ich bin es der sich entschuldigen muss. Hätte ich nicht", er brach ab und nahm wieder Abstand.

„Fang nicht schon wieder davon an. Wir können das alles nicht Rückgängig machen. Hätte ich dich nie kennen gelernt dann wäre auch ich nicht glücklich geworden, das weißt du. Und jetzt kann ich ohne dich sowieso nicht mehr leben." Eine Art Faustschlag zog durch meinen Magen. Ich sog scharf Luft ein.

„Lexa!", sagte Andrew und stand in übermenschlicher Geschwindigkeit dicht vor mir und hielt mein Gesicht in seinen Händen. Wir waren uns so nah, wie Ben und meines zuletzt. Doch Andrews Lippen bahnten sich den Weg ganz zu meinen hervor. Ein schönes Gefühl überkam mich. Gänsehaut am ganzen Körper. Schmerzen waren wie davongeflogen. Wie ein Liebesrausch. Auch er sollte spüren, wie es mir ging. Ohne meine Gefühle zu steuern ließ ich mich voll und ganz auf diesen Kuss ein.

Eine Weile später liefen wir Hand in Hand weiter die Straße entlang. Ich gähnte.

152

„Soll ich dich tragen? Du siehst so müde aus meine Schöne", fragte Andrew.

Ich schüttelte den Kopf.

„Danke, aber es geht schon. Wir müssen aber trotzdem noch reden", erklärte ich wehmütig.

Zwischen Andrew und mir bestand keine Mauer mehr der Überwindung. Offen redeten wir über seine Ängste vor der Schwangerschaft. Auch mir ging es so. Die ganze Zeit über lag mir ein unwohles Gefühl im Magen. Das kleine wusste das wir von ihm sprachen.

„Andrew ich möchte dieses Kind bekommen", sagte ich schließlich.

„Und ich möchte das es dir gut geht und du lebst", betonte Andrew deutlich.

„Das werden wir schon schaffen. Vertraue mir. Ich habe im Gefühl, das alles gut ausgeht", sagte ich und genau so meinte ich es auch.

„Ich möchte das Baby ja auch gerne haben. Und ich kann dich zu keiner Entscheidung zwingen. Wenn das also dein Wunsch ist, dann werde ich alles daransetzen, dass es euch beiden gut geht", sagte Andrew. Ich spürte das er es ernst meinte.

„Danke", entgegnete ich erleichtert.

Ich war froh das wir über alles geredet hatten und zeigte Andrew offen, wie es mir ging. Ohne Abstand oder Zurückhaltung schlenderten wir weiter. Hin und wieder küssten wir einander.

Kurz bevor wir zu Hause ankamen, hielt Andrew mich ein Stück zurück.

„Da ist noch etwas, worüber ich mit dir reden muss", sagte Andrew traurig. Das war nicht nur zu fühlen, sondern auch zu sehen.

153

„Was ist denn los?", tröstend nahm ich seine Hand.

„Sei bitte nicht beunruhigt aber Jenny und ich haben in der Gegend aktive Halbmenschen gesichtet."

„Was? Aber wo…was wollen die?", erschrocken blickte ich in sein Gesicht.

„Wir wissen es noch nicht genau. Deswegen fährt Jenny zurück auf die Insel, um weitere Nachforschungen anzustellen", erklärte Andrew weiter.

„Zurück zu Arons Insel?", sagte ich erschrocken.

Andrew nickte.

„Aber das ist doch viel zu gefährlich so allein. Alle wissen doch was Jenny mit uns zusammengetan hat. Das kann sie nicht tun. Ich lasse es nicht zu das sie sich in Gefahr begibt!" Auch wenn diese Worte aus meinem Mund fremd und komisch klangen, war es mein voller ernst. Jenny und ich waren zwar keine besten Freunde, aber sie hatte schon so viel für mich riskiert, dass ich sie nicht einfach allein in die Hölle schicken könnte.

„Lass und alle dort hinfahren. Zu Dritt", schlug ich vor.

„Stopp!", unterbracht Andrew mit warnender Stimme. Dann begann er wie wild zu gestikulieren. „Du bringst dich und unser Baby nicht absichtlich in Gefahr. Ich habe dir versprochen alles daran zu setzen das es euch beiden gut geht. Dann lass ich es auf jeden Fall nicht zu das du dich freiwillig den Tieren zum Fraße vorwirfst!"

„Aber wir können sie nicht allein gehen lassen!", schrie ich beinah. Grob umfasste ich seine Handgelenke.

„Wenn das für dich ok ist, dann werde ich mit ihr gehen", bot Andrew sich an.

154

„Das klingt gut. Dann machen wir das so", antwortete ich wie aus der Pistole geschossen.

Andrew schluckte seine nächsten Worte herunter, ohne sie auszusprechen. Ein Blick von mir genügte, damit er wusste, dass er mir nichts verheimlichen sollte.

„Ich hasse mich für die nächsten Worte, doch es ist wohl die einzige Möglichkeit", sprach Andrew weiter.

„Andrew ich kann dir gerade so überhaupt nicht folgen", verwirrt sah ich ihn an.

Jetzt trennte ich meine Hände von seinen. Ein unangenehmes Gefühl stieg in mir auf. Vielleicht konnte ich es wenigstens mit Abstand verringern.

„Wir wissen nicht genau was wir herausfinden werden. Und ganz unbeobachtet möchte ich dich nicht zurücklassen", sprach er weiter.

„Aber ich bin schon erwachsen und", wollte ich gerade dazwischen gehen.

„Daran Zweifel ich auch nicht", er machte einen Schritt auf mich zu.

„Doch was ist, wenn etwas mit dir oder dem Baby passiert? Oder du wieder von Gefühlen überwältigt wirst und ohnmächtig wirst? Ich möchte jemanden an deiner Seite wissen. Jemand der soweit Bescheid weiß von dir und…dem Baby."

Klick, klick, klick.

„Ben", flüsterten meine fast geschlossenen Lippen.

Andrew nickte wieder nur. Der Abstand zwischen uns war schon gering, doch ich machte den letzten Schritt und legte seine Hände in meine. Sanft ebneten sich meine Lippen den Weg zu seinen und legten

155

sich auf sie. Ein zärtlicher Kuss. Seine Augen waren weiterhin geschlossen auch als meine Lippen bereits gelöst waren.

„Ich sagte es ja bereits: Ich liebe dich. Und Ben ist ein sehr guter Freund geworden. Ich bin bei ihm bestimmt gut aufgehoben", unterstützte ich Andrews vorschlag. Ob Ben das wohl auch so sah? Ich hoffte sehr das wir überhaupt noch miteinander redeten. Aber es war ja nicht einmal etwas zwischen uns passiert.

„Lexa?", unterbrach Andrew meine Gedanken.

Ich schüttelte den Kopf.

„Ja?"

„Wo warst du denn jetzt mit deinen Gedanken?", sanft streichelte er mir einige Haare aus dem Gesicht.

„Ach, so hier und da. Und wie es wohl ist, wenn du so weit weg bist", flüsterte ich. Hoffentlich schluckte er die Lüge und meine Gefühle verrieten mich nicht zu sehr.

„Ich werde dich auch vermissen. Aber wir werden jeden Tag telefonieren ok?"

„Ok."

Ein letzter Kuss von Andrew auf meiner Stirn besiegelte dieses Gespräch. Ich atmete erleichtert und erschöpft zugleich aus. Hand in Hand liefen wir das restliche Stück zurück zum Haus und erzählten Jenny von der bevorstehenden Reise. Während Andrew und sie noch weiterredeten und Details klärten, schlief ich nach nur wenigen Minuten in Andrews warmen Armen ein.

156

„Guten Morgen meine Schöne", Andrew weckte mich sanft mit zärtlichen Küssen. Ich öffnete meine Augen und bemerkte das es noch Nacht war.

„Was...wie spät ist es?", vorsichtig richtete ich mich auf.

„Es ist halb vier Uhr morgens. Jenny hat noch kurzfristig einen Flug organisiert."

„Und wann müsst ihr los?", fragte ich und war wie auf Knopfdruck hellwach.

„Bereits in einer halben Stunde", sagte Andrew. Sehnsüchtig viel ich ihm um den Hals. Natürlich wollte ich das Andrew und Jenny Nachforschungen anstellten und ich war ebenfalls einverstanden das ich hier allein zurück blieb - doch so plötzlich? Mir blieb bisher noch nicht einmal die Zeit mit Ben zu sprechen, ob ich überhaupt bei ihm bleiben könnte.

„Aber...Ben?", sagte ich nervös.

„Ich habe schon mit ihm gesprochen", versuchte er mich zu beruhigen.

„Wirklich?", verdutzt sah ich in Andrews Gesicht. Seine Stimmung schlug nicht um. Andrew wartete seelenruhig meine Reaktion ab.

„Es tut mir leid, dass du nicht mit ihm reden und erklären konntest. Aber das alles kam sehr plötzlich. Ben ist übrigens einverstanden. Er nimmt dich morgen nach der Schule direkt mit zu sich nach Hause. Die nächsten Tage werdet ihr dann bei ihm verbringen."

Ich schluckte. Ein dicker Kloß saß mir quer im Hals. Andrews Stimmung zu folge hatte Ben nichts von unserem Beinahe-Kuss erzählt. Wobei es sowieso nichts zu erzählen gab.

„Lexa?", sagte Andrew und streichelte meine Schulter.

157

„He? Ja, ach das ist kein Problem, das du mit ihm gesprochen hast", sanft legte Andrew sich aufs Bett und zog mich dicht an sich heran. Mit tiefen Zügen atmete Andrew meinen Duft ein. Fast als würde er versuchen mich zu verinnerlichen.

„Es werden nur ein paar Tage sein. Maximal eine Woche, dann bin ich wieder bei dir", versuchte Andrew mich zu beruhigen. Er dachte das meine verwirrenden Gefühle mit seiner Reise zu tun hatten. Das ist gut - oder nicht? Ist es schlimm ihm etwas zu verheimlichen? Wobei ich auch dieses Mal zu mir selbst sagen musste: Es war ja gar nichts passiert!

Ich schloss meine Augen und genoss die letzten paar Minuten mit der Liebe meines Lebens. Auch ich atmete noch schnell ein paar tiefe Züge von Andrew ein. Ich umschloss ihn mit meinen Beinen, Armen. Unsere Körper waren nahezu verschmolzen. Schneller als uns beiden lieb war, war die Zeit auch schon um.

„Bleib bitte liegen und schlaf. Wir werden schnell weg sein", vorsichtig bettete Andrew mich aus seinen Armen zurück auf die Kissen. Ein zärtlicher Kuss und einen intensiven Blick später, war ich wieder allein in dem dunklen Zimmer. Erst nachdem die Wohnungstür bereits verschlossen und ein Auto davongefahren war, schlief ich wieder ein.

Nur allzu schnell kam man in den Trott des Alltages zurück. Dieses wurde mir wieder einmal sehr deutlich als ich wie jeden Morgen, ausgenommen der letzten Monate, allein mit meinem Auto zur Schule fuhr. Meine gepackte Tasche für die nächsten Tage mit Ben lag auf dem Rücksitz. Nie zuvor waren mir Kleinigkeiten aufgefallen, wie die gleiche CD, die seit Monaten in meinem Autoradio lag, oder dieselben

158

ungeschickten Autofahrer die wie jeden Morgen den Verkehr blockierten.

Kaum an der Schule angekommen, suchte ich mit Hochdruck nach einem freien Parkplatz. Da ich eh bereits zu spät dran war, blieb mir nur der letzte Platz am komplett anderen Ende des Campus übrig. Leise fluchte ich vor mir hin und rannte schon fast die Gänge entlang. Nur noch diejenigen die gar nicht oder sowieso zu spät kommen wollten, lungerten noch vor den Klassenräumen herum. An meinem Spinnt angekommen gab ich meine Kombination falsch ein. Wie ein Déjà-vu erlebte ich genau den ersten Tag noch einmal, als Andrew und ich uns damals kennen gelernt hatten. Es war auch genau der Wochentag. Das Wetter war das gleiche, sowie meine Verspätung des Unterrichtes. Unwiderruflich begann mein Herz wie wild zu schlagen. Ich schloss die Augen. Waren die letzten Monate nur ein böser Traum und ich würde Andrew erneut begegnen? Mit zitternden Knien bahnte ich mir meinen Weg zum Klassenraum. Wie damals atmete ich tief durch und öffnete mit einem leichten Lächeln die Tür.

„Oh, guten Tag Lexa. Welch eine Ehre sie auch mal wieder bei uns zu begrüßen", erwiderte Mr. Conner in solch einem widerlichen Ton, das mir übel wurde. Nachdem mein Blick erfolglos den Raum absuchte und ich feststellen musste, dass Andrew nicht hier sei, war meine Laune am Boden. Stillschweigend ließ ich den Rest der Stunde über mich ergehen. Es klingelte. Langsamer als alle anderen packte ich meine Sachen und verließ als letzte den Raum. Mit gesenktem Blick lief ich den Gang entlang und stieß gegen jemanden, so dass meine Bücher zu Boden fielen. Für einen Moment entflammte in mir erneut die Hoffnung das dieser Tag doch wie damals verlief und Andrew jetzt vor mir stand.

Sofort sah ich nach oben. Und auch wenn es nicht Andrew war der vor mir stand, machte mein Herz einen Hüpfer. Ich war mir Ben zusammengestoßen. Ein weiterer Hüpfer ließ mein Brustkorb erbeben, dann lag mein Körper schon in seinen Armen.

„Ben", stöhnte ich. Mein Körper krallte sich an ihn fest.

„Lexa. Es tut mir leid wegen gestern", entschuldigte Ben sich. Bei diesen Worten war ich sofort wieder bei klarem Verstand. So schnell es ging löste ich mich von ihm und nahm Abstand. Hitze stieg in meine Wangen. Ich wurde rot. Es war nicht ich die Bens Nähe suchte, sondern das Baby. Warum reagierte es nur so?

Peinlich berührt begannen wir meine Bücher vom Boden aufzusammeln. Einige Mitschüler starrten uns schon ganz seltsam an.

„Also nochmal wegen gestern", fing er nochmal an.

„Ben", ich unterbrach ihn. „Es ist doch nichts passiert", spielte ich alles etwas runter und lächelte ihn ehrlich an.

„Ja du hast recht…es ist ja nichts passiert", wiederholte Ben meine Worte. Als er dies aussprach, zerriss es mir das Herz. Er wollte mehr, doch ich konnte es nicht tun. Das war nicht richtig.

„Ben bitte. Es geht nicht", flüsterte ich nur noch. Ein strenger Blick folgte.

„Aber wieso denn nicht? Du hast doch selbst gesagt das Sue möchte das wir glücklich sind. Egal in welche Richtung", ließ Ben nicht locker. Ich hob das letzte Buch auf und stand auf. Ben ebenfalls. Mit einem direkten Blick in sein Gesicht erhoffte ich das er es endlich verstehen würde.

„Natürlich sagte Sue das wir alle glücklich werden sollen. Egal wie. Aber Ben, ich liebe Andrew und nicht dich. Es wäre falsch, wenn wir

160

zusammen wären", erklärte ich in der Hoffnung er würde es nun endlich verstehen.

„Andrew", sagte er abwertend. Nun sah ich ihn streng und sauer an.

„Falls du dich erinnerst, aber Andrew war es der dich zu einer Abtreibung zwingen wollte!", zischte Ben. Entsetzt klappte mein Mund auf. Das war eindeutig ein Schlag unter der Gürtellinie. Tränen stiegen mir in die Augen. Bens Gefühle verrieten mir das er sofort gemerkt hatte das er zu weit gegangen war. Noch bevor die Tränen zu liefen begannen, drehte ich mich herum und verließ so schnell es ging die Schule.

Auf dem Schulhof ließ ich mich auf einer Bank nieder, schlug die Hände vors Gesicht und begann zu weinen. Warum musste Andrew gerade jetzt fahren? Gerade in solchen Momenten brauchte ich ihn einfach. Immer mehr Tränen kamen nach. Plötzlich reichte mir jemand ein Taschentuch.

„Danke", nuschelte ich. Schnell wischte ich das meiste weg und sah das Ben neben mir saß. Bewusst wendete ich meinen Blick ab.

„Was willst du noch? Reicht es dir nicht was du gerade noch gesagt hattest? Willst du noch einmal nachtreten?!", Tränen sammelten sich in meine Augen.

„Nein Lexa. Es tut mir leid. Das...das wollte ich eigentlich gar nicht sagen. Es ist mir...rausgerutscht. Bitte entschuldige", nervös spielte er mit seinen Fingern. Bens Gefühle waren klar zu erkennen. Er war ehrlich traurig das es mir so schlecht ging und wollte alles daransetzen, um mich aufzumuntern. Mein Blick blieb auf seinem Gesicht hängen. Er hatte ein unglaublich markantes Kinn und harte Linien. Doch jetzt

161

gerade in diesem Moment war er so sanft und weich. Egal wie maskulin er eigentlich aussah.

„Können wir das nicht einfach vergessen und noch einmal neu anfangen? Schließlich…muss ich doch auf dich aufpassen. Ich habe es versprochen", stieß Ben hervor. Jetzt sahen wir uns tief in die Augen. Sein Blick streichelte mir die letzten Tränen weg. Im selben Moment machte mein Herz wieder einen Hüpfer und ich nahm ihn, von mir aus, in den Arm.

„Ja, lass uns neu anfangen. Als Freunde", schlug ich vor.

„Ja als Freunde."

Kapitel 15

Am Ende des Schultages fuhren Ben und ich, in getrennten Autos, zu ihm nach Hause. Wir stiegen aus und gingen gemeinsam die Auffahrt zu Bens Elternhaus hinauf.

162

„Was sagen eigentlich deine Eltern dazu?", er grinste mich an und blieb kurz stehen.

„Du meinst meine Mutter. Mein Vater habe ich schon seit Jahren nicht mehr gesehen. Und das ist auch gut so", antwortete Ben. Seine Gefühle wandelten sich in Wut. Ich versuchte seine Gefühle zu blocken und schnell abzulenken. Im Moment war ich für solch ein Gefühlsangriff körperlich nicht bereit.

„Ich glaube wir werden eine Menge Spaß haben. Auch wenn es mir leid tut das du mich jetzt am Hals hast", belustigend rollte ich die Augen.

„Ach so ein Blödsinn!", freundschaftlich schubste er mich leicht zur Seite. „Ich habe dich doch nicht am Hals. Du solltest nicht vergessen das ich freiwillig zugestimmt habe. Ein bisschen Abwechslung tut bestimmt gut", sagte ich aufmunternd. Unbeabsichtigt steuerte ich wie automatisch auf Ben zu und nahm ihn in den Arm.

„Danke", flüsterte ich in seine breiten Schultern.

„Ich danke dir das du unserer Freundschaft noch eine Chance gibt", sagte Ben. Ich spürte das er es ehrlich meinte.

„Aber natürlich. Dafür sind richtige Freunde doch da."

Wir lösten unsere Umarmung voneinander und gingen den Weg weiter hinauf zum Haus. Kaum vor der Tür angekommen, öffnete Bens Mutter diese auch schon.

„Hallo ihr zwei", begrüßte sie uns herzlichst.

„Hallo Mom. Darf ich dir Lexa vorstellen?" Ben zeigte mit der einen Hand auf mich und lächelte.

„Hallo Lexa. Mein Name ist Mary. Ben hat schon erzählt das du ein paar Tage bei uns bleist. Kommt doch erst mal rein", sagte sie und ging ein Schritt zur Seite um den Eingang frei zu machen. Gemeinsam

163

betraten wir den hellen wunderschönen Flur. Ich fühlte mich gleich wohl. Auch mein Bauchgefühl bestätigte mir das es die nächsten Tage hier gut auszuhalten wäre.

„Ich glaube ich zeige dir jetzt erst mal dein Zimmer", schlug Ben vor.

„Mein Zimmer?", ungläubig starrte ich ihn an.

„Ja. Wir haben mehrere Gästezimmer. Eines haben wir für dich fertig gemacht", erklärte er kurz.

„Das ist aber nicht nötig. Die Couch tut es auch für die paar Nächte", nervös blickte ich zwischen Ben und seiner Mutter hin und her.

„Nein mein Schatz, das ist schon ok. Du sollst dich hier richtig wohl fühlen", strahlte Mary mir entgegen.

„Na gut. Dann zeig mir mal mein Zimmer", sagte ich ein wenig unwirklich.

Ich folgte Ben die Treppe hinauf. Oben angekommen, drehte ich mich leicht herum und zupfte Ben an seinem Shirt.

„Ben?!"

Er drehte sich um.

„Stimmt was nicht? Geht es dir nicht gut?", besorgt legte er mir die Hände auf den Schultern. Im Moment war mir das alles etwas zu viel. Bens besorgte Gefühle und jetzt auch noch die Nähe. Automatisch fuhr ich ein Stück zurück. Ben ließ seine Hände wieder sinken.

„Es ist nur, also es geht mir gut, nur was weiß deine Mutter alles? Sie behandelt mich ein bisschen wie ein rohes Ei", erklärte ich mit einem gemischten Gefühl.

„Oh, das tut mir leid. Sie weiß natürlich nichts. Ich habe ihr nur gesagt das du ein paar Tage hier bleibst damit du nicht allein bist, weil dein Freund familiär verreisen musste", sagte Ben und es klang plausibel.

164

Meine Laune änderte sich schlagartig wieder zum Guten. „Ich habe dir versprochen nichts zu verraten, und ich halte mein Wort", lächelte er abschließend.

„Danke", glücklich sah ich Ben in seine Augen. Erneut viel mir auf das er unglaublich Weiche Züge besaß. Sein Blick verlieh mir innerlich eine zarte Wärme und ging bis unter die Haut. Es kribbelte. Auch Ben bemerkte das dieser Moment zu intim wurde. Zu intim für unsere Freundschaft. Es war einfach nicht richtig. Ben räusperte sich umgehend und wandte den Blick ab.

„Willst du jetzt dein Zimmer sehen?", fragte er hektisch. Ich nickte und folgte ihm direkt in den nächsten Raum. Ein wunderschöner warmer Cremefarbener Ton durchflutete den ganzen Raum. Frische Blumen standen auf der Fensterbank. Das Bett war frisch bezogen und Lavendelduft lag in der Luft.

„Ich lass dich dann jetzt mal einen Moment allein", sagte Ben und war, wie Andrew, ein absoluter Gentleman. Er wusste genau, wann es Zeit war zu gehen.

Nachdem Ben aus der Tür war, ließ ich mich erschöpft aufs Bett fallen. Wenige Minuten später überkam mich die Müdigkeit und ich schlief bis zum Abend ein.

Die nächsten Tage gingen, auch zu meinem Erstaunen, sehr schnell vorüber. Ben war die perfekte Ablenkung. Jeden Abend telefonierten Andrew und ich. Leider waren sie seit kurzem erst am Ziel angekommen, so dass sie noch nicht viel herausfinden konnten. Doch Andrew versprach mir, sobald sie Neuigkeiten haben würden, mich zu informieren und so schnell es ging nach Hause zurück zu kehren. Des

165

Weiteren beteuerte er mir immer seine Liebe und schickte mir bewusst schöne Gefühle. Auch wenn dieses gut Tat, machte es uns alle Angst das unser Band bereits über solch eine Entfernung möglich war zu spüren. Wobei dies auch nur Funktionierte, wenn wir direkt telefonierten.

Nach den abendlichen Gesprächen mit Andrew, telefonierte ich mit meiner Mutter. Von Dad gab es keinerlei Verbesserung oder Verschlechterungen. Ich redete mir ein das es eine gute Neuigkeit wäre, wenn es keine Schlechten gäbe. So war es wenigstens annährend auszuhalten.

Die Nachmittage verbrachten Ben und ich, da Wochenende war ohne Hausaufgaben und auf den Gebirgen der Red Rocks. Dort unterhielten wir uns so gut, dass es immer bereits Dunkel war als wir wieder zu Hause ankamen.

Es war Sonntagabend und die Sonne begann unter zu gehen.
„Aber wie hast du sie denn genau gesehen?", wollte Ben neugierigerweise Wissen. Wir sprachen wieder über Sue. Ich erzählte gerne von ihr, wenn es Ben half wirklich über sie hinweg zu kommen. Außerdem machten auch mich die Gedanken an ihr glücklich.
„Ich habe wirklich mit ihr gesprochen. Auch wenn ich wohl nur geträumt habe, war sie in meinem Traum und ich habe mit ihr gesprochen", grinsend sah ich zu ihm rüber. Dies war die einzig plausibelste Erklärung, welche ein normaler Mensch glauben würde. Und das tat Ben. Seine Gefühle zeigten mir wie sehr er sich freute so etwas zu hören und zu glauben.

166

Die Sonne war bereits unter gegangen. Leise gähnte ich in meine Jacke. Sanft legte Ben eine Hand auf meinen Rücken.

„Lass uns nach Hause fahren", schlug Ben vor. Genau richtig, denn bereits im Auto schlief ich ein.

„Lexa", jemand flüsterte meinen Namen. Ich sah nichts außer schwarz vor meinen Augen.

„Lexa", rief jemand erneut. Mir kam die Stimme so unglaublich bekannt vor. Jedoch war sie weit weg und hallte sehr nach. Ich blickte mich wie wild um, konnte jedoch nicht sehen wer mich rief.

„Lexa!", schrie auf einmal dieser jemand mit klaren Worten. Andrew! Automatisch griff ich in die Dunkelheit, um nach ihm zu suchen. Doch da war nichts. Nur Leere. Im nächsten Moment durchdrang ein ohrenbetäubender Schrei die Stille und ein Stumpfer Gegenstand wurde mir in den Bauch gestochen. Nur mein Herz, welches bis zum Anschlag und mit voller Geschwindigkeit schlug, lag mir jetzt in den Ohren. Ich fiel in ein Loch und schloss meine Augen.

Der Kampf war schwer und lang. Ich schaffte es aber und riss meine Augen auf. Frische Luft durchdrang meine Lunge. Wie bereits im Traum schlug mein Herz weiterhin wie wild gegen meinen Brustkorb. Panisch schaltete ich das Licht ein und griff mir an den Bauch. Es waren keine Verletzungen zu sehen. Aber der Schlag? Warum hatte ich diesen Alptraum? Ich trug doch meinen Ring? Was war das?

Im selben Moment, wo meine Gedanken ihren Lauf nahmen, griff ich schon nach meinem Handy und wählte Andrews Nummer. Nach nicht mal einem ganzen klingeln ging er dran.

„Lexa. Ist alles in Ordnung?", fragte er sofort voller Sorge.

167

„Andrew? Geht es dir gut?", völlig außer Atem seufzte ich erleichtert in den Hörer.

„Ja meine Schöne es geht mir gut. Aber was ist denn los? Warum rufst du mitten in der Nach an. Ist wirklich alles in Ordnung?", hakte er noch einmal nach.

Ich sagte nichts, sondern begann zu weinen.

„Hey es ist alles ok. Bitte hör auf zu weinen", sagte er sanft. Noch mehrere Minuten redete Andrew so auf mich ein. Ich schnaufte beiläufig in ein Taschentuch. Langsam verstummten die Tränen.

„Entschuldige. Ich weiß auch nicht was los ist. Ich musste einfach deine Stimme hören. Ich verstehe das alles nicht", stotterte ich in den Hörer. Noch so gerade konnte ich einen weiteren schwall Tränen bändigen herunter zu laufen.

„Was verstehst du nicht Lexa? Bitte erzähl es mir. Warum hast du Angst?", natürlich spürte er auch meine Gefühle. Derzeit war ich überhaupt nicht in der Lage meine Gefühle zu steuern. Meine Emotionen machten das was sie wollten. Somit kam nur das Angstgefühl von dem gerade geträumten Traum durch.

„Du warst auf einmal nicht mehr da", sagte ich und diese Worte reichten, um meine Tränen nicht mehr halten zu können. Mit Mühe und Geduld erzählte ich Andrew von diesem Traum. Seine Gefühle waren sehr neutral dem Gegenüber. Gerade das war aber auch etwas was mich wütend machte. Wie konnte er nur so kühl bleiben. Neue Tränen liefen.

„Wir machen uns heute noch auf den Heimweg. Wir haben alles was wir brauchen. In zwei Tagen bin ich wieder bei dir", kam sofort von Andrew.

168

„Ist gut. Ich freue mich schon sehr auf dich meine Sonne."

„Schlaf schön weiter. Du bist in all meinen Gedanken. Ich liebe dich", hauchte Andrew mit so viel Gefühl in mein Ohr das ich es förmlich spüren konnte.

„Ich liebe dich auch", antwortete ich und legte auf. Noch mehrere Minuten lag ich einfach so da. Keine Müdigkeit war mehr vorhanden die mich schlafen ließ. Wie ferngesteuert stieg ich aus meinem Bett und ging durch den großen Flur auf Bens Zimmer zu. Mein Gefühl sagte mir das ich jetzt nicht allein sein konnte. Mein Kopf war allerdings noch so durcheinander, dass ich nicht genau wusste, ob ich es war die Nähe suchte, oder das Baby.

Erst blieb ich vor seinem Zimmer stehen. Die Hand an der Klinke. Dann klopfte ich doch vorsichtig an die Tür. Keine Reaktion. Auf Zehenspitzen betrat ich schließlich das Zimmer. Die Bodendielen quietschten leise bei jedem Schritt, den ich tat.

„Ben?", flüsterte ich. Endlich regte sich etwas in seinem Bett. „Ben? Bist du wach?", sprach ich weiter.

„Was? Lexa?", nuschelte er, drehte sich herum und knipste seine Nachttischlampe an. Verwundert sah er mich an. Beinahe als würde er träumen.

„Es tut mir leid, wenn ich hier so hineinplatze. Aber…ich konnte einfach nicht mehr schlafen. Können wir vielleicht ein bisschen reden?" Ben rieb sich die Augen und schaute auf seinen Wecker und zurück zu mir.

„Weißt du was. Schlaf weiter. Ich werde wieder", gerade ging ich ein Schritt in Richtung Tür, stand Ben aus seinem Bett auf.

169

„Warte! Natürlich können wir reden. Gerne sogar", sagte ich überschwänglich. Ich konnte nichts sagen. Ben stand in einem Muskelshirt und enganliegender Boxershorts vor mir. Auch wenn er äußerlich so gar nicht mein Typ war, verschlug mir dieser Anblick die Sprache. Mit Nass-kalten Händen verschränkte ich die Arme vor meinem Bauch. Es dauerte noch einen Moment als ich peinlich berührt schnell wegsah und meinen offenstehenden Mund schloss.

„Setzt dich doch", sagte Ben und wies auf sein Bett. Ich nickte und ließ mich nieder. Sofort fühlte ich mich wohl. Die peinliche Situation war überstanden.

„Also. Gibt es etwas bestimmtes, worüber du reden möchtest?", fragte er vorsichtig. Mit einem blitzenden Lächeln grinste er mich an. Sofort musste ich zurück lächeln. Dann war alles ganz einfach. Ich ließ meinen Gefühlen freien Lauf und erzählte voller Eifer das Andrew bald zurück sei. Ben freute sich für mich, war aber auch etwas traurig das unsere gemeinsame Zeit bald vorbei wäre. Nicht so einfach war es ihm von dem Traum zu erzählen. Doch er wusste wie wichtig mir Träume sind und ich an diese glaubte.

„Warum denkst du habe ich so etwas geträumt? Ich verstehe es nicht", fragt ich ahnungslos schüttelte ich meinen Kopf und ließ mich rückwärts aufs Bett fallen. Ben erzählte ein wenig von seiner Theorie. Ich bekam allerdings nur die Hälfte mit, dann schlief ich ein.

Vögel zwitscherten. Sonne erhellte das Zimmer, doch schien nicht auf meine Haut. Für einen Moment wusste ich nicht, wo ich war. Mein Körper war in eine dicke Decke eingewickelt und fest umschlungen. Andrew - dachte ich. Aber dies war nicht Andrews Bett und schon gar

170

nicht sein Duft. So einen starken festen Griff würde er ebenfalls nicht bei mir anwenden. Vorsichtig rieb ich mir die Augen und blickte mich im Zimmer um. Football Poster hingen an der Wand. Ein Trikot hing über einen Stuhl in der Ecke. Ben. Mein Herz schlug schneller. Ich lag bei Ben im Bett und er umarmte mich! Sein ruhiges Atmen versicherte mir das er noch schlafen würde. Vorsichtig drehte ich mich aus seiner Umarmung und stieg aus dem Bett. Leider war es nicht möglich unbemerkt aus diesem Zimmer zu kommen. Die quietschenden Dielenbretter verrieten meine Schritte.

„Oh, hey guten Morgen. Konntest du noch etwas schlafen?", lächelnd richtete Ben sich auf und sah mich an.

„Ähm, ja. Danke, ich konnte schlafen. Du auch…oder?!", fragt ich.

„Ja", er lachte auf.

„Ich geh dann mal mich für die Schule fertig machen."

Kaum hatte ich den Satz ausgesprochen war ich auch schon aus dem Zimmer verschwunden. In meinem Zimmer angekommen lief ich wie wild von der einen Ecke in die andere. Was war gestern Abend passiert? Noch einmal kramte ich genau meine Gedanken durch. Es war nichts passiert. Ich bin lediglich bei Ben im Bett eingeschlafen. Erleichtert atmete ich aus. Schnell schnappte ich mir ein paar Sachen und verschwand ins Badezimmer unter die Dusche. Das gemeinsame Frühstück war merkwürdig. Ben und ich tauschten verlegene Blicke. Wobei ich seine verlegenen Gefühle auch spüren konnte. Das alles war auch ihm äußerst unangenehm. Doppelte Verlegenheit ergab bei mir gleich völlige Verwirrtheit. Wie benommen überstand ich irgendwie das restliche Frühstück.

171

Auf dem Weg zur Schule redeten wir kaum miteinander. Erst als Ben den Wagen parkte durchbrach ich das Schweigen.

„Ben. Also mit heute Nacht. Es tut mir leid, ich wollte dich nicht so in…Verlegenheit bringen", entschuldigte ich mich.

Er wurde rot. „Es ist schon ok. Nur das war etwas komisch. Ich habe dich nicht mehr wach bekommen und dich deswegen einfach schlafen lassen. Ich hätte in ein anderes Bett gehen sollen", sagte er ein wenig peinlich berührt.

„Nein so ein Quatsch. Wir sind doch Freunde. Und außerdem war das dein Bett und dein Zimmer. Ich hatte nicht das Recht dir den Platz zu nehmen", antwortete mein schlechtes Gewissen welches immer größer und größer wurde. Ich wusste ganz genau das es für Ben sowieso schon nicht einfach war, weil er mehr als nur Freundschaftliche Gefühle für mich hegte, und dann stand ich im Nachthemd nachts vor ihm und sprang in sein Bett. Tränen standen in meinen Augen.

„Hey", sagte Ben mit deutlicher Stimme. Zärtlich legte er eine Hand an meine Wange und hielt mein Gesicht fest. Ein Hauch seines Duftest schwang zu mir herüber und ließ mein Herz hüpfen. Sein Blick streichelte wie schon letztens die Tränen aus meinen Augen. Wärme durchströmte mich und ließ es mir gut gehen. In Ben trat dieses Verlangen auf. Verlangen nach mir, meinen Berührungen, meiner Wärme. Er vergaß weiter zu sprechen. Wohlmöglich waren seine Gedanken, genau wie meine in diesem Moment, so durcheinander, dass er alles vergas. Er vergaß was er sagen wollte, wo wir gerade waren, was letzte Nacht passiert war und was die nächsten Tage brachten. Wir beide fühlten uns diesen Moment völlig ausgeliefert. Und es tat gut.

172

Sein Körper kam näher auf meinen zu. Ich bewegte mich nicht. Unbewusst wartete ich darauf das jetzt jemand an die Scheibe klopfte oder mein Handy wieder anfing zu klingeln. Nichts davon passierte. Sein Gesicht war jetzt unmittelbar vor meinem. Er stoppte kurz und wartete eine Reaktion ab. Mein Körper hingegen konnte gar nicht reagieren. Stocksteif blieb ich sitzen. Dann trafen seine Lippen auf meine. Ein leichtes Kribbeln breitete sich von meinen Lippen bis hinunter in meinen Bauch hin aus. Dort angekommen strahlte es explosionsartig in meinen restlichen Körper und zurück. Bei jeder Bewegung welche Bens Lippen auf meinen hinterließen durchströmte mich wieder und wieder dieses Kribbeln mit endender Explosion. Sekunden später löste sich Ben von mir. Ein leises Stöhnen kam aus seinem Mund. Auch wenn unsere Lippen voneinander getrennt waren, unsere Gesichter lagen noch so dicht beieinander, dass seine Wärme auf meiner Haut zu spüren war. Ob dieses kribbeln, nach dem ich nahezu in der kurzen Zeit süchtig zu sein schien, auch passierte, wenn ich ihn küssen würde? Unmittelbar nachdem ich diesen Gedanken durchdachte, ging ich auf ihn zu und legte meine Lippen auf seine. Ben erwiderte diesen Kuss sofort das ein weiteres unbeschreibliches Gefühl in mir zu spüren war. Doch dieses Mal kam es direkt aus meinem Bauch. Ich fühlte mich rund um wohl und sicher. Mit einem Griff, und doch kaum spürbar, zog Ben mich näher zu sich heran. Fast als würde dieser Moment mich wachrütteln, beendete ich diesen Kuss und drückte mich von ihm weg.

„Lexa", gerade wollte Ben mir die Haare aus dem Gesicht streicheln, wandte ich mich ab. Einen Atemzug später durch fuhr jedem Muskel meines Körpers Schmerzen. Alles krampfte sich zusammen. In diesem

173

Moment wurde mir klar, dass nicht ich es war welche die Körperliche Nähe zu Ben suchte, sondern das Baby. Und wenn ich nicht das tat was es wollte, so wie Andrew und Jenny es bereits herausgefunden hatten, fügte es Baby mir Schmerzen zu.

„Lexa! LEXA! Was ist denn los?", rief Ben voller Panik.

„Ich muss", pustete ich und stieg mit letzter Kraft aus dem Auto und rannte vom Schulgelände.

Nach bestimmt einer Stunde des Herumirrens, fühlte ich mich besser. Eine innere Stimme sagte mir das ich so weit wie möglich aus Bens Nähe verschwinden musste. Wenn ich die Gefühle der Menschen fühlen konnte, und somit das Baby auch, wüsste es, wenn Ben in meiner Nähe war und zwang mich ihm nahe zu sein. Aber ich wollte das nicht. Ich liebte Ben nicht. Ich liebte nur Andrew.

Erschöpft ließ ich mich auf einer Parkbank nieder. Wieder und wieder kreisten immer dieselben Gedanken in meinem Kopf herum. Letztendlich griff ich nach meinem Handy und schrieb Ben eine SMS.

Es tut mir leid was passiert war. Ich werde die nächsten Tage allein verbringen.

Daraufhin schaltete ich mein Handy ab und machte mich auf den Rückweg zu mir nach Hause.

Kapitel 7

Unser Haus wirkte wie ausgestorben. Seit Wochen ging hier schon niemand mehr ein und aus. Meine Mutter war weiterhin bei meinem Vater, und ich die ganze Zeit bei Andrew. Zitternd öffnete ich die

174

Haustür und betrat das dunkle Haus. Alle Vorhänge waren zugezogen, was auch am hellen Tag eine drückende Stimmung auflegte. Ich ging hinüber in die Küche und begann die Vorhänge aufzuziehen. Staub stieg in die Luft so dass ich mehrfach niesen musste. Noch vor wenigen Wochen beherrschte der Alltag all unser Leben. Wärme und Geborgenheit lagen in der Luft. Und nun, durch diverse Schicksalsschläge war nichts mehr wie es einst war. Wie ferngesteuert lief ich weiter ins Wohnzimmer. Ein Meer von Fotos hingen an der Wand mit dem großen Kamin. Mir war nicht klar wie lange ich die Fotos betrachtete. Plötzlich schlug die große Standuhr mit ihrem kräftigen Gong zur vollen Stunde. Ich erschrak, lenkte im nächsten Moment meinen Blick allerdings wieder auf die Fotos an der Wand. Da ich Mom und Dad´s einziges Kind war, hingen entsprechend viele Fotos von mir an der Wand. Beinahe wie eine Chronologie. Wo ich das erst mal krabbelte, mein erster Schultag und meine erste Verabredung mit einem Jungen. Damals waren es so unscheinbare Kleinigkeiten was für ein Kind oder gar ein Teenager ein Problem darstellte. Aber das, dass wirkliche Leben so hart war, dass es schlimmere Dinge gab als zu viele Hausaufgaben, konnte sich kein Kind vorstellen. Wohlmöglich war dieses auch von der Natur so gewollt. Das der Horizont eines Kindes gar nicht weiter reicht, um sich solch große Probleme überhaupt vorstellen zu können. Besonders als ich das Foto von Sue und mir betrachtete wurde mir bewusst, dass nicht alles mit dem Tod endet, sondern anfing. Sue war gestorben. Dieses löste die Kettenreaktion aus das Andrew eine Schwester bekam und ich schwanger wurde. Dann mein Dad. Auch wenn er nicht Tod war, dieses aber jederzeit passieren könnte, und er somit unmittelbar

175

davorstand, hat mich dazu verleitet das Leben von mir und meinem Baby auf Spiel zu setzten. Halbmenschen verfolgten uns, Andrew und Jenny hatten sich erneut in Gefahr begeben. Alles fing mit dem Tod an. Tränen liefen mir übers Gesicht. Was würde ich jetzt nur geben, um mit Sue oder Andrew reden zu können. Um ehrlich zu sein viel lieber mit Sue. Natürlich war Andrew meine große Liebe, doch die beste Freundin kann eben nichts ersetzen. Ein eisiger Hauch fegte an meiner tränennassen Wange vorbei. Doch ich zitterte nicht. Ein inneres Wohlgefühl tat sich in mir auf. Ich schloss die Augen. Sue – hallte es in meinem Kopf. Sie war hier. Ich spürte es genau. Sie versuchte meine Tränen zu trocknen. Und tatsächlich breitete sich ein kleines Lächeln auf meinen Lippen aus.

„Danke", flüsterte ich.

Unberührt von den Ereignissen knurrte mein Magen. Dieses riss mich völlig raus aus diesem Moment. Doch leider war nichts im Haus zu essen da und extra einkaufen wollte ich auch nicht. Kurz um bestellte ich mir eine Pizza. Ein weiteres lächeln tat sich auf. Denn jetzt gerade wollte ich am liebsten alles auf meine Pizza haben. Sardinen mit Tunfisch und Pilzen klang in meinen Augen sehr lecker. Der Pizzadienst fragte zweimal nach, ob diese Bestellung auch korrekt sei. Lächelnd bejate ich dies. Endlich stellten sich normale Schwangerschaftsgelüste ein. Ein Gedankenblitz schoss mir durch den Kopf. Für einen flüchtigen Moment war mir klar: Wir schaffen das. Die Schwangerschaft, das Elterndasein. All das würden Andrew und ich mit unserer Liebe schaffen. Und auch das Baby hatte dem nichts einzuwenden. Vielleicht würde es aber auch gerade schlafen und nichts von meinen Gedankengängen mitbekommen. Gähnend von dem

176

Gedanken des Schlafens streichelte ich glücklich über meinen Bauch. Sowohl ich auch jetzt gerade allein war, war ich dieses überhaupt nicht. Mein Baby war bei mir, Sue ebenfalls, und die Verbindung zu Andrew sowieso.

Nach nicht einmal einer halben Stunde war die Pizza da. Mit einem heißen Tee in der einen und der Pizza in der anderen Hand, torkelte ich rüber ins Wohnzimmer. Gekonnt kuschelte ich mich in einer dicken Wolldecke ein und schaltete den Fernseher an. Nach nur zwei Stücken Pizza war mein Körper so erschöpft das ich einschlief.

Kapitel 16

Ein Schrei war zu hören.

„Sie müssen pressen! Jetzt sofort pressen", rief jemand. Ein weiterer Schrei durchdrang mir bis auf die Knochen. Mit mühe öffnete ich die Augen und sah das ich es war die in einem Krankenhausbett lag. Rings herum standen mehrere Menschen. Wohlmöglich Ärzte, denn ihre Gesichter waren vermummt.

„Sie schaffen das Lexa. Noch einmal", verkrampft vor Schmerzen und betäubt von einem weiteren Schrei tat ich das was die Frau von mir wollte. Dann war alles vorbei und um mich herum still. Die Krämpfe ließen nach. Wie ein nasser Sack fiel ich in mir zusammen.

„Ich…ich will es sehen. Gebt mir mein Baby!", rief ich.

„Der glückliche Vater wird es ihnen gleich geben", strahlte mich eine Frau an.

„Andrew", murmelte ich durch meine müden Lippen. Ich schloss meine Augen mit dem guten Gefühl das Andrew bei mir und dem Baby sei.

„Der Puls geht runter. Adrenalin", hörte ich jemanden rufen.

Mein Baby! Was ist mit meinem Baby. Stimmte etwas nicht?

„Wir verlieren sie. Nehmen sie das Kind hier weg, wir müssen ihr helfen", wieder diese fremde Stimme.

178

Warum wollen sie mein Kind wegnehmen? Ging es etwa nicht um das Baby?

„Herzflimmern!"

Und auf einmal wurde mir bewusst das ich es war die sterben würde. Nicht das Baby schwebte in Lebensgefahr - sondern ich. Ein merkwürdig bekanntes Gefühl durchfuhr meinen Körper. Es war das Gefühl des Sterbens. Friedlich und schmerzfrei.

Ich blickte zur Seite und sah einen Mann mit einem Baby auf dem Arm.

„Andrew. Pass auf unser Baby auf", flüsterte ich nur in die Richtung, zu mehr blieb mir keine Kraft. Plötzlich drehte sich der Mann direkt zu mir herum und kam zwei Schritte auf mich zu. Doch es war nicht Andrew. Es war Ben. Ben mit meinem Baby, welches ich soeben geboren hatte.

„Ich werde auf sie aufpassen", lächelte er mir entgegen. Mit diesem letzten Bild, wie Ben mein Baby im Arm davontrug, schloss ich für immer meine Augen.

Wie wild schnappte ich nach Luft. Mir wurde übel. Ich stürzte auf die Gästetoilette und übergab mich. Erst nach einer gefühlten Ewigkeit hatte ich mich wieder im Griff. Mein Atem beruhigte sich und auch mein Herzschlag verlangsamte sich wieder. Schwankend ging ich ins Wohnzimmer zurück.

Was war das? Wieso hatte ich einen Alptraum? Ich sah kurz auf meine linke Hand, wo der Schutz und gleich Verlobungsring von Andrew, noch an seinem Platz war. Oder war es ein Blick in die Zukunft? Wird

Ben letztendlich der Vater meines Kindes und ich würde sterben? Aber wo war Andrew? Was war mit ihm und Jenny passiert?

Nachdem ich mir diese Fragen alle mehrfach stellte, bemerkte ich erst später das es bereits dunkel draußen war. Im Fernsehen liefen die Mitternachtsnachrichten. So lange hatte ich geschlafen? Verdutzt von der Feststellung das ich so lange geschlafen hatte, begann ich die Vorhänge im gesamten Haus wieder zu zuziehen und den Rest des Abends, oder besser der Nacht, in mein Zimmer zu verlegen.

Reglos lag ich auf mein Bett und starrte an die Decke. Ich hatte bereits Musik angemacht, um weiter schlafen zu können und nicht immer zu nachzudenken. Allerdings war der letzte Traum so realistisch, dass die Bilder, sobald ich die Augen schloss wieder und wieder zu sehen waren. Die Sonne begann aufzugehen. Ohne auch nur eine weitere Minute geschlafen zu haben, stieg ich aus dem Bett und machte mich für die Schule fertig. Da ich mein Auto noch bei Ben stehen hatte, blieb mir nichts anderes übrig als den Weg zu Schule zu laufen. Pünktlich lief ich, mit weiter denselben Gedanken im Kopf, los.

An der Schule angekommen, war es noch so früh, dass nur wenige Schüler sich schon in der Schule befanden. Ich ging direkt zum Unterrichtsraum der nächsten Stunde und wartete dort vor der Tür. Wenn alles gut ginge, würde ich Ben nicht über den Weg laufen. Er war eine Klasse höher als ich und hatte somit einen anderen Stundenplan. Und außerdem würde er nicht im Gebäude, sondern vielleicht versuchen mich vor der Schule abzufangen.

Es klingelte zur Stunde. Mein Plan ging auf.

180

Während der Mittagspause blieb mir nichts anderes übrig als kurz in die Kantine zu gehen. Ein prüfender Blick nach links und rechts sicherte mich ab, dass Ben nicht hier sei. Schnell schnappte ich mir etwas Obst, bezahlte alles und verließ die Kantine wieder. Nach nur wenigen Metern rempelte ich auf einmal, völlig in Gedanken versunken, gegen einen Jungen. Es war ein Junge aus der Football Mannschaft, doch zum Glück war es nicht Ben.

„Entschuldige", flüsterte ich.

„Kein Problem Süße", erwiderte der Typ auf einer widerlichen Art und Weise. Dieses Gefühl schmeckte ich förmlich auf meiner Zunge. Wenigstens war mir nichts aus der Hand gefallen, so dass ich direkt weiter ging. Ich bog rechts nach draußen auf eine abgelegene Terrasse hin ab. Hier lungerten immer die Streber und spielten Schach oder diskutierten über die nächsten Hausaufgaben. Um auch wirklich nicht entdeckt zu werden, setzte ich mich dennoch abseits in eine Ecke auf eine Steinbank. Kaum saß ich, ließ ich die Tüte mit dem Obst sinken und meinen Kopf in meine Hände fallen.

Das alles war so unglaublich anstrengend. Nicht nur das mein Körper auf Hochtouren lief, um Gefühle zu verarbeiten, auch mein Kopf qualmte von den vielen Fragen.

„Lexa?"

Mein Magen zog sich zusammen und versetzte mir einen Hieb in den Bauch das ich mich kaum aufrichten konnte. Auch ohne hinzusehen wusste und fühlte ich, das Ben vor mir stand. Seine Stimme war die meist gehörte in den letzten Tagen und seine Gefühle konnte ich ebenfalls wahrnehmen, ohne ihn zu berühren. Ich blickte auf.

„Ben", stieß ich hervor. Automatisch stand ich auf und ging ein Schritt auf ihn zu. Wie als würde ich versuchen das Baby zurück zu halten, hielt ich mir die Hand vor dem Bauch und zwang mich zum Stehen bleiben. Ich wollte ihm nicht noch näherkommen oder Hoffnungen signalisieren.

„Woher wusstest du das ich hier bin?", fragte er und sah verlegen zur Seite. Es war ihm unangenehm darüber zu sprechen, das fühlte ich, doch er wollte mich nicht anlügen.

„Meine Jungs haben es mir gesagt", erklärte er. Eigenartiger weise wurde Ben wütend. Schnell beschloss ich vom Thema abzulenken.

„Und was willst du?", fragte ich. Aus seiner Angst wurde Verzweiflung. Ich konnte ihn und seine Gefühle sehr gut verstehen.

„Es ist wegen gestern. Der Kuss und das ganze zwischen uns."

„Ben", unterbrach ich ihn. „Da ist nichts zwischen uns. Also nicht das was du denkst", versuchte ich ihm verzweifelt klar zu machen.

„Aber ich bilde mir das doch nicht nur ein. Außerdem hast du mich zurück geküsst. Da ist etwas zwischen uns", beharrte er. Ich atmete tief aus. Mein Bauch fühlte sich an wie mit tausenden Schmetterlingen gefüllt. Doch mein Kopf wusste das dies nur das Baby war.

„Ok Ben. Ja es ist etwas zwischen uns…aber nicht das was du denkst. Wir sind nur", ich sprach nicht zu ende. die Schmetterlinge wurden zu Messern. Was sollte ich tun? Wie stelle ich den Schmerz ab?

Taumelnd ließ ich mich wieder auf die Bank zurückfallen. Ben kniete vor mir.

„Lexa. Wir sind doch mehr als nur Freunde. Es klingt verrückt, aber ich habe es irgendwie…gefühlt?", erklärte Ben. Sobald er sprach wurden die Messer wieder zu weichen Schmetterlingen.

182

„Wenn es wirklich so ist wie du es sagst, dann tu mir ein gefallen", sagte ich zu ihm und schaute ihn dabei direkt in die Augen.

„Alles", sagte Ben und lächelte mich mit seinem umwerfenden Lächeln an.

„Lass mich bitte in Ruhe. Ich brauche Zeit um mir selbst über alles klar zu werden. Bitte", flehte ich ihn an. Enttäuschung machte sich breit – auch in mir. Das Baby nahm sich Bens Gefühle so sehr an das es beinahe unerträglich wurde.

„Bitte, später ok?", bat ich ihn weiter.

Ben nickte einmal, drückte zärtlich noch meine Hand und verließ den Innenhof.

Umso weiter Ben sich von mir entfernte normalisierten sich meine Gefühle. Ein klares Denken war möglich. Und in diesem Moment wollte ich nur Andrew. Mein Verlangen war so stark, dass die Gefühle des Babys ganz leicht zu unterdrücken waren. Immer weiter und weiter dachte ich an Andrew. Die schöne Zeit, die wir hatten und unser Wiedersehen, welches hoffentlich kurz bevorstand. Mit letzter Kraft hielt ich mich an all diese Gedanken fest um irgendwie heile über den Tag zu kommen.

Die Schule war für heute vorüber ohne Ben ein weiteres Mal zu begegnen. Feige wie ich war, lief ich den Schulweg wieder nach Hause. Mir war nicht wohl bei dem Gedanken, mein Auto von Bens zu Hause abzuholen, wo er mit großer Sicherheit anzutreffen war.

183

Der Nachmittag zog sich sehr in die Länge. Der einzige Gedanke mit Andrew zu telefonieren hielt mich wach. Doch um zehn Uhr schlief ich vor Erschöpfung wieder auf der Couch ein.

Die Morgensonne schien durch die spalten der Vorhänge und ließen den Raum ein wenig aufhellen. Ich rieb mir die Augen und linste hinüber zu Uhr. Es war halb sieben. Ohne zu zögern stand ich auf und machte mich wie gewöhnlich für die Schule fertig.

Auf halben Weg zur Schule wurde mir ungewöhnlich schlecht. Kommt jetzt auch noch das morgendliche übel sein hinzu? Kurz vor der Schule wurde es so unangenehm, das ich beschloss mich ein wenig auszuruhen. Vorsichtig setzte ich mich auf den Bordstein und atmete tief ein und aus. Ein glück war diese Strecke etwas abgelegen, so dass nicht allzu viele Menschen hier vorbeikamen.

Nach mehreren Minuten, ohne spürbare Besserung, stand ich auf und ging weiter. Wenigstens versuchte ich dies. Schon nach nicht mal zehn Schritten, suchte ich umgehend mit der Hand vor dem Mund ein Gebüsch auf und erbrach mich heftig. Auch wenn ich so gut wie an der Schule angekommen war, beschloss ich zurück nach Hause zu gehen.

Zu Hause angekommen ging es mir kein Stück besser. Noch immer hielt ich mir, vorsichtshalber, eine Hand vor dem Mund. Langsam ging ich die Treppe hoch, direkt ins Badezimmer.

Schon als ich den kühlen Wasserhahn berührte, um das Wasser aufzudrehen, durchfuhr mich eine unglaubliche Erleichterung. Automatisch ließ ich das kühle Wasser bis über meine ganzen Unterarme laufen. Diese Abkühlung tat so gut, dass meine Übelkeit nahezu vergessen schien. Ich musste mich weiter abkühlen.

184

Ohne zu zögern zog ich mich bis auf die Unterwäsche aus und legte mich direkt auf den Boden. Die kalten Fliesen kühlten meinen ganzen Körper zugleich. Als bereits mehrere Minuten um waren, spürte ich meine Körper nicht mehr. Doch das war mir im Moment egal. Noch ein paar Minuten mehr oder weniger könnten nicht schaden. Außerdem ging es mir gut. Sehr gut. Kein übel sein, keine schlechten Gefühle oder komischen Erinnerungen die an meinem inneren Auge vorbeizogen.

Ruckartig öffnete ich meine Augen. Es war kalt. Viel zu kalt. Ich stand auf und bemerkte das es draußen bereits dunkel war. Das konnte nicht sein. Mein Kopf hat doch die ganze Zeit nachgedacht. Nur für ein paar Minuten hatte ich hier gelegen? Um das bereits leicht eintretende zittern zu unterdrücken, zog ich mir einen naheliegenden Bademantel über. Der weiche Frottee kuschelte sich dicht an meine Haut und spendete ein wenig Wärme. Beim zuknoten des Bademantels bemerkte ich das meine Finger schon leicht bläulich waren. Habe ich tatsächlich so lange hier gelegen? Fast einen ganzen Tag auf den kalten Fußboden? Umgehend ließ ich warmes Wasser über meine eisigen Hände laufen. So würde ich am schnellsten wieder warm werden. Ein nicht zu vermeidender Blick in den Spiegel bestätigte, dass, was an meinen Händen schon ersichtlich war. Ich war völlig ausgekühlt. Meine Lippen ebenfalls blau unterlaufen. Mehrere Minuten wusch ich mich unter heißem Wasser ab, bis ich, leicht aufgewärmt, hinunter in die Küche ging.
Ich setzte Wasser für ein heißen Tee auf. Als der Wasserkocher zu kochen begann, spürte ich ein ungewöhnliches Gefühl. Ich spürte das ich nicht allein war. Noch jemand war ganz in meiner Nähe. Jemand

185

mit einem Verlangen. Einem Verlangen nach mir?! Waren es Halbmenschen? Hatten sie mich gefunden und wussten das ich gerade allein war? Angst stieg in mir auf. Aber vielleicht war es auch nur Ben - versuchte ich mich selbst zu beruhigen. Wobei das auch kein guter Gedanke war. Wie würde ich reagieren, wenn er vor mir stand? Und bei diesen starken Gefühlen wie ich sie gerade wahrnahm, müsste er schon im Haus sein. Direkt in meiner Nähe.

Mit schweißnassen Händen wühlte ich in meiner Handtasche nach meinem Handy. Umso länger ich suchte, ging mein Puls in die Höhe. Ein kleiner Teil in meinem Kopf freute sich wenigstens das Hitze in mir aufstieg und ich wieder warm wurde. Doch gekreuzt mit der Panik, die ich spürte, wollte ich nur noch fliehen und wegrennen. Die Gefühle wurden deutlicher. Neben dem Gefühl des Verlangens war auch Freude zu fühlen. Freude mich gefunden zu haben? Freude mich gleich zu sehen? Auch wenn ich nur einen Bademantel trug, beschloss ich nicht länger zu warten. Schnell schnappte ich meine gesamte Handtasche und rannte aus dem Haus. Fast hyperventilierend stolperte ich die Auffahrt entlang.

„Lexa", hörte ich nur jemanden sagen. Sofort blieb ich stehen. Es war definitiv Andrews Stimme. War er etwa wieder hier? Ihn hatte ich überhaupt nicht in Betracht gezogen das er es sein könnte. Noch völlig in Gedanken, lag ich schon in seinen Armen. Er war es tatsächlich. „Andrew?! Bist du es wirklich?", flüsterte ich unglaubwürdig. Als wenn meine Gefühle mich nicht schon genug bestätigen würden, musst ich es von ihm hören.

„Ja meine Schöne. Ich bin es", sagte er. Einen langen Moment sagte ich noch immer nichts. Ich war nur froh das Andrew wieder hier war. Er

186

genoss ebenfalls meine derzeitigen Gefühle. Doch als es, für mich, wieder ziemlich kühl wurde, beschloss Andrew die Stille zu brechen.

„Lass uns doch rein gehen. Deine Lippen sind schon ganz blau. Komm", sprach er mit seiner Engelsstimme, bei der ich nur so dahin schmolz. Arm in Arm gingen wir zurück ins Haus. Keine Sekunde verging, in der ich Andrew nicht berührte.

Gemeinsam gingen wir auf mein Zimmer und kuschelten uns auf mein Bett in dicke Decken ein.

Wieder vergingen Minuten, indem wir nicht sprachen. Es war für uns schon so normal über unsere Gefühle zu kommunizieren, dass das Sprechen, fast völlig unnötig war.

„Wo ist eigentlich Jenny?", fragte ich neugierig.

„Sie kommt ein paar Tage später nach Hause. Was mich aber viel mehr interessieren würde, warum bist du eigentlich gerade, nur im Bademantel bekleidet aus dem Haus gerannt?"

Andrew bemühte sich leicht amüsiert zu klingen. Wir beide wussten jedoch das er meine Panik zuvor gespürt hatte.

„Es war", gerade wollte ich anfangen ihn anzulügen. Aber ich hatte es satt von einer Lüge in die andere zu stolpern.

„Andrew. Ich glaube wir müssen miteinander reden", sagte ich und sah unschuldig nach unten. Scham überkam mich, und ich wusste nicht wofür. Alle Gefühle der letzten Tage kamen wieder hoch. Andrew ließ mich sanft aus seinen Armen gleiten. Dieser Blick, mit dem er mich ansah, war kaum auszuhalten. Tief in seinem inneren zeigte er so viel Verständnis, obwohl er überhaupt nicht wusste, worum es ging. Anstatt anzufangen zu erklären, begann ich erst einmal zu weinen. Wie ein Staudamm der zu brechen begann liefen die Tränen nur so herunter.

Umgehend zog Andrew mich zurück in seine Arme. Still weinte ich weiter.

Eine Ewigkeit später setzte ich mich aufrecht hin und begann zu erzählen. Doch wo sollte ich anfangen?

„Ich weiß nicht, ob ich das schaffe mit dem Baby", gestand ich.

Unverständlich sah er mich an. „Also nicht das wir das nicht schaffen würden als Eltern. Habt ihr schon etwas wegen der Schwangerschaft herausgefunden?", wollte ich im gleichen Atemzug wissen.

Sein Gefühl änderte sich schlagartig. Das darauffolgende Nicken bestätigte meine Vermutung.

„Und?", bohrte ich nach.

„Ich werde dir gleich alles erzählen was wir herausgefunden haben. Aber bitte, erzähl mir erst was dir auf der Seele liegt", bat er mich weiter zu sprechen.

Erneut wandte ich meinen Blick ab. Er hatte ja recht. Ich sollte nicht ausweichen, sondern es ihm alles direkt sagen.

„Es geht um Ben", sagte ich nach kurzem Zögern. Schließlich sprudelte es nur so aus mir heraus. Ich begann direkt von vorne, wo Ben mir die Red Rocks gezeigt hatte. Wie empört er darüber war das Andrew und Jenny das Baby abtreiben wollten. Andrew bohrte nicht nach, er hörte einfach zu ohne das ihn seine Gefühle auch nur ansatzweise verraten würden.

„Und dann spürte ich das meine Gefühle sich veränderten. Oder ehr die des Babys", erklärte ich weiter und hielt schützend bei den letzten Worten meine Hände vor den Bauch. Im selben Moment durchfuhr Andrew eine Art Schub. Ein Gefühl mich beschützen zu müssen. Doch

188

das war noch nicht alles. „Vor wenigen Tagen dann fuhren wir gemeinsam zur Schule." Meine Gedanken waren schon weiter als meine Worte. Tränen standen wieder bereit über zu laufen.

„Was ist letztendlich passiert?", wollte er wissen. Dies war das einzige mal das Andrew mich unterbrach oder gar nachfragte.

„Wir küssten uns…und ich ließ es zu. Ich habe sogar", meine Worte blieben mir im Hals stecken. Auch wenn es passiert war, aussprechen konnte ich es nicht. Dieser Moment, dieser Kuss, dieses Verlangen, welches ich in der Sekunde besaß, wollte ich nicht wahrhaben.

„Du hast ihn auch geküsst", beendete Andrew meinen Satz. Ich nickte, den Blick weiterhin gesenkt. Erst nach mehreren Sekunden spürte ich das Andrew sich nicht bewegte und auch seine Gefühle sehr neutral blieben. Sofort holte ich tief Luft, um weiter zu erzählen was danach passierte. Wie ich dagegen ankämpfte und unter Schmerzen das Auto verließ.

„Andrew", begann ich. Mein Blick lag jetzt fest auf seinem Gesicht. Er schaute auf die Bettdecke. Die Falten auf seiner Stirn zeigten deutlich seine Sorgen. „Es war nicht ich Andrew. Es war das Baby", beinahe unglaubwürdig, und ohne jegliche Gefühlsregung, sah er mir tief in die Augen. „Bitte Andrew du musst mir glauben. Wie kann ich nur", redete ich weiter auf ihn ein. Dann kam mir eine Idee.

„Andrew, darf ich dich, nur noch dieses eine Mal bitten mir zu vertrauen und das zu tun was ich dir sage?", verdutzt sah er mich an. Er reagierte körperlich und auch auf seiner Gefühlsebene. „Danke", flüsterte ich Vorweg. Noch ein letztes Mal räusperte und bereitete mich innerlich auf eine Höllenfahrt vor.

189

„Zieh bitte dein T-Shirt aus", bat ich ihn. Ohne zu zögern ließ er sein Shirt fallen. Ich streifte mir meinen Bademantel hinunter. Sein Blick schweifte nicht für auch nur eine Sekunde von meinem ab. „Und jetzt lass dich voll und ganz auf mich ein. Blocke kein bisschen. Ich möchte dir zeigen das es nicht meine Gefühle sind. Ich möchte dir zeigen, wie es mir in der Situation ging."

Eine tiefe Sorgenfalte tat sich in seinem Gesicht auf.

„Bitte", flüsterte ich wieder. Er nickte nur kurz. Dann kam ich näher und kuschelte mich so eng wie nur möglich an ihn heran. Tief vergraben in seinen schützenden Armen war es auch für mich Schwer an diesen einen Tag zu denken.

„Es ist Montag und wir müssen zur Schule. Ben fährt und ich sitze auf dem Beifahrersitz. Ich habe in seinem Bett übernachtet, weil ich panische Angst hatte. Angst vor dem was ich träumte", erzählte ich leise. Diese Sätze reichten aus, um entsprechende Gefühle bei mir auszulösen. Von da an sprach ich nur noch Worte und Bruchstücke, damit Andrew mir folgen konnte. „Ärzte, Baby", flüsterte ich. Andrew zuckte zusammen. „Gebt mir mein Baby. Er ist nicht der Vater", rief ich. Ein tiefer Atemzug von Andrew zeigte mir das er all das was ich fühlte auch wirklich wahrnahm. „Footballposter. Peinlich, weil wir auch noch zusammen zur Schule fahren", weitere Wortfetzen kamen aus meinem Mund. Unsere beiden Gefühle neutralisierte sich. „Es ist doch nichts passiert. Ich hätte ihm keine Hoffnung machen dürfen. Ben", dann kam dieses Kribbeln und dieses Verlangen. Allerdings aus meinem Bauch heraus und nicht wie es zwischen Andrew und mir bestand. „Nein", sagte ich. Ich wollte das nicht. Automatisch krallte ich mich an Andrew. Er hielt mich fester im Arm. „Ich will das nicht",

190

fluchte ich vor mir hin. Dies war der Moment, wo ich die Oberhand meines Körpers wieder übernahm. Fast als würde dieser Moment tatsächlich noch einmal passieren, krampfte sich alles in mir zusammen und ich bekam keine Luft mehr. Ob Andrew mich jetzt verstehen würde? Hoffnungsvoll versuchte ich meine Augen zu öffnen, doch alles blieb schwarz. Kurz darauf wurde mein Körper schlaff. Ein letzter Schub schöner Gefühle erreichte mein inneres. Mir wurde klar das Andrew bei mir war und mich verstand. Ohne gegenwähr ließ ich los.

Kapitel 17

Es war bereits hell als ich erwachte. Andrew meine Gefühle zu zeigen, hat mich so sehr geschwächt das ich bis zum späten Vormittag durchschlief. Eingekuschelt in einer Dicken Decke wurde ich festgehalten. Lag Andrew etwa die ganze Zeit so neben mir? „Guten Morgen", nuschelte er mir sogleich ins Ohr noch bevor ich meine Augen geöffnet hatte. Seine Nase streifte mein Ohr. So wie er wusste das ich jetzt wach war, spürte auch ich seine Gefühle. Und ich war mehr als erleichtert. Andrews Liebe und das Verlangen zu mir war zu spüren wie frisch entfachtes Feuer. Auf meinen Lippen breitete sich ein Lächeln aus und ich öffnete die Augen. Ohne etwas zu sagen drehte ich mich herum und schaute in Andrews wunderschönes und zufrieden erscheinendes Gesicht. Er grinste zurück – sagen konnte ich nichts.

„Hast du gut geschlafen?", fragte er mich.

Die Antwort darauf musste ich verschieben. Meine Nase kribbelte ohne Ende so dass ich mehrfach hintereinander nießen musste.

„Gesundheit", lächelte Andrew mir entgegen. Seine starken Arme zogen mich sanft dichter an sich heran. „Kein Wunder, das du dich erkältest, wenn du nachts im Bademantel draußen herumläufst", neckte er mich. Auch wenn die Anspielung ironisch von ihm gemeint war, erinnerte ich mich schmerzlich an das davor. An die Gefühle, wieso ich herausgelaufen war. Besonders deutlich wurde mir jetzt die Erinnerung an die Gefühle der Übelkeit, die Hitze. Zu meiner Zufriedenheit unterbrach ein weiteres niesen mein Denken.

„Ich glaube tatsächlich das ich mich erkältet habe. Aber es war nicht wegen der Aktion im Bademantel", gab ich zu. Neugierig musterte er meine Mimik. Sofort erzählte ich ihm von dem letzten Tag.

Mittlerweile waren wir in der Küche beim Frühstück angelangt.

„Meinst du das ist eine normale Reaktion?", fragte ich, ohne drum herum zu reden in Andres Richtung. Er stand am Fenster und sah raus. Ich schaufelte einen Löffel Müsli in meinen Mund.

„Ich weiß es nicht. Aber ich denke nicht. Es passt alles zu gut zusammen", schloss er logisch zusammen.

Jetzt legte ich den Löffel hin.

192

„Wie meinst du es passt alles zusammen?", fragte ich noch nach als es bereits klick in meinem Kopf machte. Seit Andrew zurück war, hatten wir keine Gelegenheit gehabt über seine Reise zu sprechen.

„Jenny und ich hatten herausgefunden das tatsächlich eine Gruppe von Halbmenschen sich zusammengetan hat, um Rache zu nehmen", erzählte er frei.

„Rache?", flüsterte ich. Andrew nickte leicht.

„Nachdem wir Aron zur Hölle geschickt hatten, sind viele Halbmenschen ihren eigenen Weg gegangen. Vielen war dieses auch sehr Recht. Doch einige unter ihnen haben sich zusammengetan und sind jetzt auf Rache aus", sprach er weiter.

„Und wie soll diese Rache aussehen?", wollte ich wissen.

„Wir wissen nicht alles, nur das diese Gruppe von aktiven Halbmenschen uns alle…töten wollen. Uns alle drei als Verräter rächen. Ich denke sie waren gestern auch bei dir", erklärte Andrew.

Ich wusste nicht, wie ich reagieren sollte. Geschockt oder ängstlich? Waren sie wirklich nur hinter uns her oder hinter unserer ganzen Familie? Was war mit meinen Eltern und unseren Freunden? Ben. Nein, solche Gefühle wollte ich derzeit nicht fühlen.

„Woher weißt du das alles? Und wie kommst du darauf das vielleicht diese Gruppe von Halbmenschen gestern mit meiner Übelkeit zu tun hatten?", mehr und mehr Fragen stellen sich mir. Andrew lief nervös auf und ab. Ich saß noch immer wie angewurzelt auf meinen Stuhl. Er wollte es mir nicht sagen, doch er wusste ebenso das ich nicht lockerlassen würde.

„Wir haben herausgefunden das sie versuchen wollen über dich als normaler Mensch an uns heran zu kommen. So wie Aron damals. Und

193

ich weiß aus eigener Erfahrung das wir daraus gerne ein Spielchen machen", Andrews Stimme wurde leiser umso weiter er sprach.

Ich antwortete nicht. Aktive Halbmenschen spielen gerne mit den Gefühlen der Menschen. Egal ob Freude, Schmerz, Trauer oder Wut. Sie treiben alles auf die Spitze, bis der Menschliche Körper nachgab. Ein eiskalter Schauer überzog meinen Körper.

„Aber wieso haben sie mich gestern denn dann nicht getötet? Ich verstehe das alles nicht", sagte ich verwirrt.

Andrew kam auf mich zu und kniete sich neben mir.

„Du musst das nicht verstehen mein Schatz. Aber eines ist klar, ich werde dich…euch keinen Moment mehr aus den Augen lassen. Wir wissen jetzt was sie vorhaben und wissen somit auch was wir machen können", ermutigte er mich.

„Also warten wir jetzt einfach ab bis sie das nächste Mal angreifen?", hakte ich nach.

„Ja so in der Art. Jenny ist noch unterwegs und versucht noch mehr herauszubekommen. Vielleicht finden wir sie sogar bevor sie das nächste Mal versuchen anzugreifen", versuchte Andrew mich zu beruhigen, doch es beruhigte mich kein bisschen.

„Andrew", sagte ich und nahm vorsichtig seine Hand zwischen meine.

„Kannst du mir helfen, wie ich mich schützen kann?"

„Aber Lexa, das brauchst du nicht. Ich werde ab sofort immer an deiner Seite sein", versprach er mir.

Wütend stand ich auf.

„Aber du kannst mich nicht 24 Stunden am Tag im Auge haben und nebenbei noch nach dieser Gruppe rachewütiger Halbmenschen suchen. Du sagst doch selbst das es mehrere sind und deswegen will

194

auch ich mich wenigstens ein bisschen selbst schützen können",
versuchte ich ihn zu überzeugen.

„Du hast es mir vor längerem schon versprochen", setzte ich nach.
Auch wenn dieser Schachzug nicht fair war, zog ich alle Register. Wie
es aussah erinnerte er sich an sein Versprechen. Leicht unzufrieden
stand er auf. Sein Blick schweifte aus dem Fenster über die im Wind
wehenden Bäume. Er würde es mir zeigen.

Nach einem Ausgiebigem Bad folgte ich einem köstlich riechenden
Duft bis in die Küche.

„Du hast gekocht?", grinsend stand ich mit verwuschelten Haaren vor
Andrew. Dieser stand mit einer Schürze um die Hüfte gebunden vorm
Herd und brutzelte etwas gut riechendes in der Pfanne.

„Oh, du bist schon fertig. Dann können wir gleich los", sagte er ein
wenig zu freundlich.

„Los?", bohrte ich nach.

„Du wolltest doch lernen, wie du dich schützen kannst. Und da ich dir
das versprochen hatte, werde ich es dir zeigen", gab er seinen Plan
preis.

„Ja dann lass uns", sagte ich überrascht und verließ mit schnellen
Schritten die Küche.

„Moment", hörte ich Andrew sagen, als er mich bereits in Windeseile
auf seinen Arm schwang und mit mir zurück in die Küche ging. Das
Essen stand bereits auf dem Tisch.

„Aber wir…also ich habe doch gerade erst gefrühstückt?"

195

„Keine Wiederworte", sagte er grinsend. „Ich werde dir zeigen, wie man sich schützt, aber du musst dafür viel Kraft haben. Und deswegen, esse bitte."

Langsam ließ er mich von seinem Arm auf den Stuhl gleiten. Mit einem Lächeln begann ich zu essen. Andrew setzte sich mir gegenüber und sah mir zufrieden dabei zu wie ich meinen Teller leer aß. Fast vergaß ich wie gut er kochen konnte. Doch ebenfalls fast vergessen war es, wie schön die normalen Momente waren. Die normalen Momente von glücklicher Zweisamkeit und stimmiger Zufriedenheit. Ich hoffte so sehr, dass es in naher Zukunft viel mehr davon geben würde.

Wir stiegen in Andrews Auto. Meins stand immer noch bei Ben. In Gedanken versunken an Ben und wie peinlich das alles sei, unterbrach Andrew mich.

„Woran denkst du?!", wollte er wissen.

„Ach nichts Besonderes. Können wir später vielleicht noch mein Auto abholen. Ich hatte keine sonderliche Lust bei Ben aufzutauchen", gestand ich ihm.

„Mh, vielleicht ist es auch ganz gut, wenn dein Auto vorerst bei Ben steht. Wohlmöglich könnte sie das ein wenig in die Irre führen", schlug er vor.

„Achso", sagte ich.

Mehr sprachen wir nicht. Ich beobachtete weiter wie Andrew das Auto gekonnt durch die Straßen lenkte. Die Häuser und Bäume zogen nur so an uns vorbei. Wo brachte er mich wohl hin? Wahrscheinlich in den Wald, wo uns keiner sah oder einen ähnlichen abgelegenen Ort.

196

Verwundert schaute ich in Andrews Richtung als er das Auto auf den Parkplatz des Einkaufszentrums abstellte.

„Müssen wir noch Besorgungen machen oder warum fährst du uns zum Einkaufszentrum?", fragte ich nach als wir auf den Parkplatz bogen. Obwohl dies kein schlechter Zeitpunkt wäre. Merkwürdiger weise wäre ich für etwas zu essen jetzt schon zu haben.

„Nein, wir gehen nicht Shoppen. Trotzdem sind wir hier richtig", sagte er als er das Auto in eine Parklücke manövrierte. Andrew stieg aus und öffnete mir meine Tür. Hand in Hand liefen wir in die mit Menschen überfüllte Passage. Seit Monaten war ich nicht mehr hier. Anfangs weil ich viel Zeit mit Andrew verbracht hatte und seit neuestem Weil die vielen verschiedenen Gefühle einfach zu viel für mich waren.

Gefühle – deswegen brachte Andrew mich hier her. Nirgends gab es mehr unterschiedliche Gefühle in der Gegend als hier im Einkaufzentrum.

Dieses machte sich auch direkt bemerkbar. Schritt für Schritt, den wir näher in die Mitte des Zentrums wagten, wurde mir unwohler. Meine Hände waren bereits klitsch nass. Mein Atem wurde unregelmäßig. Mit verschwommenem Blick lenkte Andrew mich auf eine Bank. Sie stand direkt in der Mitte, wo uns jeder sah und ich jeden mehr als gut wahrnahm. Sanft nahm Andrew meine Hand zwischen die seine und sendete mir einen Stoß wunderbarer Gefühle. Wie machte er das nur solch angenehme Gefühle auf Knopfdruck abzurufen?

„Besser?", fragte er mit einem schiefen Lächeln. Woran er gerade wohl dachte? Doch mir war das egal denn es half.

„Ja ein wenig", lächelte ich zurück.

„Wollen wir anfangen?", schlug er vor.

197

Meine Knie zitterten vor Nervosität. „Ja", brachte ich noch so geradeheraus.

„Schließe deine Augen", flüsterte Andrew mir so sanft ins Ohr, das ich eine intensive Gänsehaut bekam. Ich erinnerte mich an ein paar Situationen, wo dies ganz genau so war. Ich lächelte.

„Und jetzt lass dich fallen. Lehn dich zurück und versuche alle Geräusche auszublenden. Versuche dich nur auf deine Seele, auf dein Gefühl zu konzentrieren", gesagt getan, lehnte ich mich zurück. Um die Geräusche auszublenden versuchte ich an den morgigen Schulunterricht zu denken. Irgendwie musste ich mich ablenken.

„Du darfst nicht so viel nachdenken", flüsterte Andrew mir wieder ins Ohr so das nur ich es hörte. „Denk an nichts, und hör nur auf dein inneres. Wenn du Schreien willst, dann tu dies. Wenn du weinen oder lachen willst du das. Aber hör nur auf dein Herz und dein Gefühl."

Angestrengt runzelte ich die Stirn und versuchte Andrews Worte zu verinnerlichen. Ohne es bewusst zu tun, hörte ich keine äußeren Geräusche mehr. Nur mein eigenen Herzschlag - ich lauschte was es mir sagen würde. Was fühlte ich jetzt und in diesem Moment? Meine Mundwinkel zogen sich nach oben, ich lächelte. Wie eine Wärme fuhr mir ein heißer Strahl von meinem Herz direkt in meine Gesichtsmuskeln.

„Gut", hallte es in meinem Hinterkopf wider. Andrew. Er war noch hier an meiner Seite. Seine Worte irritierten mich so sehr, dass ich erneut mit nachdenken anfing. Direkt waren die Umgebungsgeräusche wieder zu hören und lenkten mich weiter ab.

„Such weiter. Du schaffst das", ermutigte er mich. Ich atmete tief ein und strengte mich wieder an, nur meinen eigenen Herzschlag zu hören. Was würde es mir jetzt sagen?

Eine Spur von Nervosität war zu spüren. Wie Unruhe und Angst etwas zu verlieren. Nein, etwas Größeres. Nicht etwas, jemanden zu verlieren. Trauer? Ich begann zu weinen. So wie gerade noch das Lachen durch mein Gesicht zog, kamen jetzt die Tränen. Ein tiefes Schluchzen kam aus meiner Brust. Sue. Ich vermisse sie so sehr. Es tat so weh diese volle Ladung der Trauer noch einmal durchzustehen.

„Lexa. Schatz, aufwachen. Es ist alles gut. Komm, wach auf", hörte ich Andrews Stimme sagen.

Die Gefühle waren verschwunden. Unverzüglich riss ich meine Augen auf und sah Andrew an. Er zog mich fest an seine Brust, wo ich leise weiter weinte.

„Ist wieder alles ok?" Sanft wischte ich mir die letzten Tränen von den Wangen.

„Ja es geht wieder. Hast du das auch gefühlt? Wer nur", murmelte ich. Ruckartig sah ich mich um. Kein Mensch hier sah so aus als würde er gerade solch eine Last mit sich herumtragen. Doch Gefühle sieht man ja auch nicht, wenn man das nicht will.

„Ich habe es auch gefühlt. Ich war es der dir diese Gefühle geschickt hat", gestand er mir.

„Was?", fauchte ich ihn an. „Du warst es? Aber wieso?"

Ich wurde wütend. So unglaublich sauer auf Andrew das er mir so weh tun konnte. Warum gerade diese Gefühle und in dieser Stärke?

Fauchend stand ich auf und verließ mit schnellen Schritten die Passage.

Natürlich war Andrew schneller und unmittelbar neben mir, noch bevor ich auch nur mehrere Meter gehen konnte.

„Nun warte doch", rief er mir hinterher. Weiterhin wütend riss ich mich los.

„Warum machst du das?", fragte ich nach während mir neue Tränen in die Augen schossen, doch ich unterdrückte diese.

„Bitte beruhige dich erst einmal. Es ist doch nur das du lernen musst erst einmal die Gefühle zu unterscheiden und dann kannst du diese auch bewusst blockieren. Ich wollte dir doch nicht weh tun", versicherte er mir.

Seine Erklärung ließ mich wieder klar denken. Die Wut flachte ein wenig ab. Stützend gingen wir zurück zur Bank.

„Willst du es erneut probieren?", fragte er Vorsichtig nach. Ich nickte.

„Sicher?"

„Ja. Ich bin mir sicher. Lass uns weiter machen", sagte ich deutlich.

Noch bevor Andrew antworten konnte, schloss ich wieder meine Augen und konzentrierte mich einzig und allein auf meinen Herzschlag. Die Umgebungsgeräusche waren verschwunden. Innerlich bereitete ich mich bereits auf den Anflug von starken quälenden Gefühlen vor. Doch es kam nichts. Mein Herzschlag wurde schneller, doch ohne bestimmten Grund. Was sollte das? Heißes Blut pumpte sich mit jedem weiteren Herzschlag durch meine Adern. Nur dieses Mal ging es mir nicht in den Kopf. Es breitete sich in alle Richtungen aus. Ein unangenehmes Kribbeln juckte mich an den Fingerspitzen. Am liebsten würde ich irgendwo hineinschlagen. Ich muss etwas berühren, etwas anfassen, damit ich spürte das sie noch da waren. Sofort öffnete ich meine Augen. Automatisch fuhren meine Hände an Andres Shirt. Krampfhaft vergrub ich meine Finger in seinen Kragen.

„Hör auf damit", flehte ich ihm entgegen.

„Lexa, ich mache nichts. Das bin ich nicht…das ist…", er senkte leicht seinen Blick auf meinen Bauch.

„Das Baby?", sagte ich erschrocken. Andrew nickte.

In Windeseile nahm Andrew meine Hände zwischen die seine. Mit ganzer Kraft hielt er sie fest. Ich versuchte mich loszureißen.

„Versuch an etwas Schönes zu denken", redete er auch mich ein.

„Aber es juckt…nein es brennt. Bitte mach das es aufhört", flehte ich ihn an. Immer noch versuchte ich mich loszureißen. Mit spürbarer Kraft bezwang Andrew letztendlich die meine. Mir wurde klar, dass es wirklich nicht ich war die dieses wollte.

„Das ist deine Chance anzufangen zu blockieren", redete er weiter und weiter auf mich ein. Mir wurde die Luft genommen. Plötzlich und ohne Vorwarnung, beinahe als würde das Baby schon alles verstehen was wir sagten, schnürte es mir die Luft ab.

„Du schaffst das. Du bist die einzige die über deinen Körper bestimmen kann. Denk an ein schönes Gefühl. Bitte", sagte Andrew mit Angst in der Stimme.

„Ich kann nicht", wimmerte ich.

Jetzt schnappte sich Andrew mein Gesicht. Blitzartig fuhren meine Hände an seine Handgelenke. Wie wild versuchte ich mich jetzt von ihm los zu reißen. Im Augenwinkel sah ich das die Menschen um uns herum zum Teil schon auf uns zeigten. Andrews interessierte das überhaupt nicht. Sein Blick war die ganze Zeit tief in meinem Versunken.

201

„Der Tag, an dem ich dir sagte, was ich in Wirklichkeit bin…war unglaublich schwer für mich. Doch das schönste Geschenk was du mir machen konntest war dein Verständnis. Du liebst mich so wie ich bin und dafür danke ich dir bis zum Ende unseres gemeinsamen Lebens. Dafür liebe ich dich bis in alle Ewigkeit."

„Ich", japste ich, denn noch immer bekam ich keine Luft. Kleine Sterne flimmerten bereits in meinem Blick.

„Es ist nur eine Illusion. Du kannst Atmen. Lass meine Gefühle zu. Höre auf dein Herz und konzentriere dich nur auf dieses bestimmte Gefühl", redete Andrew auf mich ein.

Automatisch schloss ich meine Augen. Entweder ich würde jetzt ohnmächtig werden, oder es gelang mir, mich ein letztes Mal zu konzentrieren. Unregelmäßig schlug das Herz in meiner Brust. Ein Schlag war die Wut und der Schmerz, im nächsten Moment kamen Glück und Freude hinzu. Bei jedem Schlag des Glücks versuchte ich zu Atmen. Ich begann einen eigenen Rhythmus zu finden. Und dies gelang mir. Jetzt waren das Glück und die Zufriedenheit öfter zu spüren als die Wut. Das Kribbeln aus meinem Körper zog sich langsam, aber sicher zurück. Das Feuer in mir flachte ab, der Widerstand ließ nach. Als nahezu jeder Herzschlag nur von Glück erfüllt war, zeichnete sich automatisch ein Lächeln auf mein Gesicht ab. Ich öffnete die Augen. Andrews zufriedenes Lächeln zeigte mir das ich es geschafft hatte. Mit flackerndem Blick ließ ich mich sanft in seine Arme gleiten.

„Hat es wirklich funktioniert?", fragte ich. Zärtlich küsste er mir das Haar.

„Ja. Ich bin stolz auf dich. Aber", Andrew sprach nicht zu ende.

202

„Aber?", bohrte ich nach. Ich spürte das dieses aber nichts Gutes zu bedeuten hatte. Es viel ihm schwer sich zurück zu halten.

„Es ist schon sehr stark", gab er offen zu. Ich wusste sofort, dass er das Baby meinte. Ich schluckte.

„Und das bedeutet?", fragte ich ohne es aussprechen zu wollen.

„Ich weiß es nicht", stieß Andrew hervor. Bewusst sendete er mir jetzt eine gute Portion Glück und Zufriedenheit. Ein angenehmes Kribbeln stellte sich ein.

„Lass uns gehen. Ich denke es war genug für heute", entschloss Andrew das für heute zu beenden.

„Ist gut. Aber die nächsten Tage müssen wir das weiterhin üben, ja?", fragte ich vorsichtig nach. Andrew sagte nichts. Wie ein Roboter stand er auf und zog mich mit sich.

Keine Antwort war auch eine Antwort, dachte ich nur. Auf eine Diskussion mit wohlmöglichem Schwächeanfall meinerseits, ging ich bewusst nicht ein. Wie ferngesteuert lief ich mit ihm mit.

Kapitel 18

Von der Autofahrt bekam ich nicht viel mit. Es war bereits früher
Abend und auch wenn der Weg nicht lang war, schlief ich schnell noch
im Auto ein.

Erst als Andrew mich auf das Bett legte wurde ich wach.

„Schlaf weiter. Es war ein harter Tag", hauchte er sanft in mein Ohr.

„Bleibst du nicht bei mir?", fragte ich nach. Andrew setzte sich zu mir
aufs Bett und begann mein Haar zu streicheln, wie ich es am liebsten
hatte.

„Jenny ist wieder zurück und ich möchte noch kurz mit ihr sprechen",
erklärte er.

„Oh, das ist gut. Schön, dass sie…da ist", kam noch gerade so aus
meinem Mund. Am Ende meines Satzes schlief ich bereits. Entweder
war es Einbildung, Traum oder Realität, doch ich könnte schwören das
Andrew mir ein letztes wunderschönes Gefühl übermittelte und mir so
sanft wie Sommerwind ein - Ich liebe dich- ins Ohr hauchte.

Traumlos erwachte ich mitten in der Nacht. Draußen sowie im Zimmer
war es stockfinster, so dass die Hand vor Augen nicht zu sehen war.
Diese Nacht war ungewöhnlich kalt. Ich fror und drehte mich in
Andrews Richtung, um mich an ihn zu kuscheln. Auch wenn er nicht

204

schlief lag er beinahe jede Nacht neben mir und beobachtete mich beim Schlafen. Er sagte durch meinen Schlaf spürte er die bestimmten Gefühle und Entspannungen meiner Seele. Fast als würde er selbst schlafen. Und um ganz nebenbei meine kalten Füße aufzuwärmen, war mir dies auch sehr recht.

Ich tastete mich bis zur Bettkante vor. Doch Andrew war nicht da. Ohne mir etwas dabei zu denken stand ich auf und ging aus dem Zimmer. Eine innere Stimme sagte mir das ich mich sehr ruhig verhalten sollte. Diese Stimme war aber kein Gefühl wie durch Halbmenschliche Fähigkeiten verursacht, sondern mehr ein Instinkt. Auf Zehnspitzen und so leise ich konnte, schlich ich den Flur entlang bis zum oberen Treppenansatz. Im restlichen Haus war das Licht erloschen. Nur durch einen Spalt der Tür zum Wohnzimmer schimmerte schwaches Licht. Sonst waren die Türen doch nicht verschlossen? Hatte Jenny etwas herausgefunden? Vielleicht nicht so gute Neuigkeiten? Bewusst atmete ich leise und ruhig ein und aus. Obwohl dies nicht die feine englische Art war, spitze ich meine Ohren und lauschte dem Gespräch zwischen Andrew und Jenny.

„Mehr hast du also wirklich nicht herausbekommen?", sagte Andrew mit verzweifeltem Gefühl. Ein kleiner Stich durchzog mein Herz. Ich konzentrierte mich ein und allein auf das ruhige sanfte Atmen. Ich durfte mich jetzt nicht ablenken lassen. Jenny sprach.

„Jetzt lenk nicht vom Thema ab. Ich habe dir bereits mehr als ausführlich erzählt was ich herausgefunden, oder auch nicht herausgefunden habe. Nun rück endlich mit der Sprache raus was mit dir los ist", patze Jenny beinah in Andrews Richtung.

Ein schwerer Seufzer kam aus Andrews Mund.

205

„Wir haben heute Nachmittag geübt", gab er kurz von sich.

„Geübt?", Jenny verstand natürlich nicht was Andrew damit meinte.

„Lass mich…lass mich bitte in Ruhe ausreden, ja?", forderte Andrew sich beinah so patzig auf wie sie ihn gerade.

„Entschuldige", kam Kleinlaut aus ihrer Richtung.

„Also Lexa und ich waren heute Nachmittag im Einkaufszentrum", begann Andrew zu erklären.

„Ihr wart", doch Jenny stoppte ihre Antwort. Wohlmöglich schaute Andrew sie gerade mit seinem bösen Blick an das sie doch endlich aufhören sollte ihm dazwischen zu reden. Ein kleines Lächeln zeichnete sich bei mir ab. Sogleich schüttelte ich bereits meinen Kopf. Ich durfte mich nicht ablenken lassen.

„Nun denn, ich war der Meinung das sie so lernen kann äußere Gefühle auszublenden und sich auf starke ganz bestimmte Gefühle konzentrieren soll. Erst die Gefühle lernen wahrzunehmen, um dann etwas dagegen zu tun", sprach Andrew weiter.

„Entschuldige das ich dir wieder ins Wort falle, aber bist du verrückt geworden? Du weißt ganz genau wie labil und schwach Lexa ist und noch wird? Dann schleppst du sie gleich in ein Einkaufszentrum mit hunderten von Gefühlen, wo die bloße Anwesenheit sie schon fast wahnsinnig macht?", prustete Jenny empört los.

„Ja, ich weiß auch das es nicht gut war. Und ich glaube die Standpauke habe ich auch verdient", jetzt war es Andrew der leiser wurde.

„Aber?", bohrte Jenny weiter nach. Ich staunte. Andrew und Jenny konnten sich beinahe ohne zu Fragen oder ähnliches unterhalten. Einfach durch ihre Gefühle erkannten sie was der andere empfand.

206

„Zuerst lief alles ganz gut. Sie lernt schnell und konnte sich gut auf die Gefühle einlassen. Doch als ich sie mit schlechten Gefühlen konfrontierte, war das Baby sauer", Andrews Worte klangen ehrlich verzweifelt. Er bemühte sich nicht dieses zu verstecken.

Stille.

Jenny verstand nicht worauf Andrew hinaus wollte. Jemand stand auf und lief wie wild im Raum auf und ab. Bei den schnellen und kräftigen Schritten konnte es nur Andrew sein.

„Das Baby. Es war sauer auf mich, weil wir verlangt haben das Lexa sich erneut solch einer Qual aussetzten soll", erzählte er zu ende.

„Es hat sie gefoltert", gab er ebenfalls offen zu.

Keine Antwort. Eine längere Zeit lag wieder diese unangenehme Stille in der Luft.

„Sie hat mich angegriffen. Oder zumindest hat sie das versucht. Ein Glück bin ich noch immer viel Stärker als sie. Und wenn sich dieses bis jetzt wenigstens nicht aufgebaut hat, könnten wir vielleicht davon ausgehen das diese übermenschlichen Fähigkeiten wenigstens ausbleiben. Aber ich schweife ab", sprach Andrew und ließ sich hörbar auf die Couch fallen. „Ich habe versucht ihr direkt positive Gefühle zu übermitteln. Allerdings war es sogar für mich eine sehr große Anstrengung besitzt über sie zu bekommen und sie wieder runterzubringen."

„Du meinst es ist schon jetzt sehr stark?", fragte Jenny zum Verständnis noch einmal nach.

„Ja. Haben wir denn keine Möglichkeit zu sagen wie schnell diese Fähigkeiten zunehmen werden? Hast du nichts darüber gefunden?", wollte Andrew wissen.

207

„Andrew ich", Jenny sprach nicht zu ende.

„Es MUSS doch irgendwo etwas geben was uns helfen kann wie lange dieser Zustand noch anhält und ob es schlimmer oder besser wird. Das ist doch."

Und dann hörte ich nur noch Scherben zerspringen.

„Jetzt komm mal wieder runter", pampte Jenny Andrew an. Hatte Andrew tatsächlich gerade ein Glas durch den Raum geworfen? Solch einen Wutausbruch sah ihm gar nicht ähnlich. Doch momentan war sowieso nichts mehr normal.

„Es gibt noch einige Unterlagen die ich noch nicht durchgesehen bzw. übersetzte habe. Vielleicht finden wir dabei noch etwas", sagte Jenny und versuchte doch noch die Hoffnung aufrecht zu erhalten.

„Tzzz…vielleicht. Vielleicht auch nicht", antwortete Andrew nur.

„Andrew", sprach Jenny jetzt mit einer so sanften Stimme, dass sie jeden um den Finger wickeln könnte. „Wir werden etwas finden."

„Danke. Wieso tust du das nur alles", sagte er aufrichtig.

„Hey, du bist mein Bruder", beide lachten halbherzig auf.

„Ich habe mir gedacht, dass es für Lexa und das Baby vielleicht besser sei, wenn wir uns für eine Weile aus dem Weg gehen. Was meinst du dazu?", schlug sie vor.

„Eine Auszeit nehmen? Vielleicht ist das wirklich eine ganz gute Idee. Immer hin gab es in letzter Zeit wirklich sehr oft Situationen wo das Baby nicht so gut auf dich zu sprechen war." Auszeit? Bei diesem Wort setzte mein Herz aus. Andrew brauchte eine Auszeit? Ein Anflug von Wut war wieder in mir zu spüren. Dieses Gefühl kam allerdings von mir. Dem Baby war es egal, zumindest noch, ob Andrew sich eine Auszeit nahm. Schnell versuchte ich alles andersherum zu sehen.

208

Andrew nahm nicht sich eine Auszeit von uns, sondern wir von ihm. Er wollte doch nur das ich keine Schmerzen erlitt.

„Lexa wird das sicherlich verstehen", sagte Jenny. Beinahe als würde sie meine Gedanken lesen, sprach sie diese Worte aus.

„Da wäre noch etwas. Etwas um das ich dich bitten würde", fragte Andrew.

„Alles was du willst großer Bruder", antwortete Jenny. Ihre Stimme wirkte dabei wie eine Feder.

„Pass auf die beiden auf. Bitte. Nur für eine Weile bis sie gelernt hat ihre Gefühle im Griff zu haben", bat er sie.

„Das ist jetzt nicht dein Ernst?", sagte sie entrüstet. Einen Moment lang konnte ich dem Gespräch nicht mehr folgen. „Andrew das kann ich nicht!"

„Jenny bitte!", flehte er sie an. Wollte Jenny so sehr nicht auf mich aufpassen das sie sich so sträuben muss?

„Ok, ich kann das alles wirklich verstehen. Aber Andrew, kannst du nicht auch ein kleines bisschen mich verstehen? Gerade bei dir habe ich gedacht das du das könntest. Es fällt mir immer noch sehr schwer nicht als Halbmensch zu agieren. Lexas Nähe macht mich nervös. Fällt dir denn nicht auf das ich ihre Gegenwart so gut wie meide, wenn du nicht in da bist? Denn nur wenn du dabei bist und ich fühle was du für sie fühlst, habe ich einen Grund dieses weiter durchzuziehen", erklärte sie ihm.

„Natürlich kann ich das verstehen. Bei mir hat es beinah Jahrzehnte gedauert, bis ich mich ungezwungen so sehr auf jemanden einlassen konnte. Ich weiß wie viel ich von dir Verlange. Es tut mir leid", wieder diese Verzweiflung in seiner Stimme. Am Ende des Satzes nahm ich nur noch ein leichtes Schluchzen wahr. Sogleich ich dieses Geräusch hörte, begannen meine Beine zu zittern. Andrew weinte. Ein Blockieren der Gefühle war nicht möglich. Wie eine Flutwelle überfielen sie mich und rissen mich um.

„Ok, ok ich mach es. Aber ich kann dir nicht versprechen das es so gut funktioniert wie bei dir", sagte sie.

„Nein. Du musst das nicht tun", schwenkte er zurück.

Durch das Klingeln in meinen Ohren hörte ich nur noch fetzen des Gespräches.

„Vielen Dank Jenny", antwortete Andrew letztendlich.

„Ach, kein Problem großer Bruder. Wofür sind Geschwister denn da?!" Dann war es also beschlossene Sache. Andrew würde uns für einige Zeit verlassen. Neben dem Gefühl der Ohnmacht kam jetzt auch noch Übelkeit hinzu. Fürs erste beschloss ich mich so leise wie möglich zurück ins Bett zu legen. Taumelnd schlenderte ich den Flur entlang bis ins Schlafzimmer. Erschöpft ließ ich mich zurück ins Bett fallen. Mit geschlossenen Augen weinte ich mich langsam in den Schlaf.

„Andrew", stöhnte ich. Mir fiel wieder ein das er schon bald abreisen würde. Doch wann genau? Ruckartig fuhr ich rum. Andrew war nicht da. Nur ein Brief lag auf seinem Kopfkissen. „Für meine Schöne", stand darauf geschrieben. Dies erinnerte mich an unseren Urlaub in Florida. Dort hatte er mir einige male solch Briefe geschrieben. Immer wenn er kurz fort war und er die Befürchtung hatte ich könnte vor seiner Ankunft erwachen. War dies bereits sein Abschiedsbrief? Mit zitternden Händen nahm ich den Brief vom Kopfkissen. Erst nach mehreren Minuten war ich mutig genug und öffnete ihn. Mit einem

210

unwohlen Gefühl im Bauch begann ich den Brief, der in dieser so eleganten und einwandfreien Handschrift geschrieben war, zu lesen.

Guten Morgen meine Schöne,

Vorab muss ich mich dafür entschuldigen dir diese Worte nicht persönlich sagen zu können. Doch dafür bin ich um ehrlich zu sein zu Feige.

Während du friedlich oben schläfst und dich erholst, habe ich viel nachgedacht. Der Tag heute, hat mir auf ein Neues bewiesen, wie sehr ich dich liebe. Genau deswegen habe ich mich ebenfalls dafür entschlossen für einige Zeit die Stadt zu verlassen. Der Hauptgrund hierfür ist, dass du einige Zeit hast, um deine Gefühle unter Kontrolle zu bekommen. Ich möchte dir mit meiner Anwesenheit nicht mehr im Wege stehen mit deinen neuen Fähigkeiten klar zu kommen.

Immer öfter traten in letzter Zeit Situationen auf in denen unser Baby und seine Fähigkeiten zwischen uns standen und dir ungeheure Schmerzen und Kummer bereitet haben.

Wie bereits erwähnt möchte ich das du die nächste Zeit nutzt und deine Fähigkeiten ausbaust und lernst zu beherrschen. Ich habe bereits mit Jenny gesprochen und sie kann dir ebenso viel zeigen und erlernen, wie ich es könnte.

Auch ich werde die Zeit nutzen und mich auf die Suche nach den Rachsüchtigen Halbmenschen begeben.

Versuche, wenn nicht wirklich lebensnotwendig, kein Kontakt zu mir herzustellen. Bitte vertraue mir ein letztes Mal. Ich liebe dich und unser Baby so sehr, dass ich hoffe die Richtige Entscheidung getroffen zu haben.

In Ewiger Liebe Deine Sonne

Mehrere male las ich wieder und wieder diese Zeilen. An einigen Stellen war das Papier leicht gewellt. Wie getrocknete Tropfen. Während Andrew den Brief schrieb, hatte er geweint. Zärtlich streichelte ich mit den Fingern über das Papier. Fast als würde ich versuchen seinen Tränen wegzuwischen.

„Ich vertraue dir", flüsterte ich. Sanft drückte ich den Brief an meine Brust. Ein Hauch von Andrews Duft drang mir in die Nase. Jetzt liefen auch bei mir die Tränen.

Es war schwer es sich einzugestehen, doch Andrew hatte recht. Vielleicht tat der Abstand uns allen gut.

Es klopfte leise an der Tür, trotzdem zuckte ich zusammen. Jenny kam ins Zimmer. Sie blieb an der Tür stehen.

„Entschuldige aber ich…also dachte ähm, dass du wach bist", sie dachte es nicht sondern wusste es ganz genau. Aber mir war das alles jetzt egal. Ich wollte keinen Streit mit ihr anzetteln.

„Du hast den Brief erhalten", fragte sie. Ich nickte. „Es viel ihm wirklich schwer zu gehen." Schmerzlich kamen die Erinnerungen von gestern Abend zurück als Andrew weinend im Wohnzimmer saß und mich seine Gefühle wie eine Welle überfuhren. Ich krampfte meine Hände in die Bettdecke. Sofort kam Jenny zu mir rüber und setzte sich zu mir aufs Bett. Jedoch ohne mich zu berühren. Verwundert sah ich sie an. So nah waren wir uns eher selten. Wenigstens erfüllte es seinen Zweck. Die Erinnerung an Andrews Gefühle waren verschwunden.

„Lexa. Also…ich weiß gar nicht wirklich, wie ich anfangen soll", sagte sie und suchte nach den richtigen Worten.

„Du sollst mich unterrichten", nahm ich es ihr vorweg.

212

„Ja. Genau. Richtig, unterrichten", bestätigte sie. Verlegen sah sie auf ihre Hände. Für eine noch vor wenigen Wochen aktive Halbmensch-Frau, die an der Seite des Bösen diente, war sie ganz schön Feige. Ebenso feige wie Andrew der mir seinen Plan nicht persönlich unterbreiten konnte. Ein Schmunzeln huschte über mein Gesicht.

„Bevor wir anfangen", fuhr Jenny fort „wollte ich trotzdem noch mit dir reden."

„Klar, was gibt's denn?", fragte ich direkt nach.

„Reg dich bitte nicht auf. Also ich finde es immer noch nicht gut, dass du dich für das Kind entschieden hast. Oder besser ihr euch für das Kind entschieden habt", gestand sie. Stoßartig atmete ich aus.

„Nicht aufregen bitte", bat sie. Mit erhobenen Händen saß sie nun da. Ich lächelte.

„Nein, ich werde mich schon nicht aufregen. Ich verstehe dich nur nicht. Warum hilfst du uns dann so sehr und begibst dich in Gefahr und suchst weiter und weiter nach Antworten wie es mit mir und dem Baby weiter geht?", hakte ich nach.

„Gut, dann will ich mal ganz ehrlich sein. Am Anfang konnte ich dich wirklich nicht leiden. Aber als ich gefühlt habe was Andrew für dich empfindet…gehörtest du auch für mich zur Familie. Ich war so froh, dass ihr mich aufgenommen habt. Ihr beide seid ein großes Risiko eingegangen und dafür danke ich nicht nur Andrew, sondern auch dir", erklärte Jenny.

„So ähnlich ging es mir aber auch", antwortete ich leise. Jenny war noch nicht fertig mit erzählen. Ich ließ sie aussprechen.

„Und als du dann noch schwanger wurdest", sprach sie weiter.

„Ich weiß das hat euch beiden nicht gepasst", schoss es aus mir raus.

213

„Das würde ich so nicht sagen", versuchte sie gerade noch die Kurve zu kriegen.

„Was?", fragte ich nach und kniff die Augen angestrengt zusammen.

„Andrew hat sich sehr gefreut. Es war schon über mehrere Jahre oder gar Jahrzehnte immer sein Wunsch eine Familie zu gründen und ein ganz normales Leben zu führen. Aber zuerst musste er den Absprung ins normale Leben finden. Und dank dir hat er das auch wirklich durchgezogen", erklärte Jenny.

„Er…er hat sich gefreut? Wirklich?", ungläubig sah ich sie an.

„Oh ja. Und ich muss dir gestehen das ich es war die es versucht hat ihn auszureden. Es war zu riskant. Wir wussten nicht, und wir wissen bis heute nicht was aus euch wird."

Jenny stand auf und lief im Zimmer auf und ab.

„Andrew hat auf jeden Fall immer an dich und an das Baby geglaubt. Er sagte er könnte es fühlen das alles gut wird und das du stark genug seist, um alles zu schaffen", sagte sie abschließend.

„Wirklich? Das hat er gesagt?", noch immer konnte ich es nicht glauben.

„Ja", sagte sie mit Nachdruck.

Ich war so gerührt das ich beinahe wieder heulen könnte. Jenny erzählte weiter.

„Damals bei Aron", es fiel ihr schwer frei zu erzählen. Bewusst redete ich ihr nicht rein. „Ich kam nur zwei Jahre nach Andrew zu Aron. Wir hatten als seine erstgeborenen wirklich ein gutes Leben. Aron dachte sich das Andrew und ich so eine Art Paar werden würden. Doch es entwickelte sich ein sehr gutes Bruder Schwester Verhältnis. Mehr nicht. Andrew sehnte sich von Jahr zu Jahr mehr nach dem

214

Menschenleben. Bevor er auf die Jagt ging hatte er immer erst geschaut welche Personen dahintersteckten. Manchmal hat er sie Tagelange beobachtet. Er tat eigentlich nie etwas unüberlegtes."

Wie eine Geschichtenerzählerin redete Jenny mit zarter und doch fesselnder Stimme weiter. Man musste ihr einfach zuhören. Sie lief weiter auf und ab. Mein Kopf schwankte mit.

„Was Andrew aber am meisten faszinierte war die Liebe zwischen den Menschen. Das wiederrum erinnerte ihn schmerzlich an seine Zeit als Mensch und wie er geliebt hat. Er beschrieb dieses Gefühl noch schöner als jegliche Aktivität die ein Halbmensch je hätte durchführen können", Jenny lachte leicht auf. „Wenn man allerdings nie dieses Gefühl erlebt hat, kann man sich das nicht vorstellen. Ich hatte nie wirklich das Glück. Doch die Liebe von Andrew zu dir und dem Baby, zeigt mir wenigstens ansatzweise, wie stark dieses Gefühl wirklich sein muss", Jennys Stimme veränderte sich bei ihren nächsten Worten „Aron hat, besonders nachdem Andrew von uns gegangen war, versucht mich zu verkuppeln. Allerdings nur mit Halbmenschen, die so süchtig nach den Träumen der Menschen waren, dass alle anderen Gefühle sehr weit untergeordnet wurden. Das war beinahe ekelhaft." Verächtlich trat sie leicht gegen einen Stuhl.

„Ich erinnerte mich an Andrews Erzählungen und Geschichten, wie es sich bei dem Menschen mit den Gefühlen verhielt. Doch Aron wurde auf meinen Plan aufmerksam und wollte nicht noch jemanden an die normalen Menschen verlieren. Beinahe jede Woche, spätestens jeden Monat versetzte er mich in eine neue Stadt. Es war unmöglich Kontakte zu irgendjemanden aufzubauen. Doch als es mir einmal gelang und ich Simon traf, spürte ich dieses wunderbare Gefühl. Kurze

215

Zeit später und nachdem ich noch weitere drei Städte versetzt wurde, meldete Simon sich nicht mehr. Ich reiste für einen kurzen Besuch in seine Heimatstadt, doch dort war er nicht mehr zu finden. Seine Familien und Freunde sagten er sei auf unbestimmte Zeit verreist. Ich akzeptierte seine Entscheidung, wobei mir insgeheim klar war, das Aron dahintersteckte. Weitere Wochen später rekrutierte Aron mich auf seine Insel und ordnete mich fest ein. Ich sollte keinen direkten und guten Kontakt mehr zu den Menschen aufbauen", sprach sie weiter, bis sei eine Zeitlang nichts mehr sagte. Mittlerweile stand sie am Fenster und schaute hinaus.

„Aber dann, kamt ihr zwei und das Schicksal hat mich wieder in diese Richtung geschlagen. Ich denke es muss so sein das ich, warum auch immer, in gewisser Art und Weise dafür bestimmt bin, als normaler Mensch zu leben. Egal wie viele Hindernisse sich auftun. Und deshalb will ich euch helfen", waren ihre abschließende Worte.

„Danke", antwortete ich.

„Danke?", fragte sie nach.

„Dafür das du so offen und ehrlich bist", erklärte ich. Und das war nicht selbstverständlich.

„Ich habe euch viel mehr zu verdanken. Da ist das das geringste", lächelte sie in meine Richtung.

„Jetzt kann ich auf jeden Fall nachvollziehen über was du und Andrew euch so lange und immer wieder unterhalten habt", lächelte ich zurück.

Wir grinsten uns gegenseitig an. Langsam aber sicher begann tatsächlich das Eis zwischen Jenny und mir zu schmelzen.

„Aber fällt es dir nicht schwer in meiner…Nähe zu sein?", wollte ich noch wissen.

216

„Was? Ähm nein, nein, überhaupt nicht", log sie leider zu offensichtlich. Die Mauer aus Eis fror von meiner Seite wieder etwas weiter zu. Sie log mich an.

Kapitel 19

Das Gespräch zwischen Jenny und mir lag bereits zwei Tage zurück. Wir gingen gemeinsam zur Schule und verbrachten die Nachmittage zu Hause. Ich meist in Andrews Zimmer und Jenny im Wohnzimmer, über ihre noch zu überarbeitenden Bücher. Keiner von uns begann über das Thema, meine Fähigkeiten unter Kontrolle zu bekommen, zu sprechen.

Wir waren mit Andrews Wagen auf dem Weg nach Hause. Jenny saß am Steuer. Mit meinem Handy zwischen den Finger schaute ich beinahe alle fünf Minuten nach ob nicht doch von Andrews Seite irgendein Lebenszeichen zu erkennen war. Doch nichts – seit Tagen lag tatsächlich Funkstille zwischen uns. Was mir allerdings mehr Sorgen machte, war das es mir irgendwie guttat.

„Hast du", begann ich gerade zu sagen.

„Nein", fiel sie mir bereits ins Wort. Aus irgendeinem Grund wusste sie genau das ich fragen wollte. Vielleicht war es aber auch einfach nur zu offensichtlich. Verträumt sah ich weiter aus dem Fenster und dachte an die schöne Zeit mit Andrew. Jenny erhöhte ihre Geschwindigkeit.

„Stimmt etwas nicht?", fragte ich neugierig nach. Noch hatte ich keine so innige Beziehung zu ihr aufgebaut das ich ihre Gefühle ohne eine Berührung spüren konnte. Ihre Mimik hingegen und die angespannte Körperhaltung rüttelten meinen Instinkt wach.

„Mit mir? Nein soweit ist alles ok. Es ist nur", sie machte eine lange Pause, holte tief Luft und sprach weiter. „Wir müssen so langsam mal anfangen zu üben. Meinst du...du bist schon soweit?", schmerzverzerrt sah sie zu mir rüber. Ich schwieg. Jenny erhöhte ein weiteres Mal ihre Geschwindigkeit. Nervös erwiderte ich ihren Blick.

„Er wird nicht eher wiederkommen, solange du es nicht im Griff hast", platze es dann aus ihr heraus.

„Ist ja gut", bei meinen Worten bog Jenny bereits auf die Auffahrt. Bei dem Tempo war dies auch kein Wunder.

Genervt stieg sie aus dem Wagen und ging mit großen Schritten ins Haus. Was sollte das denn jetzt? Verdutzt blickte ich ihr nach, als sie bereits verschwunden war. Ich wusste nicht, ob ich sauer oder traurig sein sollte. Sekunden später verwarf ich jegliche Gedanken und stieg ebenfalls aus dem Auto. Kaum schloss ich die Autotür hinter mir, fuhr ein weiteres Auto auf dem Hof. Es war mein Auto.

Wie erstarrt blieb ich stehen und starrte auf mein Auto. Insgeheim war mir klar, dass dies nur Ben sein konnte der mir mein Auto brachte.

„Lexa, hallo", rief Ben erfreut noch während er aus dem Auto stieg.

218

„Hallo", nuschelte ich vor mir hin.

Langsam, aber zielstrebig ging er auf mich zu. Meine Beine blieben wie erstarrt stehen. Mein Herz begann schneller zu schlagen. Tausende von Gedanken schwirrten mir im Kopf hin und her. Was wenn er mich jetzt in die Arme nehmen würde? Was wenn er mich anschnauzt, weil ich mich so überhaupt nicht mehr gemeldet hatte und ihm aus dem Weg gegangen war? Was wenn…bewusst stoppte ich mein Denken.

Ben blieb unmittelbar vor mir stehen, jedoch ohne mich zu berühren.

„Lexa, ich wollte…es, ich dachte dein Auto…also es stand noch bei uns zu Hause und du brauchst es bestimmt?", stammelte er wie ein verliebter Schuljunge. Doch genau das war er. Ich spürte seine Gefühle. Ein verwirrendes und glückliches Gefühl das ihm übel zu Mute war. Dann noch die pure Nervosität und Zweifel ob jetzt gerade richtig gehandelt hatte. Sein Verhalten war so süß. Am liebsten würde ich ihn jetzt in die Arme nehmen und alle Ängste und Sorgen von ihm tragen. Des Weiteren würde ich gerne meinen Kopf an seine durchtrainierte Brust legen und mich einfach fallen lassen, so dass seine starken Arme mich schwaches Wesen auffingen.

Moment. Ich schüttelte den Kopf. Das war nicht ich die das alles dachte. Auf der einen Seite schon, denn Ben war wirklich ein ausgesprochen netter junger Mann und mittlerweile auch ein sehr guter und wichtiger Freund geworden. Aber das körperliche Verlangen kam von dem Baby. Die Hitze strahlte von meinem Bauch durch jeden einzelnen Muskel meines Körpers.

„Lexa? Alles ok?" Ben stand fragend vor mir.

Ich hatte ihm noch immer nicht geantwortet.

„Äh, ja. Alles gut. Danke das du mir mein Auto vorbeigebracht hast. Das wäre wirklich nicht nötig gewesen", antwortete ich. Endlich entspannte sich meine Körperhaltung.

„Wie geht es dir sonst? Wo ist Andrew eigentlich? Ich habe ihn schon seit ein paar Tagen nicht mehr gesehen", fragte er vorsichtig.

Ein tiefer Schlag in die Magengegend zeigte mir unwiderruflich wie leer ich innerlich war. Andrew, der andere Teil meines Lebens fehlte mir sehr. Besonders jetzt – und sowieso.

„Andrew ist gerade ein paar Tage verreist", meine Worte zitterten. Ben blieb das nicht unbemerkt.

„Lexa wo bleibst du denn?", rief Jenny genervt aus dem Haus. Wie ein Kindermädchen passte sie auf mich auf. Das alles war mir zu viel und ich hatte keine Lust mehr einen Wachhund an meiner Seite zu haben. Ich könnte schon auf mich allein aufpassen.

„Komm Ben. Ich fahr dich nach Hause", sagte ich genevt. Wortlos stieg ich auf der Fahrerseite ein. Ben zögerte zunächst, stieg dann aber ebenfalls in den Wagen.

„Nicht aufregen. Nicht aufregen. Nicht aufregen", dachte ich innerlich immer und immer wieder. Jenny ging mir tatsächlich so auf die Nerven das ich abgehauen war. Aber sie ließ mir schließlich keine andere Wahl. Mal einen Nachmittag wieder ein ganz normales Leben führen. Für nur ein paar Stunden fliehen. Auch Andrew war mir im Moment egal. Zumindest versuchte ich mir das einzureden.

Den ganzen Weg bis zu Ben nach Hause redeten wir kein Wort miteinander. Ben saß sichtlich nervös neben mir. Es war schon einige Zeit her als wir so nah beieinander waren. Und dann noch allein.

220

Ich hielt das Auto an der Straße an.

„Na dann. Danke das du mich nach Hause gebracht hast. Obwohl ich auch gelaufen wäre. Das war", Ben versuchte weiter einen Abschluss zu finden.

„Gerne", unterbrach ich und schenkte ihm ein Lächeln. Es war ein ehrliches Lächeln. Er erwiderte es leicht.

„Dann sehen wir uns morgen in der Schule?", fragte Ben. Im selben Moment öffnete er seine Tür und war gerade im Begriff auszusteigen.

„Warte!", rief ich ihm nach. Aus Reflex griff ich nach seinem Arm und hielt ihn zurück. Mein Atem setzte aus. Doch es war auf keiner Art und Weise schmerzhaft. Wärme erfüllte mich. Ich wusste was ich in diesem Moment wollte. Ich wollte nicht das Ben mich jetzt allein lässt. Nur noch etwas reden oder spazieren gehen. Einfach gemeinsame Zeit miteinander verbringen.

„Was ist denn Lexa?", fragte er nach. Meine Hand lag noch immer auf seinem Oberarm so dass dieses schöne Gefühl meinen Körper weiter ausfüllte.

„Ich", begann ich zu stottern. Was sollte ich ihm genau sagen, ohne ihm falsche Hoffnungen zu machen? „Ben. Also hast du vielleicht noch ein bisschen Zeit? Wir könnten spazieren gehen und etwas reden", fragte ich einfach drauf los.

„Lexa. Meinst du das wäre eine gute Idee?", fragte er vorsichtig nach. Schon beim kleinsten Anzeichen seiner zögernden Gefühle zog ich meine Hand zurück.

„Ich weiß es nicht", sagte ich ehrlich.

„Es ist nur so. Nicht das ich nicht gerne mir dir…reden würde. Aber warum? Ich meine du wolltest doch keinen Kontakt?" Bens Gefühle

221

wurden verwirrender. Und ich konnte ihn verstehen – denn ich verstand mich ja selbst nicht.

„Es ist nur, im Moment brauche ich einfach etwas Normalität, um mich einfach auch selbst wieder zu finden. Und zu Hause, also bei Andrew und Jenny, da ist das nahezu unmöglich", sagte ich nahezu erschöpft.

„Warum?", schoss es, ohne zu zögern aus seinem Mund.

„Das kann ich dir leider nicht erklären. Aber bitte Ben, wenn du mein Freund bist, dann vertraue mir einfach. Ich kann es dir nämlich wirklich nicht sagen."

Ein Kloß bildete sich in meinem Hals. Weise mich nicht ab. Hoffte ich innerlich.

„Na denn", sagte Ben nur noch und stieg aus dem Wagen. Enttäuscht blieb ich sitzen und starrte auf den Platz, wo er gerade noch saß.

„Wo bleibst du denn?", rief Ben plötzlich.

Erstaunt blickte ich auf und begann zu lächeln. Sofort stieg ich aus dem Wagen und ging auf Ben zu. Ganz Gentleman-like ließ er mir den Vortritt und die Wahl, wo wir lang gingen.

Es dauerte nur wenige Minuten, bis wir ins Gespräch kamen. Egal was auch zwischen uns vorgefallen war, stand nicht mehr zwischen uns. Ben war auf der einen Seite klar, dass es für uns beide keine gemeinsame Zukunft gab da Andrew der Mann meines Lebens war. Doch sein Verlangen blieb davon unbeeindruckt. So gut es ging versuchte er es sich nichts anmerken zu lassen. Auch wenn es ihm Mühe kostete war ich froh ihn im Moment als guten Freund hier zu haben.

222

Nach mehreren Stunden spazieren gehen, einem ausgiebigen wenn auch nicht gesundem Mahl im Fast Food Restaurant standen wir wieder vor meinem Auto. Der Himmel war bereits dunkel.

„Danke", sagte ich.

„Wofür genau dankst du mir jetzt?", sagte er grinsend und leicht ironisch. Zumindest sollte es so klingen.

„Das du das einfach alles so mitmachst, ohne groß nach zu fragen. Das du für mich da bist", lächelte ich in seine Richtung.

„Na wenn das so ist muss ich dir auch danken", lächelte er zurück.

„Wieso das?", fragte ich nach. Jetzt war ich es die auf dem Schlauch stand.

„Du warst auch für mich da, wo ich Hilfe und Unterstützung gebrauchen konnte. Die Zeit ohne Sue war nicht einfach. Und das ist sie immer noch nicht…und deswegen bin ich froh, dass du mir weiterhin hilfst, indem ich für dich da sein und dir helfen kann", erklärte er daraufhin.

Eine warme Träne lief mir über die Wange. Ben war tatsächlich ein solcher Gentleman und zuvorkommen. Zudem fand er immer die richtigen Worte und baute mich in den Momenten, wo es mir wirklich nicht gut ging wieder auf.

„Gute Nacht Ben", sagte ich grinsend. Wie automatisch ging ich auf ihn zu. Ohne auch nur zu zögern oder Angst zu haben von einem Gefühlchaos übermannt zu werden, nahm ich ihn in den Arm.

Die Umarmung dauerte länger als normal. Ich wollte ihm schon beinahe nicht gehen lassen. Das Gefühl, welches mich innerlich ausfüllte, tat so gut, wie ich es schon lange nicht mehr zu spüren bekam.

223

Glücklich trennten wir uns voneinander und gingen getrennte Wege.

Während der Autofahrt zurück zu Jenny ließ ich meine Gedanken etwas schweifen. Die letzten Stunden war es mir tatsächlich gelungen wieder ein normales Leben zu führen. Sich über normale Dinge zu unterhalten und unbeschwert zu lachen. Doch jetzt müsste ich zurück. Zurück in die Welt die wir damals immer als Fantasie bezeichnet hatten. So etwas wie Halbmenschen, Inkubus oder Vampir waren Fiktion und nicht Realität. Doch jetzt war diese Fiktion meine Realität. Noch während ich auf die Auffahrt fuhr, spürte ich das eine drückende Stimmung das Haus umgab. Man konnte es sogar fast sehen. Andrews Haus lag an diesem Abend im tiefsten Dunkel der Nacht. Beinahe als würde die Nacht aus ihm herauswachsen. Eine Weile blieb ich noch neben meinem Auto stehen und betrachtete das nur für mich ersichtliche Schauspiel. Plötzlich stürmte Jenny aus dem Haus und stand in übermenschlicher Geschwindigkeit neben mir.

„WO WARST DU?", fauchte sie mich an. Sie musste sich spürbar zurück halten nicht los zu fauchen, zu zischen oder knurren.

„Kannst du nicht etwas aufpassen! Wir haben hier auch Nachbarn", zischte ich zurück. Leicht nervös blickte ich mich um. Hoffentlich hatte es keiner gesehen wie schnell sich Jenny bewegte. Wobei man in dieser Dunkelheit sowieso sehr wenig sah.

„Ich frag dich noch ein letztes Mal: Wo warst du so lange?", forderte sie mich auf zu reden.

„Das geht dich gar nichts an", patzte ich in ihre Richtung. Mehr wollte ich dazu nicht sagen. Besonders nicht hier auf der Auffahrt. Ich ging, ohne Berührung, um sie herum direkt ins Haus. Gerade zwei Schritte

224

im Haus, knallte die Tür hinter mir zu. Jenny stand wutentbrannt vor mir. Ihr Augen blitzten auf. Der Halbmensch in ihr war deutlich zu erkennen.

„Du kannst nicht einfach so verschwinden und dann nicht Bescheid sagen, wo du hingehst und wie lange du bleibst. Weißt du nicht was da alles hätte passieren können!"
Wir standen uns gegenüber und blickten einander mehr als tief in die Augen. Ihre Pupillen waren so klein vor Zorn das man sie beinahe nicht mehr sah. Ich hätte Angst haben sollen vor diesem Anblick, aber das hatte ich nicht. Gekonnt hielt ich ihrem Blick stand.

„Für wen hältst du dich eigentlich so mit mir reden zu können? Du bist schließlich nicht meine Mutter", zischte ich Jenny an. Auch in mir baute sich etwas auf.

„Andrew hat gesagt ich soll dich nicht aus den Augen lassen", versuchte sie gegen zu steuern. Jetzt schwappte es auch bei mir über.

„Ach Andrew hat das so gewollt. Wenn er gewollt hätte das mir nix passiert, dann wäre er nicht gegangen. Ihr beide habt keine Ahnung was mit mir passiert und wie es mir dabei überhaupt wirklich geht! Auch wenn ihr es vielleicht spüren könnt, lasst ihr diese ganze Sache doch nicht nah genug an euch heran. Hauptsache eure Existenz wird nicht verraten", sagte ich und ging einen Schritt auf sie zu. Es tat so gut, dass alles mal los zu werden ohne Rücksicht auf irgendjemanden zu nehmen. Stände Andrew vor mir, würde ich wohlmöglich meine Worte sanfter wählen, doch bei Jenny war es mir jetzt egal. „Und Lügen...das könnte ihr sowieso am aller besten. Keine Ahnung in was für Sachen Andrew mich bereits angelogen hat, doch bei dir weiß ich ganz genau das du mir ins Gesicht lügst, ohne auch nur mit der Wimper zu zucken!

225

Hauptsache ihr Halbmenschen kommt mit einem blauen Auge davon… Ihr Dämonen denkt doch alle nur an euch. So etwas egoistisches ist mir noch nicht untergekommen", keifte ich. In meinem Bauch brodelte es. Das Adrenalin schoss mir durch sämtliche Gliedmaßen. Gerade wollte ich ein weiteres Mal Luft holen um noch ausfallender zu werden, peitschte etwas so schnell an meiner Wange vorbei, dass ich es nicht sah. Schwankend taumelte ich zur Seite, kam aus dem Gleichgewicht und kippte weg. Hitze blieb an der Stelle zurück, wo ich gestreift wurde.

„Was…?!", wollte ich gerade fragen, da sah ich zu Jenny auf und beobachtete, wie sie mit erhobener Hand dastand. Sie hatte mich geohrfeigt. Ohne Rücksicht auf meinen Zustand oder ihre Kraft, verpasste sie mir eine. Ich rappelte mich auf. Mit offenem Mund stand ich da. Meine Wange glühte jetzt förmlich. Umgehend, nachdem wir beide realisierten was passiert war, nahm sie ihre Hand herunter und verließ das Haus. Nachdem weitere Sekunden verstrichen waren, löste ich meine Starre und ging emotionslos nach oben.

Stumm saß ich auf dem Bett als die Sonne bereits aufging. Ich hatte nicht geschlafen oder mich hingelegt. Ich saß nur da und starrte abermals, wie so oft in letzter Zeit, aus dem Fenster. Was hatte ich mir dabei überhaupt gedacht so hart zu Jenny und Andrew zu sein? Wobei Jenny die volle Ladung abbekommen hatte. Der Gedanke an Andrew und das Baby hatten einfach das Fass zum Überlaufen gebracht.
Mit einem Ruck fuhr ich hoch und ging aus dem Zimmer. Zwar hatte ich Jenny heute Nacht nicht bemerkt das sie zurückgekommen war, doch ich spürte ihre Anwesenheit.

226

Im Wohnzimmer angekommen saß sie schon da. Reglos und stumm, so wie ich eben noch auf dem Bett.

„Jenny es tut mir leid", hauchte ich. Sie hörte mich, blickte jedoch nicht auf.

„Danke. Mir auch", sagte sie leise, aber deutlich.

„Du sollst wissen das ich das ernst meine. Es war nicht fair von mir das alles zu sagen", entschuldigte ich mich.

„Doch. Du hast Recht. Aber lass uns das einfach vergessen ok? Wir müssen jetzt los", sie stand auf und sah mich an.

„Ok, lass uns das vergessen", erwiderte ich leise. „Aber ich glaube ich werde mich jetzt noch ein wenig hinlegen. Die Nacht war…sehr anstrengend. Könntest du mich in der Schule entschuldigen?", sie nickte nur, dann trennten sich unsere Wege so stumm und plötzlich wie zu Anfang dieses Gespräches.

Ein erleichternder Seufzer kam aus meinem Mund als ich hinter mir die Tür schloss. Sofort setzte ich mich nicht auf das Bett, sondern legte mich erschöpft quer darüber. Wenige Augenblicke später schlief ich bereits.

„Hey Lexa", flüsterte eine mir sehr bekannte Stimme ins Ohr. Ich öffnete meine Augen und war leicht geblendet von der Sonne die hoch am Himmel stand. Direkt nahm ich meine Hand hoch und hielt sie mir schützend über die Augen.

„Na meine Süße, hast du wieder ein kleines Nickerchen gehalten? Aber bei diesem schönen Wetter ist das ja auch kein Wunder."

227

Mir blieb die Stimme weg als ich Ben neben mir sitzen sah. Er hatte einen Arm um mich gelegt und streichelte mir leicht meine Schulter. „Was? Wie hast du", fragte ich. Er lachte auf – ich zuckte leicht zusammen.

„Du hast also geschlafen", nuschelte er mir entgegen, kam näher und näher und küsste mich sanft auf die Wange. Wie erstarrt blieb ich sitzen und blickte gerade aus. Erst jetzt bemerkte ich das wir in einem Park auf einer Bank saßen. War ich gerade nicht noch bei Andrew in seinem Zimmer und hatte geschlafen? Andrew. Was war mit ihm? Und Jenny? Spielende Kinder rannten wie Raketen an uns vorbei. Abermals fuhr ich zusammen.

„Du kriegst mich nicht", rief das Mädchen, welches vor wegrannte. Dann blieb sie stehen und drehte sich zu dem Jungen herum der sie jagte. Mein Mund klappte auf. Das Mädchen sah genauso aus wie ich. Oder wenigstens wie ich, wo ich noch ein Kind war. Meine Hände gingen an meinen Bauch. Was war nur passiert? War die kleine meine Tochter? Hatte ich mich für Ben entschieden und wir genossen einfach nur unser kleines vollkommenes Familienglück? Doch dann drehte die Kleine sich weg und begann übers ganze Gesicht zu lächeln.

„Daddy, Daddy!!!", rief sie und rannte los. Automatisch sah ich in die Richtung, in die das kleine Mädchen rannte. Sie rannte auf einen Mann zu. Es war Andrew – mein Andrew. Ich stand auf und machte einen Schritt auf die beiden zu. Das kleine Mädchen war mittlerweile bei Andrew angelangt und auf seinem Arm. Meine Beine machten einen weiteren Schritt. Es war also alles gut gegangen. Andrew, ich und unser Baby, wir waren am Leben. Und glücklich. Doch dann rief das

Mädchen auf Andrews Armen etwas, was mir einen Stich ins Herz versetzte.

„Mummy, Mummy!", sagte sie erfreut, kletterte von Andrews Armen herunter und rannte auf eine Frau zu. Diese Frau war keine andere als Jenny. Aber wie konnte das sein? Sie war mein Kind, meine Tochter. Die Ähnlichkeit zwischen ihr und mir war nun wirklich nicht zu übersehen. Aber warum nannte sie Jenny „Mum"?

Tränen liefen mir übers Gesicht.

„Was ist denn meine Süße? Warum weinst du denn?", fragte Ben der mittlerweile neben mir stand.

„Nenn mich nicht so", fauchte ich ihn an. Wutentbrannt oder eher verzweifelt ging ich auf Andrew zu. Erst als ich unmittelbar vor ihm stand sah er mich an.

„Andrew. Was ist hier los?", fragte ich noch völlig unter Tränen aufgelöst.

„Lexa", sagte er auf eine eigenartige Art und Weise. Wenigstens kannte er mich noch. „Ich dachte wir hielten das beide für die Richtige Lösung. Was willst du jetzt nach all den Jahren", erklärte er weiter. Seine Stimme klang ernst und starr. So ohne jegliches Gefühl.

„Was? Wieso, wie lange", ich sprach den Satz nicht zu ende, da wusste er schon was ich meinte.

„Vier Jahre Lexa. Es sind bereits vier Jahre", erklärte Andrew.

Erschrocken sah ich ihn an.

„Mummy. Warum weint die Frau?", fragte das kleine Mädchen, welches dicht bei Jennys Beinen stand.

229

„Ich weiß es nicht meine Kleine. Komm lass uns gehen", sagte Jenny zu dem Mädchen und nahm ihre Hand. Gerade wollten die beiden gehen da konnte ich nicht anders.

„Nein! Stopp", rief ich hinterher. Ich kniete mich zu dem Mädchen, welchen Namen ich noch nicht einmal kannte, die aber definitiv meine Tochter zu sein schien, hinunter und sah ihr tief in die Augen – in meine Augen. Sagen konnte ich nichts. Nach einer Weile zog die kleine Jenny an der Hand. Die beiden verschwanden, ohne auch nur ein Wort zu sagen. Andrew folgte den beiden fast gleichauf.

„Andrew warte", rief ich und stellte mich wieder auf. „Aber…die kleine…warum. Sie erkennt mich nicht", fragte ich hilflos. Abwertend sah er mich von oben bis unten an.

„Woher denn auch? Du hast dich doch nur um dich gekümmert in den letzten vier Jahren. Sie ist jetzt nicht mehr deine, sondern Jennys und meine Tochter. Verschwinde aus unserem Leben", schoss es wie Nadeln aus Andrews Mund.

Das waren die letzten Worte die er sprach als er wie aus dem nichts verschwunden war. Der eben noch so grüne Park um mich herum verschwamm. Ein schwarzes Loch tat sich auf und zog in Sekundenbruchteilen alles in sich auf. Auch ich wurde lautlos mit in die Tiefe gerissen.

Ich erwachte. Ein Kloß schnürte mir die Luft ab. Durch mehrfaches husten und beinahe hysterischem weinen wurde es erst besser. Die Bilder gingen mir jedoch nicht aus dem Kopf. Das Bild meiner Tochter – ihr fragendes Gesicht wer ich war. Der nächste Gedanke war nur noch: warum hatte ich solch einen Traum? Es war definitiv ein

230

Alptraum. Hatte mein Baby mir etwa so etwas angetan? Nach näherem überlegen war dies aber beinahe unmöglich. Schließlich mochte unser Baby Andrew nicht sonderlich. Warum würde es dann wollen das ich von ihm getrennt werden würde und bei Andrew und Jenny zu leben? Die tosenden Gedanken in meinem Kopf lenkten mich insofern ab das die Tränen verstummten.

Regungslos saß ich auf der Bettkannte. Die Sonne war bereits aufgegangen als ich mich nach unten in die Küche begab. Jeder Schritt, den ich tat, war wie auf rohen Eiern. So müde und erschöpft war ich durch diesen komischen Traum.

„Stopp", nuschelte ich und blieb am oberen Treppenansatz stehen. Dieses müde und erschöpfte Gefühl war mir mehr als vertraut. Ein Schub Adrenalin ließen meinen Körper zu Hochform auflaufen. So schnell es ging rannte ich in die Küche. Jenny stand am Küchenfenster. Sie sah mich mit einem dieser Blicke an, der mir auch ohne ihre Gefühle zu verstehen sagte, dass meine Vermutung Richtig lag.

„Sag das du das nicht getan hast", fragte ich empört. Aus dem Adrenalin in meinem Körper wurde purer Hass umso länger Jenny nicht zu reden begann.

Sie senkte ihren kalten Blick.

Aufgeputscht von meinen Gefühlen, die ich trotz jeglicher Anstrengung partout nicht mehr auseinanderhalten konnte, rannte ich auf Sie los und schupste mit aller Kraft an ihren Schultern. Weitere dunkle Gefühle strömten zu mir rüber - Jenny rührte sich keinen Zentimeter. Ich hielt den Atem an, um wenigstens klar sehen zu können. Weiterhin reglos stand sie da. Um nicht noch in Ohnmacht zu kippen, nahm ich schließlich Abstand und ging, ohne einen letzten Blick auf sie zu werfen aus der Küche.

Mein erster Gang führte mich zurück nach oben in Andrews Zimmer. Ich schloss die Tür hinter mir und blieb abermals wie angewurzelt stehen. Was passierte hier nur? Jenny hatte es praktisch zugegeben, dass sie es tatsächlich getan hatte. Sie war in meine Träume eingedrungen. Plötzlich spürte ich nur noch eines: Angst. In Panik versessen schloss ich so schnell es ging, mit zitternden Fingern die Tür ab. Als wenn sie das aufhalten würde. Doch was sollte ich jetzt tun? Dies war mehr als eine Ausnahmesituation. Ich musste Andrew anrufen. Er müsste sofort wieder zurückkommen. Ich brauchte ihn – genau jetzt.

Ungeschickt wühlte ich in meiner Handtasche nach meinem Handy. Bis mir auffiel das es noch auf dem Nachtschrank lag.

Sofort griff ich danach und ließ es prompt fallen. Das Zittern in meinen Fingern ließ einfach nicht nach. Sekunden später wählte ich Andrews Nummer. Schon nach dreimaligem klingeln ging die Mailbox ran. Ich sagte nichts. Die Mailbox schaltete sich nach mehreren Sekunden automatisch ab. Mit pochendem Herzen drückte ich die Wahlwiederholung. Wenn ich ihm keine Nachricht hinterließ, wüsste er überhaupt nicht was hier passiert war.

Es klingelte wieder – die Mailbox sprang an.

„Andrew?!", flüsterte ich. Ein Knoten in meinem Hals verhinderte weitere Worte. Ich schluckte schmerzhaft. „Andrew, bitte. Du musst nach Hause kommen. Bitte Andrew. Ich…ich habe Angst", sprach ich mit zitternder Stimme.

Ein wenig erleichtert legte ich auf. Jedoch der Gedanke das Jenny sich weiterhin mit mir in einem Haus befand, setzte einen neuen Adrenalin

232

stoß frei. Kurz entschlossen packte ich so schnell es ging meine Tasche.
Allein wäre ich Momentan sicherer als bei Jenny in der Nähe.
Zumindest so lange bis Andrew wieder da war.

Mein Ohr drückte sich so dich es ging an die Tür, um zu lauschen, ob
Jenny in der Nähe wäre. Als ich kein bisschen hörte, öffnete ich
vorsichtig die Zimmertür. Wenn sie mir allerdings hätte etwas antun
wollen, wäre das dann nicht schon längst passiert? Mein Herz
hämmerte immer schneller und schneller gegen meinen Burstkorb
umso weiter ich dir Tür öffnete. Mit meiner Reisetasche um die
Schulter gebunden schaute ich den langen Flur entlang. Weit und breit
war niemand zu sehen. Dies war meine Chance. So schnell mich meine
Beine trugen, rannte ich los und stürmte aus dem Haus. Eine innere
Stimme fragte mich: Was tust du hier eigentlich? Wenn Jenny mir
wirklich hätte etwas antun wollen, dann wäre es egal wie schnell ich
rannte oder gar, wohin ich gehen würde. Sie würde mich so oder so
finden. Doch aus irgendeinem Grund, man könnte es auch
Bauchgefühl nennen, wusste ich das ich jetzt, genau in diesem Moment,
schnell sein musste.
Ich ließ mich in mein Auto fallen, schmiss die Tasche auf den
Beifahrersitz und startete den Wagen. Mit quietschenden Reifen fuhr
ich vom Hof. Bereits auf halber Strecke spürte ich wie sehr mich
Jennys Angriff schwächte. Mir viel es unheimlich schwer die Augen
offen zu halten.
Ohne jegliche Erinnerung an die Autofahrt, lag ich bereits erschöpft in
meinem Bett bei mir zu Hause. Trotz der Angst eines weiteren Angriffs
schlief ich sofort ein.

233

Kapitel 20

Ein lautes Krachen riss mich aus dem Schlaf. Es war noch dunkel, also musste es noch Nacht sein. Die Müdigkeit überkam mich ein weiteres Mal, doch ich wollte vorerst nicht weiterschlafen.

Langsam stieg ich aus dem Bett und ging auf den Flur.

„Hallo?", rief ich mit zarter Stimme. Eine Totenstille herrschte im gesamten Haus. Wohlmöglich hatte ich mir den Krach nur eingebildet. Plötzlich zog sich mein Bauch zusammen. Beinahe als würde mich etwas treten. Ich sackte leicht zusammen. Mit letzter Kraft hielt ich mich jedoch weiterhin auf den Beinen. Nun überkam mich eine Eiseskälte. Eine Gänsehaut überfuhr meine gesamten Körper. Ich schloss meine Augen. Etwas stimmte hier nicht. Ruckartig riss ich meine Augen wieder auf, straffte meine Glieder und ging sofort die Treppe hinunter. Mitten auf der Treppe bemerkte ich das die Eingangstür komplett offen stand.

„Jenny", flüsterte ich.

Umgehend rannte ich die letzten Stufen hinunter, schnappte meine Tasche aus der Küche und wollte gerade das Haus verlassen, da sah ich sie.

Zwei Gestalten inmitten der Dunkelheit standen in der Eingangstür und versperrten mir den Weg.

„Nana, wo soll es denn so schnell hin gehen?", sagte eine männliche Stimme. Die Stimme klang eher wie die von einem Jungen. Noch so

234

zart und unbefangen. Dennoch klangen seine Worte ernst und direkt.
Dann begann der andere Mann, deutlich älter und brummiger zu
sprechen.

„Vielleicht sollten wir uns erst einmal vorstellen. So viel Zeit nehmen
wir uns einfach", sagte er.

Noch immer stand ich wie festgenagelt da und starrte auf diese dunklen
Riesen. Angestrengt versuchte ich ihre Gesichter zu erkennen, doch
vergebens. Ein leichtes Stupsen klang aus meinem Bauch. Es rüttelte
mich insoweit wach, dass ich so schnell ich konnte, versuchte durch die
Küche aus der Hintertür zu verschwinden. Noch während ich lief und
um mein Leben rannte, spürte ich erneut diese Kälte an mir
vorbeiziehen. Auf einmal packte mich etwas fest um den Hals und hob
mich vom Boden hoch. So fest ich konnte umfasste ich die
Handgelenke der immer eng werdenden Hände. Meine Beine hingen in
der Luft. Das Gesicht des einen Mannes war nun dicht an den meinen.

„Wohin denn so schnell. Ich sagte doch gerade, wir haben noch Zeit",
ein leichtes Fauchen trat aus seinem Mund. Mehrere Sekunden,
gefühlte Minuten vergingen, da kam der andere ebenfalls in die spärlich
beleuchtete Küche. Noch immer baumelte ich in der Luft und
versuchte frei zu kommen.

„Lass sie runter Mike. Sonst wird sie noch bewusstlos bevor wir uns
mit ihr Unterhalten konnten", stieß eine weitere Stimme hervor. Erst
wo der schmächtigere der Beiden dieses sagte, verschwamm meine
Sicht. Kurz darauf knallte ich mit den Füßen auf den Fliesenboden und
sackte mit den Knien zur Seite hin weg. Mit meiner Hand versuchte ich
meine Kehle wieder in Gang zu bringen. Langsam kam wieder Luft in

meine Lungen. Ich wagte einen Blick nach oben. Die Beiden Männer standen jetzt nebeneinander. So wie gerade noch in der Eingangstür. „Du kannst so oft versuchen zu fliehen, wie du willst. Ich hoffe jedoch das dir klar ist das dir das alles nichts nützen wird", sagte erneut der schmächtigere von den beiden. Ich versuchte zu sprechen, doch mein Hals war so zugeschnürt, dass ich nur leicht nickte.

„Um uns, so wie es unsere gute Kinderstube ein jeden von uns gelehrt hat, kurz vorzustellen. Mein Name ist Laos und das ist Mike. Wir gehören der gleichen Art an wie dein Mitläufer Andrew", sprach Laos und lief so elegant und leise wie eine Katze auf und ab. Ebenso wie Aron damals auf dem Friedhof. Ein ekelhaftes Gefühl durchfuhr meinen Körper als ich daran zurückdachte. Mir war bereits klar als die zwei dunklen Gestalten in der Tür standen, dass es Arons Anhänger waren. Und jetzt, nachdem ich die Kleidung und den bekannten blauen Umhang sah, war ich mir mehr als sicher.

Ein Stich in meinem Herzen machte mir schmerzlich zu spüren was genau die beiden wollten. Sie wollten Rache. Rache für das was Andrew, Jenny und ich Aron angetan hatten. Dafür das wir Aron in die Ewigkeit geschickt hatten. Sie waren diejenigen Jäger von denen Andrew nach seiner Reise sprach.

„Oh, ich bin überrascht", sagte Laos plötzlich und unterbrach seine Vorstellungsrunde. „Du weißt also schon, warum wir hier sind."

Dann schnellte er auf mich zu und drückte mich ebenfalls mit den Händen fest um meine Kehle zurück gegen die Küchenschränke. Stille herrschte. Nur mein verzweifelter Versuch nach Luft zu ringen drang durch die Nacht. Laos Blick lag wie in Trance versunken auf meinen bebenden Lippen.

236

„Du bist nicht allein", flüsterte er auf einmal. Sofort fuhr Laos Blick und meine Hand an meinen Bauch. „Unseresgleichen", fügte er erfreut hinzu. Endlich lockerte er seinen Griff ein wenig. Kraftlos verharrte ich in der gleichen Position.

„Dann sind wir auf der Suche nach einer angemessenen Rache und werden mit Glück gesegnet. Wenn das kein Zeichen ist Bruder", beide lachten auf.

„Lasst uns in Ruhe", sagte ich, doch die beiden taten als würden sie mein Flehen nicht hören. Kurz darauf war Laos verschwunden und stand wieder neben Mike. Mir war schon ganz übel von dem wenigen Sauerstoff.

„Was machen wir denn jetzt Laos?", fragte Mike als hätte der über alles hier das sagen.

„Nun ja mein Bruder. Ich weiß es selbst noch nicht genau. Oder vielleicht doch", sagte er mit einem widerlichen Grinsen. Im nächsten Moment stieg plötzlich eine Hitze in mir auf. Es war dieselbe Hitze, die nie zu enden schien, wie damals bei Aron. Aber wie konnte das nur sein? Wenn die beiden ebenfalls nur Halbmenschen waren wie Andrew und Jenny, wieso fühlte ich dann diese Schmerzen, obwohl ich wach war? Ein weiteres denken war ab dann nicht möglich. Die Hitze hatte bereits meinen Kopf erreicht und verbrannte jegliche Gedanken. Meine Hände fuhren mir an den Kopf. Ein Wimmern kam aus meinem Mund. Dann, wie aus dem nichts war die Hitze verschwunden. Ich kippte zur Seite weg und knallte auf den kalten Fliesenboden. Sofort begann ich zu zittern.

Mir war nicht klar wie viel Zeit verging, bis ich wieder klare Gedanken fassen konnte. Nach gefühlten Sekunden und noch immer auf dem Fußboden liegend, öffnete ich langsam meine Augen.

„Wie habt ihr", brachte ich flüsternd heraus.

„Wie haben wir was?", fragte Laos amüsiert nach. „Wie haben wir dir diese Schmerzen zufügen können? Das wird noch deine geringste Sorge sein, wenn wir erst einmal mit dir fertig sind", grinsten beide ekelerregend einander entgegen. Mein Herz begann schneller zuschlagen bei den Gedanken was noch alles passieren könnte. Und niemand wusste was hier gerade passierte. Auf Jenny war zurzeit definitiv kein Verlass. Schließlich war sie der Grund, warum ich geflüchtet war.

„Aber was haben wir denn schon zu verlieren, wenn wir ein bisschen plaudern. Dein Mitläufer wird wohl vorerst hier nicht mehr nach dir suchen. Aus sicherer Quelle weiß ich das er sich so gerade gar nicht in der Nähe befindet", sagte er wie ein Gewinner.

„Andrew. Du weißt, wo er ist?", fragte ich nach und begann mich vorsichtig wieder aufzusetzen.

„Ja. Das sagte ich doch bereits", zischte er.

Erleichternd atmete ich aus.

„Es geht ihm also gut", flüstere ich für mich. Sogleich ich den Satz sprach schoss ein brennender Blitz durch meinen Kopf. Er lähmte mich so sehr, dass es mir nicht möglich war mich zu bewegen. Meine Augen verdrehten sich in meinem Kopf vor Schmerzen. Wie gerade schon, war der Schmerz, Augenblicke später wie weggeblasen. Mit flachem Atem und Schweiß auf der Stirn starrte ich in Laos Gesicht. Es war so nah an meinem das ich direkt in seine Augen sehen musste.

238

„Wer sagt das es ihm gut gehe? Ich habe nur gesagt das ich weiß, wo er sich aufhält", fauchte er mir entgegen. Sein warmer Atem und ein fauliger Mundgeruch ließen meinen Magen beinahe völlig die Fassung verlieren.

Ein Windhauch peitsche mir die Haare ins Gesicht. Laos stand wieder neben seinen -Bruder- Mike.

„Solange wir nicht wissen was wir mit dir…oh Verzeihung, euch, machen werden, gehst du erst einmal auf dein Zimmer. Mike begleite sie doch nach oben", schlug Laos vor. Gesagt getan packte Mike mich bereits am Oberarm und zerrte mich auf die Beine. Leicht zittrig zog er mich hinter sich her. „Aber keine Spielchen. Du kommst sofort wieder runter, sobald sie oben ist", befahl er weiter. Mike nickte kurz, zog mich dann weiter. Sekunden später waren wir bereits oben. Mit einem Ruck öffnete Mike meine Zimmertür und schupste mich hinein. Durch meine körperliche Verfassung konnte ich den Stoß nicht auffangen und viel direkt auf den Teppich. Sofort schloss sich die Tür wieder hinter mir.

Ich lag weiter auf dem Fußboden. Um mich herum war es dunkel. Nur ein schmaler heller Strahl am Horizont verriet das es bald wieder Tag sein würde.

Was sollte ich jetzt nur tun?

Ohne groß darüber nachzudenken kroch ich herüber zu meinem Bett und kniete davor. Stützend legte ich meine Ellbogen auf die Matratze und faltete meine Hände vor der Brust zusammen.

„Andrew", flüsterte ich. Komm zurück. Ich brauche dich jetzt.

Die letzten Worte dachte ich nur. Keiner wusste wie viel die beiden Halbmenschen in meinem Haus mitbekommen würden. Ich durfte

239

ihnen keinen Grund geben sich aufzuregen oder ähnliches was sie aus der Ruhe bringen würde. Sie waren so mächtig und stark.

Eine Heiße Träne lief an meiner Wange hinunter. Ihre Spur in meinem Gesicht hinterließ eine Eiseskälte. Im selben Moment fühlte ich einen kleiner Stupser in meinem Bauch. Ein Schluchzen kam aus meinem Mund. Die Gedanken das jemand meinem Baby etwas antun würde hielt ich einfach nicht aus. Mehrere dieser heißen Tränen liefen jetzt mein Gesicht entlang. Umso mehr ich weinte umso heißer wurden sie. Die Hitze stieg in meinem Kopf.

„Nein, bitte", wimmerte ich zusammengekauert auf Knien sitzend auf dem Bett. Sofort war mir klar, dass diese Hitze nicht nur von meinen Tränen kam. Jeden Moment würde wieder eine Flutwelle dieser Hitze und der Schmerzen auf mich zukommen. Kaum gedacht, schlug ich schon die Hände über meinen Kopf zusammen. Jedes einzelne meiner Haare stand förmlich in Flammen. „AHHHHHHH…Andrew", schrie ich so laut es ging. Dann waren die Schmerzen weg, ich sackte zur Seite weg und blieb reglos liegen.

„Hör auf", hörte ich nur jemanden aus dem Flur rufen. Es musste Laos sein. Das meinte er also mit den Spielchen. Wie lange würde das wohl noch so gehen? Worauf warteten sie nur? Und vor allem wie lange konnte ich dem noch entgegenstehen.

„Aufwachen", schrie mir jemand entgegen. „Nun mach schon", entnervt rüttelte jemand an meiner Schulter. Sofort als mir wieder bewusst wurde was gestern passiert war, öffnete ich meine Augen. Laos und Mike standen in bekannter Formation vor mir und starrten mich

240

an. Mir blieb die Luft weg und mein Herz begann von null auf hundert zu schlagen.

„Jetzt lieg da nicht so unhöflich rum, sondern steh gefälligst auf", Loas kommandierte sofort drauf los. Ohne zu zögern setzte ich mich auf und zog mich langsam am Bett hoch. „Mike, helfe ihr", forderte er. So schnell, dass ich es nicht kommen sah schnappte Mike mich und zerrte mich blitzschnell hinter sich her. Meine Beine wirbelten durch die Luft und auf einmal saß ich in der Küche auf einem Stuhl.

„Also", begann Laos direkt zu sprechen. „Wir haben uns zwei Möglichkeiten überlegt was wir mit dir machen werden. Du hast die Wahl."

Jetzt begann Loas wieder auf und ab zu laufen.

„Entweder wir warten noch so lange bis dein Mitläufer ebenfalls hier ist und wir erledigen euch alle auf einmal", schlug er von oben herab vor.

„Andrew ist also auf dem Weg hier her?", brachte ich heraus. Direkt nach aussprechen meiner Worte flog mein Kopf nach links. Durch die Wucht zog es meinen Körper vom Stuhl und ich landete auf dem Boden. Auf meiner Zunge schmeckte ich Blut.

„Wage es nie, nie wieder mir ins Wort zu fallen du Miststück", fauchte Laos mir ins Ohr. Erst jetzt begriff ich. Laos hatte mich direkt und mit voller Kraft ins Gesicht geschlagen. „Und jetzt setz dich gefälligst wieder auf den Stuhl!"

So schnell es ging tastete ich mich mit meinen schweißnassen Händen zum Stuhl zurück und zog mich darauf. Meine Wange brannte und mein Kopf begann unwiderruflich zu Hämmern. Doch das kam nicht von Laos Phantomschmerzen, sondern von seinem Schlag. Aus

241

Erfahrung, die ich ansatzweise von Andrew und seiner Kraft besaß, wusste ich das Laos noch nicht seine ganze Kraft eingesetzte.

Ängstlich krallten sich meine Hände am Stuhl fest. Mit verschwommenem Blick versuchte ich Laos anzusehen.

„Ach weißt du. Leider habe ich heute nicht die beste Laune. Deswegen würde ich sagen...wir warten nicht auf deinen erbärmlichen Mitläufer und erledigen euch hier und jetzt. Mike, wenn du willst kannst du dich gerne noch ein wenig auslassen und dann bringen wir es so schnell es geht hinter uns." Laos drehte sich um und ging aus der Küche. Mike kam direkt auf mich zu. Reflexartig stand ich auf und versuchte, wie beim letzten Mal den Hinterausgang der Küche zu erreichen. Auch wenn mir vorher bereits klar war das ich keine Chance hatte. Innerlich bereitete ich mich schon auf den Schmerz vor. Die Hitze oder eventuelle Schläge. Doch dann kam alles anders. Ruckartig blieb ich stehen – allerdings nicht, weil ich das so wollte. Meine Beine wurden taub. Ich konnte keinen Schritt mehr gehen. Diese Taubheit zog sich meinen ganzen Körper hinauf. Über meinen Bauch bis in meine Brust. Ich sah an mir herunter und bemerkte das ich keine Luft mehr holte. Auch meine Lungen hatten ihre Funktion aufgegeben. Panik kam hoch. Doch ich konnte sie nicht auslegen, dafür fehlte mir die nötige Kraft und Luft.

Ein Ohrenbetäubender Schrei riss mich förmlich aus der Starre. Noch mehr Krach folgte. Ich hielt mir die Hände an die Ohren und ging auf die Knie. Direkt als ich spürte das ich mich wieder bewegen konnte, drehte ich mich herum und suchte nach Gefahr. Doch da war niemand mehr. Mike, der soeben noch neben mir stand, war weg. Umgehend stand ich, so gut es ging, auf. Das wenige noch aufgebaute Adrenalin

242

half mir dabei. Die Hintertür war nur noch wenige Meter entfernt. Egal ob noch Gefahr drohte oder nicht, ich musste weg - jetzt. Gerade wollte ich los, da durchzog eine Eiseskälte die Küche. Der mir nur allzu bekannte Wind ließ mich vor Kälte erzittern. Mein Blut schoss mittlerweile so schnell durch meine Adern das sie zu explodieren schienen. Ich ließ mich auf die Knie fallen und zog die Hände über den Kopf zusammen. Es war doch noch nicht vorbei.

„Nein, bitte. Hört auf", wimmerte ich. Jemand packte meinen Oberarm. Ich wich so stark zurück, dass ich beinahe umkippte.

„Nein!!!!!", schrie ich aus voller Kehle.

„Lexa", sagte plötzlich eine mir sehr bekannte Stimme. Durch meinen Tränenschleier versuchte ich die Person zu erkennen die ich vermutete. Und tatsächlich. Jenny hockte vor mir und hielt meinen Arm.

„Jenny. Du", flüstere ich. Umso länger sie mich festhielt umso mehr kamen ihre Gefühle zu mir herüber. Sie war unglaublich traurig und voller Reue. Und wütend.

Sobald sie spürte was ich spürte, zog sie ihren Arm weg.

„Kannst du aufstehen? Ist alles ok mit dir?", fragte sie nach. Ohne ihre Hilfe rappelte ich mich auf und stand letztendlich mit halt am Küchentresen vor ihr. Geistesabwesend suchte ich meinen Körper ab, doch es war nichts zu sehen.

„Komm, ruh dich erst mal aus und leg dich etwas hin", sagte Jenny fürsorglich.

„Nein. Ich…nicht hier bitte", flehte ich. Die Tränen liefen mir weiter übers Gesicht. Mir wurde klar, dass ich nirgendwo sicher war. Es gab keinen Ort an dem wir nicht gejagt oder angegriffen wurden.

„Ganz ruhig. Dann fahren wir erst einmal wieder zu Andrew nach Hause. Komm", versuchte sie auf mich einzugehen. Langsam begleitete sie mich zum Auto, jedoch ohne mich auch nur ansatzweise zu berühren.

Während der Fahrt im Auto redeten wir kein Wort. Vor Andrews Haus angekommen stiegen wir allerdings nicht gleich aus.

„Lexa", begann Jenny zu reden. „Es tut mir leid was zwischen uns passiert war. Und ich muss dir gleich sagen das ich nicht bei dir bleiben kann", erklärte sie.

„Aber", wollte ich ihr gerade ins Wort fallen.

„Lass mich doch erst einmal ausreden. Also ich kann nicht bei dir bleiben, weil ich dich nicht in Gefahr bringen will und ich eben für nichts garantieren kann. Besonders jetzt nicht, wo du so viel…Ruhe brauchst und schlafen wirst. Ich habe deswegen mit Ben gesprochen und er wird heute Abend hier sein. Dann werde ich erst einmal verschwinden, um mit mir selbst klar zu kommen", in Jennys Stimme war ein Unterton den ich nicht einschätzen konnte.

„Aber wie lange? Und Andrew", hakte ich nach.

„Andrew habe ich telefonisch nicht erreicht. Aber ich habe ihn eine Nachricht auf der Mailbox hinterlassen. Er wird sicherlich in naher Zeit hier auftauchen. Solange ist Ben da", antwortete Jenny kühl.

„Aber was, wenn sie wieder angreifen?", fragte ich besorgt. Dann wäre auch Ben in großer Gefahr.

„Ich weiß, die Gefahr ist noch nicht vorüber…besonders weil ich den einen nicht erwischt habe. Er läuft noch frei herum. Es tut mir leid."

Jennys Blick war stur nach vorne gerichtet.

244

„Danke", sagte ich nur.

„Dafür musst du mir bestimmt nicht danken. Es tut mir wirklich leid Lexa. Niemand hat es verdient so behandelt zu werden. Aber ich denke das sie vorerst nicht angreifen werden. Der der entwischt ist, muss sich erst einmal einen neuen Plan überlegen. Niemand unsersgleichen geht ungeplant an Ziele ran. Deswegen hoffen wir einfach das es noch einige Tage in Anspruch nehmen wird und das bis dahin Andrew wieder da ist."

Dann war wieder nur Stille. Schweigend stiegen wir aus dem Auto und gingen ins Haus.

Der Rest des Nachmittags zog sich sehr in die Länge. Damit ich nicht einschlief schaltete ich mich durch das trockene Nachmittagsprogramm. Jenny war extra nicht in meiner Nähe, hielt sich aber dennoch im Haus auf und achtete auf evtl. Angriffe von außen. Es war sehr anstrengend nicht einzuschlafen. Allein die Kopfschmerzen von Laos schlag setzten mir sehr zu.

„Lexa", ohne es zu hören stand Jenny in der Tür des Wohnzimmers. Ich zuckte leicht zusammen, mein Herz schlug mir mehrfach bis zum Hals. „Entschuldige. Ich wollte dich nicht erschrecken. Es ist nur, Ben wird gleich hier sein. Er hat mir Bescheid gegeben das er jetzt los fährt. Wenn du dich also hinlegen möchtest wäre das jetzt ok", fragte sie aus reiner Höflichkeit nach.

Gesagt getan stand ich auf. Mein Blick verschwamm leicht. Ich war so müde, dass ich hätte im Stehen schlafen können. Mit letzter Kraft, und ohne jegliche Erinnerung daran, ging ich auf mein Zimmer. Sobald ich auf dem Bett lag schlief ich traumlos ein.

Ich erwachte in derselben Position wie ich auch eingeschlafen war. Die ersten Bewegungen schmerzten und fühlten sich an als würde ich aus einem Jahrelangen Dornröschen schlaf erwachen.

Wie in Zeitlupe stand ich auf und ging hinüber zum Fenster. Es dämmerte. Ein kurzer Blick zur Uhr zeigte mir das ich beinahe 24 Stunden geschlafen hatte. Und dann fühlte ich mich noch so erschöpft? Aber dieses Gefühl kannte ich ja bereits. Ich wusste, wie es war von einem Übermenschlichen Wesen benutzt zu werden. Bei diesem Gedanken überfuhr mich eine unangenehme Gänsehaut. Der Gedanke an die Situationen mit Andrew und seinen Kräften lähmte mich nahezu.

Ein immer wiederkehrendes Klopfen unterbrach meine Gedankengänge. Es wurde immer lauter und kam immer näher. Es war gar kein Klopfen, sondern Schritte. Mir wurde ganz komisch, denn ich dachte das Mike vielleicht zurückgekommen sei, um sein Werk zu vollenden. Aber dann viel mir ein das Ben hier bei mir war und bestimmt nur nach mir sehen wollte.

Noch bevor die Schritte meine Tür erreichten ging ich quer durchs Zimmer direkt auf die Tür zu. Im selben Moment in der ich den Türgriff nehmen wollte, öffnete sie sich. Ben stand vor mir und sah mich mit einem solch glücklichen Lächeln an, welches einem dazu nötigte, ebenfalls zu lächeln. Meine Mundwinkel schoben sich gefühlt bis in die oberste Ecke meines Gesichtes. Ohne dass ich Herr der Lage war begann ich zu weinen. Meine Hände fuhren mir an die Brust. Es fühlte sich an als würde ein großes Loch, welches sich in meinem Herzen befand mit einem Mal gestopft werden. Und dieses mit solch

246

einer Wucht das ich nicht anders konnte als zu weinen. Schluchzend stand ich vor Ben. Zärtlich legte er seine warme Hand an meine Wange. „Lexa", flüsterte er. Sogleich seine Haut die meine berührte durchzog mein Körper eine solche Leichtigkeit. Mein Bauch kribbelte von oben bis unten. Eine innerliche Wärme baute sich auf und verlieh mir Flügel. Für diesen Moment war kein Schmerz mehr zu fühlen. Meine Tränen verstummten. Wir sahen uns in die Augen und unglaublicher Weise war dieses schöne Gefühl noch immer da. Ben beugte sich ein wenig vor. Sein Gesicht kam näher. Ich wehrte mich nicht, doch eine Sache ließ mich stutzig werden. Ich war körperlich wirklich glücklich und es ging mir gut. Aber ich konnte noch so klar denken. Es war nicht wie bei Andrew. Andrew. Bei diesem Gedanken änderte sich plötzlich alles. Wenn ich an ihn dachte wünschte ich mir nicht nur körperlich in seiner Nähe zu sein. Sind wir beieinander verschmolzen auch unsere Seele miteinander so dass der andere genau wusste wie sein Gegenüber dachte, was er brauchte und fühlte. Wenn ich bei Andrew war, dann liebte ich. Und hier und jetzt bei Ben, das war keine Liebe. Ich konnte es nicht näher beschreiben, doch es traf nicht einmal annähernd an das heran was zwischen Andrew und mir herrschte. Mir wurde klar, dass dieses schöne Gefühl von dem Baby kam. Und noch bevor Bens Lippen auf, die meine trafen, löste ich mich und ging ein wenig zurück. Das dieses dem kleinen Wesen in mir nicht gefiel ließ es mich gleich spüren. Mit meiner restlichen Energie versuchte ich dagegen anzukämpfen den Schmerz und der Anflug von Trauer und Wut zu ignorieren.

„Bitte nicht", mehr brachte ich nicht über die Lippen. Ben senkte den Blick. Es tat mir weh ihn leiden zu sehen. Und das war wirklich ein

247

Gefühl von mir und nicht von dem Kind. Er tat so viel für mich und ich wies ihn zurück. „Es tut mir leid", flüsterte ich. Neue Tränen sammelten sich in meinen Augen.

„Es ist schon ok. Du hast recht. Und besonders ist jetzt glaube ich ein eher schlechter Zeitpunkt für…das hier. Lass uns runter gehen, ja?", schlug er vor.

Ich atmete erleichtert aus. Auch die Tränen blieben da, wo sie waren. „Ja", bestätigte ich erleichternd.

Es dauerte eine Weile bis Ben und ich wieder anfingen normal miteinander zu sprechen. Wir lachten sogar gemeinsam. Das alles war für meine Seele so ein befreiendes Gefühl. Einfach alles für einen Moment zu vergessen. Doch in all diesen Momenten des Glücks fehlte mir etwas ganz besonders. Andrew fehlte mir so sehr. Bei jedem weiteren lachen oder schönem Gedanken fühlte ich mich als würde ich ihn verraten. Er wäre jetzt mit viel Glück auf dem Weg zu uns nach Hause, um uns zu beschützen. Und ich saß hier mit Ben und lachte. Wehmut machte sich in mir breit. Traurig starrte ich auf den Wohnzimmertisch. Ben atmete hörbar tief aus.

„Lexa. Willst du mir nicht sagen was hier eigentlich los ist. So gerne ich auch mit dir rede und alles als normal ansehen möchte…irgendetwas stimmt hier doch nicht. Warum ist Jenny so plötzlich gegangen? Habt ihr euch gestritten? Und was…was ist eigentlich mit Andrew? Hat er dir das angetan?", immer mehr Fragen kamen aus Bens Mund. Schließlich wies er auf seine Wange. Von Laos schlag musste sie angeschwollen sein. Ebenfalls war meine Lippe eingerissen.

248

„Nein", verteidigte ich sofort. Dann sagte ich ihm schon mal die halbe Wahrheit. „Es war Jenny", flunkerte ich.

„Und warum? Was hatte sie für ein Recht dir das anzutun?", fauchte Ben in meine Richtung.

Scheu blickte ich zu ihm rüber. Mein Herz und mein Verstand fochten einen teuflischen Kampf miteinander. Aber es ging nicht, ich konnte es ihm nicht sagen. Es ging einfach nicht.

„Ben, bitte. Mehr kann ich dir nicht sagen", sagte ich flehend. Wir sahen uns wieder in die Augen. Mir wurde klar, dass zwischen Ben und mir eine ganz besondere Verbindung bestand. Doch keine Liebe und auch nicht nur wegen Sue. Irgendetwas war zwischen uns das wir nicht mit und nicht ohneeinander konnten. Lag das alles nur am Baby? Ich fand keine Antwort. So viele Fragen waren noch offen die sich wohl erst mit der Zeit beantworten ließen.

„Ich will dich nicht drängen. Es tut mir leid. Aber ich möchte das du weißt das ich für dich da bin, egal wann und wo du mich brauchst", sagte Ben mit so viel Ernsthaftigkeit wie nur möglich war. Noch während er sprach legte Ben seine Hand auf meine. Dieses umwerfende Gefühl von vorhin kam wieder auf. Ich musste aufpassen da nicht süchtig von zu werden. Süchtig vom guten Gefühl.

„Danke", flüsterte ich. „Du weißt gar nicht wie viel mir das bedeutet."

„Komm her", sprach Ben und breitete die Arme aus. Ich zögerte.

„Hey, es ist nur eine Umarmung. Ich glaube das kannst du gerade ziemlich gut gebrauchen."

Ein Mundwinkel zog sich bei ihm Schelmisch nach oben. Und er hatte ja recht. Das konnte nicht nur ich, sondern wir beide vielleicht jetzt gut gebrauchen.

249

Ebenfalls mit einem leichten Lächeln, ließ ich mich in seine Arme sinken. Sofort durchfuhr mich das Glück und die beinah vollkommene Zufriedenheit. Doch die Gedanken ließen sich nicht abschalten. Langsam ließ ich meinen Kopf auf seinen Schoß sinken. Automatisch schlossen sich meine Augen. Ben begann mir zärtlich das Haar zu streicheln.

„Es tut mir leid", entschuldigte ich mich.

„Schsch…dir brauch nichts leid zu tun. Sei nicht immer so ungeduldig und gebe dir selbst etwas mehr Zeit. Egal was es auch ist, du bist eben noch nicht soweit und du musst es selbst erst mal verarbeiten", sprach Ben.

Ein erleichterter Seufzer kam aus meinem Mund.

„Ich bin so müde", gab ich offen zu.

„Dann schlaf. Ich bin da und passe auf", bot er sich an. Auch wenn mich die Worte ein wenig beruhigten, wusste ich das, wenn wirklich Gefahr drohte, Ben da nichts gegen ausrichten konnte. Wir würden beide sofort getötet werden. Trotz all dieser grausamen Gedanken überkam mich meine Müdigkeit und ich schlief ein.

Ein ungleiches Gemurmel weckte mich unsanft. Ich erwachte noch immer auf der Couch liegend. Eines war allerdings anders. Ben war nicht mehr da.

„Ich war wenigstens da für sie als du das Weite gesucht hast", zischte Ben etwas zu laut. Sie kam aus dem Flur.

„Das gibt dir noch lange nicht das Recht dich so schamlos an sie ranzuschmeißen", zischte Andrew zurück. Andrew? Es bestand kein Zweifel das war seine Stimme.

250

„Andrew", brachte ich zwischen den Zähnen hervor. War er wirklich hier? Mit einem Ruck stand ich auf und ging in den Flur.

Ben und Andrew standen sich nur Millimeter voneinander entfernt gegenüber. Ben wirkte mit seiner Größe und den breiten Schultern so mächtig gegenüber Andrew. Doch ich wusste das Andrew ihn, ohne sich auch nur annähernd anzustrengen, umbringen könnte.

„Andrew", sagte ich voller Freude. Er sah mich an und schenkte mir ein Lächeln. Tränen standen in seinen Augen. Wir haben einander so vermisst. Doch bevor Andrew auf mich zukam, wandte er sich noch ein letztes Mal an Ben.

„Du kannst jetzt gehen du hinterhältiger Bastard", patzte Andrew in Bens Richtung. Bens Gesicht wurde knallrot. Seine Hände ballten sich zu Fäusten. Er unterdrückte seine Wut und den Schmerz. Dann kam sein Gesicht noch näher an das von Andrews heran.

„Ich würde mal darüber nachdenken wer hier der Bastard ist und warum Lexa immer wieder zu mir kommt", legte Ben nach. Das war zu viel für Andrew. Auch wenn er immer die Geduld in Person war und sich nie aus der Ruhe bringen ließ, riss ihm jetzt und in diesem Moment der Geduldsfaden.

Andrew schubste Ben, beinahe mit seiner ganzen Kraft, gegen die Schultern, so dass dieser im hohen Bogen nach hinten flog und direkt auf der Treppe landete. Benommen lag Ben da. Die Wut stand Andrew noch immer ins Gesicht geschrieben. Gerade wollte er erneut auf ihn losgehen, da konnte ich nicht anders und ging dazwischen.

„Nein", schrie ich und stellte mich ihm in den Weg. Er wollte an mir vorbei, den Blick nur auf den am Boden liegenden Ben gerichtet. Angst machte sich in mir breit. Vor mir stand nicht der Andrew so wie ich ihn

251

kannte. Doch irgendwo ganz tief hinter der Wand voll Wut war er noch da.

„Andrew nein. Lass das, bitte", flehte ich ihn an. Erst als ich direkt zu ihm sprach baute sich seine Wut langsam ab. „Schau mich an."

Der Hauch eines Augenblickes reichte aus, sobald wir uns in die Augen sahen, und der alte Andrew, mein Andrew, war wieder da.

„Lexa geh zur Seite", rief er mir plötzlich entgegen.

Automatisch drehte ich mich herum und sah Ben auf uns zustürmen. Er taumelte und war sehr benommen. Auf einmal wirbelte mich Andrew herum. Ich verlor das Gleichgewicht und kippte zur Seite direkt auf eine Kommode. Durch den Schwung von Andrew bekam ich keinen Halt und knallte mit dem Rücken direkt dagegen.

„Ah", stöhnte ich.

„Lexa", sagten Ben und Andrew im Chor. Andrew, der natürlich schneller war als Ben, war direkt bei mir und half mir auf. Weiterhin mit Wut durchflutet stand Andrew neben mir und funkelte Ben böse entgegen.

„Du solltest jetzt gehen", sagte er noch immer wütend. Ben beachtete Andrew gar nicht sein Blick war nur auf mich gerichtet.

„Lexa es tut mir leid. Ich habe dich gar nicht gesehen. Du", entschuldigte Ben sich bei mir.

„Es ist ja nix passiert Ben. Danke…für alles", lächelte ich ihm entgegen. Sekunden später war Ben dann verschwunden.

„Ist wirklich alles ok mit dir?", fragte Andrew nach.

„Ja, ich denke schon. Aber was ist mit Ben. Er macht sich bestimmt schreckliche Vorwürfe", sagte ich besorgt.

„Dann soll er doch", zischte Andrew mir gleichgültig entgegen.

252

„Andrew. Du weißt ja gar nicht wie sehr ich ihm dankbar bin das er für mich da war als du", ich verstummte. Es sollte kein Vorwurf ihm gegenüber sein. Dennoch wollte ich das Andrew wusste was er mir damit angetan hatte.

„Als du nicht da warst", beendete ich meine Worte und damit hoffentlich seine Wut.

Wir nahmen uns in den Arm. Diese Geste und der damit verbundene Hautkontakt gaben mir einen so genauen Einblick wie es ihm gerade ging, was keine Worte dieser Welt beschreiben konnten. Andrew versuchte alles ein wenig zu steuern doch die Flut der Gefühle trieben mir die Tränen in die Augen. Ich brach die Umarmung ab.

„Geh einfach nur nie wieder weg, ja?", flehte ich ihn beinahe an.

„Versprochen", sagte er und gab mir einen Kuss auf die Stirn. Positive Gefühle überkamen mich. Es kribbelte am ganzen Körper. Die nächste Umarmung zeigte ein jeden von uns die positiven Seiten und wie sehr wir einander doch vermisst hatten.

Kapitel 21

Das Telefon klingelte. Andrew ging ran.

„Hallo?"

„Andrew? Mein Gott ich bin fast krank geworden vor Sorge! Was ist denn los bei euch? Ist alles in Ordnung?" Es war meine Mutter. Sie redete so laut das ich es bis an den Küchentisch hinhören konnte. Auch

253

wenn mein erstes Gefühl Freude war von ihr zu hören, fühlte ich mich schlecht. Durch die ganze Aufregung in letzter Zeit hatte ich sie und meinen Vater ganz vergessen. Mein Vater. Wie ging es ihm? Sofort stand ich auf und ging hinüber zum Telefon. Andrew drückte mir den Hörer in die Hand.

„Mom?"

„Lexa! Was ist denn los bei euch? Ich habe seit Tagen versucht euch zu erreichen? Was ist denn los? Ist alles ok bei euch?", viel zu schnell sprach sie ins Telefon.

„Beruhige dich bitte Mom. Es ist alles ok", sagte ich und schluckte.

„Uns geht es gut. Es war nur…viel in der Schule und dann…haben wir…es einfach vergessen."

Bei jedem Wort, welches ich ihr vorlog, ging es mir schlechter und schlechter. Eine Träne lief mir schon hinunter. Um das Schluchzen zu unterdrücken, räusperte ich mich.

„Mom, sag bitte, wie geht es Dad. Geht es ihm besser?", fragte ich ablenkend nach.

„Nein Schätzchen. Leider gibt es keine Veränderung. Ich habe aber gleich noch ein Gespräch mit dem behandelnden Arzt", auch die Stimme meiner Mutter wurde bei dem Satz leiser.

„Halt mich bitte auf den laufenden Mom. Es tut mir so leid, dass ich nicht für euch da war", entschuldigte ich mich. Das jetzige Schluchzen konnte ich nicht so einfach unterdrücken.

„Es ist ok. Aber bitte sei in der nächsten Zeit immer zu erreichen. Keiner weiß wie lange", auch Mom setzte nun für einen Moment aus und atmete mehrfach tief ein und aus.

254

„Ich werde ab sofort immer erreichbar sein Mom. Versprochen", versuchte ich sie zu beruhigen.

„Danke Lexa. Ich habe dich lieb."

„Ich dich auch", sagte ich. Mom legte auf. Auch ich hing den Hörer auf. Andrew stand wie eine Statue vor mir und sah mir unwiderruflich in die Augen. Eine weitere Träne bahnte sich den Weg über mein Gesicht. Was mit mir los war, brauchte ich ihm gar nicht berichten, natürlich hatte er alles genau mithören können, worüber Mom und ich sprachen.

„Ich war so egoistisch", flüsterte ich ihm entgegen.

„Nein, sag sowas nicht. Die letzten Tage waren nicht einfach. Mach dir keine Vorwürfe", versuchte Andrew mich zu besänftigen.

„Aber Dad. Ich hatte ihn völlig vergessen. Gerade jetzt, wo er mich so dringend braucht!"

„Lexa", Andrew ergriff meine Hände. „Hör auf. Auch wenn du einen Fehler gemacht haben solltest, kannst du da jetzt eh nichts mehr dran ändern", redete Andrew auf mich ein. Beim Ende seiner Worte spürte ich fühlbar eine gewaltige Portion schöner Gefühle über meine Hände bis hin zu meinem Herzen fließen. Ein Lächeln überflog mein Gesicht.

„Danke", lächelte ich. Ganz benommen von diesen schönen Gefühlen begann ich Andrew, wie schon lange nicht mehr, zu küssen. Erst sanft, dann bei jeder Erwiderung intensiver. Unser beider Blut pulsierte unter unserer Haut. Meine Lippen brannten vor Verlangen, welches ich zu stillen versuchte. Wir mussten beide, bei so viel Körperkontakt, darauf achten keinem schlechten Gefühle zu verfallen. Doch dieses war bei solch einer Hingabe und etlichen Gefühlsexplosionen ein leichtes.

255

Die nächsten Tage verbrachten wir weites gehend bei Andrew. Wir wussten nicht wann und ob mit einem nächsten Angriff zu rechnen war. Mit meiner Mom stand ich ebenfalls wieder täglich in Kontakt. Doch bei meinem Dad gab es weiterhin keinerlei Veränderungen. Woche um Woche verging ohne das auch nur annähernd etwas passierte. Andrew und ich besuchten die Schule und taten jedem Gegenüber als wäre alles in Ordnung.

Mit Ben gab es keinen direkten Kontakt. Sobald wir uns auch nur in die Nähe kamen, änderte er seine Richtung und wich mir aus. Einmal in der Cafeteria der Schule bin ich direkt auf ihn zugegangen. Er hatte praktisch keine Ausweichmöglichkeiten. Als ich dann am Tisch direkt vor ihm stand, ließ er alles stehen und liegen, stand auf und verließ den Raum, ohne auch nur ein Wort mit mir zu wechseln. Diese Abweisung tat so weh, dass ich unter Tränen ebenfalls die Cafeteria verließ. Ein Glück war Andrew zu der Zeit damit beschäftigt Jenny von der Schule abzumelden und bekam somit von meinen übergeschwappten Gefühlen nichts mit.

Etwas über einen Monat war der Angriff und die Flucht von Jenny jetzt bereits her.

Ich saß im Wohnzimmer am Fenster und schaute auf die wehenden Bäume. Es war extrem kühl für diese Jahreszeit. Kein herannahender Frühling, sondern eher Herbst.

„Hier", sagte Andrew, der abermals wie aus dem nichts neben mir stand und reichte mir einen Becher Tee. Ich erschrak nicht. Tage nach dem letzten Angriff zuckte ich immer und überall zusammen, auch wenn nur das Telefon klingelte. Doch mittlerweile, und besonders weil

256

Andrew wieder da war und mir den gewissen Schutz und die Sicherheit bot, kam ich innerlich zur Ruhe.

„Danke", erwiderte ich, schenkte ihm ein Lächeln und nahm den Becher zwischen meine Hände. Geistesabwesend fuhr mein Blick wieder nach draußen. Andrew nahm neben mir auf der Fensterbank Platz.

„Worüber denkst du nach?", fragte ich, sah ihn an und schenkte ihm ein kleines unglaubwürdiges Lächeln.

„Was?", fügte er seinen Worten noch hinzu. „Vielleicht hast du es vergessen, aber Gedankenlesen kann ich nicht."

Wir beide grinsten.

„Stimmt das vergesse ich wohl manchmal", sagte ich träumerisch und sah ich in den Becher, der zwischen meinen Händen schwebte.

„Eigentlich denke ich über nix bestimmtes nach. Oder schon…"

Zaghaft schaute ich auf und blickte Andrew tief in seine Augen. Plötzlich machte mein Herz einen kleinen Hüpfer, meine Hände wurden feucht. Die untergehende Sonne ließ ihre Strahlen so durch das Fenster scheinen, das Andrew wie in Gold getaucht vor mir saß. Ein nahezu göttlicher Anblick. Es verschlug mir die Sprache.

„Oder?", unterbrach er mein Schweigen. Ich musste wegsehen, um weiter sprechen zu können.

„Also es ist ja nun schon eine ganze Zeitlang her seit dem Angriff", abermals setzte ich aus.

„Aber? Lexa, bitte. Lass dir nicht alles aus der Nase ziehen", forderte er und versuchte es belustigend klingen zu lassen, doch bei meinen Momentanen Gefühlen, die er natürlich auch spürte, war dies nicht einfach.

257

„Andrew ich muss mich vorbereiten. Ich muss mich allein schützen können. Wir müssen wieder anfangen zu trainieren", forderte ich.

Wie eine kleine Druckwelle spürte ich das Andrew da nicht mit einverstanden war. Sogleich er auch versuchte seine Gefühle zu steuern, gelang es ihm nicht ganz.

„Ich wusste du wärst dagegen", sagte ich mit einer großen Portion Wut im Bauch. Mein Hals schnürte sich zu. Ich musste große Anstrengung aufbringen, damit ich nicht anfing zu weinen. Umgehend stand ich auf und wollte gehen, um größeren Schaden zu verhindern.

„Lexa warte", sagte Andrew schnell. Er stand nicht wie sonst sofort neben, vor oder hinter mir. Er blieb einfach auf der Fensterbank sitzen, in der Hoffnung ich würde auf seine Worte hören. Zögernd, aber dennoch drehte ich mich um. Andrew schwieg. Stuhr starrte er mich an.

„Andrew?", fragte ich nervös und ging ich wieder zwei Schritte auf ihn zu. „Andrew alles ok?", setzte ich weiter nach. Ein kräftiger Windhauch durchfegte das Zimmer. Andrew stand direkt vor mir. Ich erschrak.

„Weißt du eigentlich, wie glücklich du mich machst?", lächelte er. Mit offenem Mund versuchte ich die richtigen Worte zu finden, denn ich konnte ihm nicht folgen. Ich war verwirrt.

„Was?", kam letztendlich dabei raus.

„Mir wurde gerade klar, dass ich dich, genauso wie du bist, über alles in der Welt liebe. Und den Beweis dafür trägst du in dir. Danke das du das Kind bekommen willst. Es bedeutet mir so viel", sprach er mit so viel Liebe in der Stimme.

„Ich liebe dich auch", antwortete ich nur.

258

Wir gaben uns erneut einen dieser Gefühlsbetonten Küsse. Sekunden später brach ich ab.

„Aber nur aus Neugier. Wie kommst du da jetzt drauf? Ich bin doch gerade eigentlich nur ausgerastet", hakte ich skeptisch nach.

„Ja, und du wolltest gerade gehen", sagte er zusätzlich.

„Also jetzt verstehe ich nur noch Bahnhof", ich war verwirrt. Andrew machte eine Pause und wählte seine Worte sorgsam aus.

„Ohne dass es jetzt beleidigend klingen soll mein Schatz, aber lange kannst du es nicht mehr verbergen", sagte er und spiele auf etwas ganz bestimmtes an.

„Was?", stieß ich hervor. Ich ging ein Schritt zurück.

„Du meinst man sieht schon so viel?", fragte ich erschrocken nach. Er betrachtete meinen Bauch von oben bis unten und nickte mit einem charmanten Lächeln.

Panik kam in mir auf. Das durfte nicht wahr sein. Es durfte noch nicht so offensichtlich zu sehen sein. Was würde ich meinen Mitschülern sagen oder gar meinen Eltern? Was wäre jetzt der nächste Schritt? Hecktisch rannte ich ins Schlafzimmer. Das Adrenalin in meinem Körper ließ meinen Kreislauf auf Hochtouren arbeiten. Im Schlafzimmer angekommen stellte ich mich direkt vor den Spiegel. Doch zunächst nur von der Vorderansicht.

„Bitte", flüsterte ich und drehte mich langsam zur Seite. Die Raffungen meines Pullovers verdeckte noch so einiges, aber dennoch war tatsächlich schon eine gute Wölbung zu erkennen. Zitternd legte ich meine Hände an meinen Bauch und umfasste ihn. Ich hatte solch eine Angst was jetzt auf uns zukam, dass ich alles andere für den Moment vergas. Das Gefühl beherrschte mich vollkommen. Nervös krempelte

259

ich meinen Pullover nach oben. Weiterhin zitternd und dazu noch schweißnass legte ich eine Hand auf meinen Bauch. Plötzlich und wie, als wenn Andrew mich berührte, durchfuhr ein leichtes Kribbeln über meine Hand bis hin zu meinem Herzen. Dort angekommen bereitete es mir Glück und Zufriedenheit. Ich war ausgeglichen – die Angst war weg. All dieses kam vom Baby. Von meinem Kind welches ich unter meinem Herzen trug.

Noch immer total überwältigt von der Geste meines Kindes, stand ich da.

„Andrew", rief ich. Auch er sollte wissen und fühlen was mein Kind, unser Kind, soeben getan hat.

„Ich weiß. Es ist unglaublich. Ich habe es auch gefühlt. Das Baby kapselt sich von dir ab. Es hat sozusagen seinen eigenen Kopf und kann nicht mehr so stark über dich bestimmen", sagte Andrew erstaunt. Er stand die ganze Zeit in der Tür des Schlafzimmers und beobachtete mich.

„Bist du sicher?", fragte ich zweifelnd nach.

„Naja darauf ankommen lassen würde ich es nicht das kleine zu verärgern. Aber es denkt schon mehr nach und kann seine Gefühle ebenfalls besser steuern", erklärte Andrew.

Erst in diesem Moment wurde mir klar, so wie Andrew eben im Wohnzimmer, das ich glücklich war. Und nicht nur weil mein Kind mir dieses Gefühl übermittelt hatte, sondern weil tatsächlich ICH glücklich war.

Unter Tränen sprintete ich die drei Schritte zu Andrew herüber und viel ihm um den Hals. Worte waren zu diesem Zeitpunkt völlig überflüssig.

260

Weitere Tage zogen ins Land, ohne das auch nur das geringste passierte. Andrew und ich waren mit uns im reinen und konnten die Zweisamkeit richtig genießen.

„Andrew", sprach ich. Wir saßen beim Mittagessen. Ich legte meine Gabel aus der Hand und sah ernst zu ihm herüber. Er atmete hörbar aus.

„Wir müssen es tun", bohrte ich nach.

Mehr sagte ich nicht, denn er wusste um welches Thema es ging.

„Ich weiß und du hast ja recht. Umso eher wir anfangen zu trainieren, umso besser kannst du dich schützen", gab Andrew zu. Das er dies einsah dauerte zwar alles ziemlich lange, aber letzten Endes wussten wir beide das dieser Schritt nötig war. Ich musste lernen besser mit meinem Körper und den Fähigkeiten des Babys umzugehen.

„Wollen wir wieder ins Einkaufzentrum gehen?", schlug ich vor.

„Nein! Das ist zu viel…wie wäre es mit dem Park?"

„Ok, dann lass uns gehen", sagte ich. Ohne wiederworte und doch mit einem schlechten Gefühl im Hintergrund stand Andrew auf und begleitete mich in den Park.

Zunächst schlenderten wir wie ein ganz normales Paar durch die Wiesen. Es war ausnahmsweise mal ein schöner sonniger Tag. Der noch leicht ruppige Wind wehte durch die Bäume und versetzte die Luft mit einem berauschenden Geräusch. Die Vögel zwitscherten, die Grillen zirpten. Einige Leute saßen im Gras und ließen sich die Sonne ins Gesicht scheinen.

261

Andrew und ich hielten uns bei den Händen und suchten eine Parkbank auf, die ein wenig abseitsstand. Zärtlich legte er einen Arm um mich. Eine Zeitlang beobachteten wir noch das Geschehen, welches sich hier abspielte. Familien mit ihren Kindern kamen immer mehr und mehr dazu. Alle nutzten das wunderschöne Wetter aus, um wieder aus ihren Häusern zu kommen. Andrew und ich schenkten uns ein verlegenes Lächeln. Bald würden auch wir unser Glück allen zeigen können und mit unserem gemeinsamen Kind hier im Park spazieren gehen. Aus unserem Blick wurde ein zärtlicher Kuss. Mit der umliegenden Hand hielt Andrew mich fest. Die andere schob er mir über den Bauch bis hin zu meiner Taille und zog mich ein Stück näher zu sich. Doch dann war das schöne Gefühl weg. Meine Lippen fingen Feuer und schmerzten. Nur einen Hauch später durchstieß der Schmerz meinen ganzen Körper und verkrampfte. Andrew rückte umgehend von mir weg. Meine Lungen füllten sich wieder mit Luft – dieses allerdings nur schwer. Andrew saß ebenfalls schwer atmend neben mir.

„Ist alles wieder ok?", fragte Andrew besorgt. Ich antwortete nicht gleich. Wie in einem Film saß ich da und sah alles in Zeitlupe vor mir ablaufen. Nach dem ich mich wieder gefangen hatte und die Benommenheit abgeklungen war, rückte ich wieder etwas näher an Andrew heran.

„Was war das?", fragte ich in Andrews Richtung.

„Ich glaube das Baby hat sich von mir…bedrängt gefühlt", versuchte er eine Erklärung zu finden.

„Aber", ich sprach den Satz nicht aus. Die Puzzleteile reihten sich bereits in meinem Kopf aneinander. Andrew berührte oder besser

262

drückte meinen Bauch und somit das Baby. Daraufhin übermittelte es Andrew einen Art Schmerz, doch durch sein schnelles Abblocken wurde es zu mir weitergeleitet. Ich hatte nämlich nicht blockiert. Mir wurde klar, ich musste das alles so schnell wie möglich lernen. Auch wenn ein Angriff von außen immer unwahrscheinlicher werden würde, musste ich es für Andrew und mich tun.

„Lass uns anfangen", forderte ich.

„Lexa. Bist du dir sicher?", fragte Andrew noch einmal nach.

„Ja, ich bin mir sicher", antwortete ich patzig. Nach zweimaligem durchatmen beugte ich mich ein wenig zu ihm vor. „Ich tu das nicht nur für die anderen Halbmenschen, sondern damit wir beide wenigstens in den nächsten Monaten ein annähernd normales Leben führen können. Verstehst du?", erklärte ich.

Er nickte.

Wir rückten wieder ein Stück voneinander weg und schauten im Park herum. Mir vielen ein paar Jungs auf, die Football spielten. Einer von ihnen sah direkt in unsere Richtung. Er starrte uns praktisch an. Hatte dieser Junge etwa alles hören können über das Andrew und ich sprachen? Doch das konnte nicht sein. Dafür standen sie definitiv zu weit weg.

„Ben! Na komm schon du Schlafmütze", rief einer der anderen Jungs diesen Jungen zu.

„Ben", flüsterte ich. Schnell warf ich einen Blick zu Andrew. Ohne dass ich es bemerkte war Andrew soweit von mir weggegangen das eine Berührung ausgeschlossen war. Doch in seinen Augen war Wut zu erkennen.

„Du wusstest das Ben hier ist?", sagte ich mit einem sehr gemischten Gefühl.

„Nicht von Anfang an. Ich habe ihn erst später bemerkt", erklärte Andrew.

„Und dann sagst du mir nichts?", ich sprach unbewusst lauter und stand wild gestikulierend auf.

„Lexa", versuchte Andrew mich zu beruhigen.

„Du weißt ganz genau das ich mit ihm reden will. Er ist mir sehr wichtig Andrew. Versteh das doch bitte", erklärte ich weiter. Auch Andrew stand jetzt auf. Er trat einen bedrohlichen Schritt auf mich zu.

„Ich will es ja verstehen Lexa, aber ich kann es irgendwie nicht! Wir bekommen das Kind. Warum willst du mit ihm befreundet sein? Nur weil er was mit Sue am laufen hatte? Wenn er Sue wirklich geliebt hat, warum kann er sich dann so schnell nach ihrem Tod in eine andere, in dich, verlieben?!", Andrew bemerkte erst was er gesagt hatte, als es bereits zu spät war.

Denn das war ein Schlag unter die Gürtellinie.

„Das hast du jetzt nicht gesagt", sprach ich während mir die Tränen bereits übers Gesicht liefen. Erst jetzt schien Andrew zu begreifen, wie weit er gegangen war.

„Es tut mir leid", entschuldigte er sich. Soeben wollte er einen weiteren Schritt auf mich zu machen, doch ich wand mich ab. „Versuch mich doch auch bitte zu verstehen. Was denkst du ist es für ein Gefühl, wenn du dich in der Gegenwart eines anderen Mannes besser und wohler fühlst als bei deinem eigenen verlobten?", sagte Andrew.

264

Durch meine Tränenschleier hindurch sah ich nicht sonderlich viel.

Doch ich ließ es zu das Andrew sich mir näherte und in den Arm nahm.

„Ich muss mit ihm reden", murmelte ich über seine Schulter hinweg.

„Wenn du meinst", gab er ernüchternd zu.

Ich wischte mir die letzten Tränen weg und sah immer noch in mit Wut und Schmerz erfüllte Augen.

„Danke", sagte ich nur.

Umgehend drehte ich mich um und wollte auf die Jungs zugehen, da sah ich sie nur noch von weitem. Sie waren gerade im Begriff zu gehen.

Ben ganz vorneweg.

„Soll ich ihn für dich aufhalten?", bot Andrew sich an. Es war eine Geste, um auf mich zuzukommen, nicht irgendwie böswillig.

„Nein. Aber ich werde die Tage noch mit ihm sprechen. Ich muss es tun", sagte ich.

Andrew nickte gezwungen.

„Willst du heute trotzdem noch trainieren?", fragte er.

„Ja, lass uns anfangen", antwortete ich entschlossen.

Kapitel 22

„Ok. Bist du bereit", fragte Andrew.

„Ja", sagte ich ein wenig ängstlich, schloss meine Augen und konzentrierte mich auf meinen eigenen Atem. Wie das letzte Mal im Einkaufszentrum versuchte ich über nichts nachzudenken und nur auf mich zu hören. Auf mein inneres. Das letzte bisschen Angst war bis in den letzten Winkel meines inneren vergraben. Ich fühlte mich innerlich vollkommen ausgeglichen – bereit für alle Gefühle. Glück und Trauer waren mir nur allzu bekannt vom letzten Training. Was würde jetzt wohl auf mich zukommen? Kaum gedacht spürte ich schon etwas. Kälte kletterte von meinen Fingerspitzen hinauf zu meinem Kopf. Dort angekommen löste es eine weitere Art leere aus. Eine tiefe leere. Nein, eher ein Gefühl leer und allein zu sein. Fehl am Platz zu sein. Mein Gesicht wurde kalt. Ich hatte das Gefühl Eiskalte Luft einzuatmen. Vorsichtig begannen meine Hände zu zittern. Bevor diese Kälte noch mehr Besitz über mich nehmen konnte, musste ich blockieren. Ich musste an etwas Schönes denken. >Es ist nicht real. < Die Worte welche Andrew das letzte Mal zu mir sprach hallten in meinem Kopf nach. Nun setzten auch meine Beine sich in Bewegung und zitterten ohne, dass ich sie kontrollieren konnte.

266

„Ich liebe dich", flüsterte jemand. Oder bildete ich es mir nur ein? Andrew. Er war hier bei mir. Seine Augen, sein Gesicht. Oh, Andrew ich liebe dich auch. Ich bin so froh dir begegnet zu sein.

„Andrew", wimmerten meine bebenden Lippen. Explosionsartig zog sich die Kälte aus meinem Körper zurück. Nur noch ein kaltes leichtes kribbeln war in meinen Händen zu spüren. Ich hatte es geschafft. Ich habe die Kontrolle über meinen eigenen Körper zurückerhalten.

Meine Lippen formten ein Lächeln. Glücklich öffnete ich die Augen und sah in Andrews ebenfalls zufriedenes Gesicht. Wie in Zeitlupe kam er auf mich zu und nahm mich in seinen Arm. Eine Welle von schönen Gefühlen wie Zuneigung, verlangen und vor allem Stolz überkamen mich. Das alles riss mich so aus der Trance das prompt alle Hintergrundgeräusche wieder zu hören waren.

„Das war gut", lobte er mich.

„Ich weiß. Ich kann es gar nicht glauben. Ich habe es tatsächlich geschafft", euphorisch fing ich an ihn zu Küssen. Er erwiderte nur zaghaft. „Stimmt was nicht? Habe ich etwas falsch gemacht?", fragte ich sofort.

Andrew senkte seinen Blick.

„Nein", sagte er nur. Dann schwieg er.

„Andrew was ist los? Jetzt lass dir doch nicht alles aus der Nase ziehen!"

Mit gemischten Gefühlen nahm er meine Hände in seine.

„Ich bin wirklich stolz auf dich. Aber das war nur eine kleine Übung. Wenn dich wirklich einer Unsresgleichen angreifen sollte, werden die Gefühle um ein Wesentliches schneller auf dich einfließen als jetzt", sagte Andrew und versuchte dabei ruhig zu bleiben.

267

„Das habe ich mir schon gedacht. Aber dafür üben wir ja schließlich", sagte ich aufmunternd und legte meine Hand an seine Wange. „Wir schaffen das." Jetzt versuchte ich ihm ein schönes Gefühl zu übermitteln. Ich dachte an den Tag zurück, wo wir den Schritt zum Elternwerden so richtig akzeptiert haben. Wie glücklich wir in dem Moment waren. Andrew lachte auf. Es schien geklappt zu haben.

„Lass uns weiter machen", sagte ich vom Adrenalin Schub überschüttet.

„Meinst du nicht das es für heute erst mal reicht?", schlug Andrew vor.

„Aber es läuft doch gerade so gut", sagte ich und legte ein Schmollen auf meinen Lippen. Der letzte Funke aufgeputschtes Blut neutralisierte sich in meinem Körper. Ich gähnte.

„Siehst du. Es ist nicht einfach und zerrt an deinen Kräften. Wir werden morgen weiter machen, ja?", stolz schwang in Andrews Stimme mit.

„Ok", gab ich mich geschlagen.

Gemeinsam gingen wir zurück zum Auto. Ein benommenes Gefühl stellte sich in mir ein. Die Autofahrt zurück bekam ich nichts mehr mit. So schnell schlief ich ein.

Tag für Tag trainierten Andrew und ich weiter. Seine Gefühle kamen immer schneller auf mich zu. Umso mehr ich übte, umso schneller konnte ich blockieren und die Kontrolle über meinen Körper wiedererlangen. Der Nachteil hingegen war das ich den Rest der Zeit sehr müde und angeschlagen war. Wenn ich zwischenzeitlich mal nicht schlief oder trainierte, aß ich etwas um wenigstens annähernd bei Kräften zu bleiben.

268

Es war Freitagmorgen.

„Guten Morgen meine Schöne."

Sanft lag Andrew hinter mir und fuhr mit seiner Hand über meine Rücken bis hin zu meinem Bauch. „Dir natürlich auch einen guten Morgen." Ich grinste, drehte mich herum und küsste ihn.

„Hallo meine Sonne. Hast du die Nacht gut überstanden?", fragte ich glücklich.

„Mit dir an meiner Seite ist jede Nacht wie ein Geschenk", sagte Andrew wie im Traum.

Zärtlich fuhr Andrew mit seiner Nase an meinem Hals hinab und küsste mein Schlüsselbein. Ein leises Stöhnen kam aus meinem Mund. Überall auf meinem Körper machte sich eine Gänsehaut breit. Jetzt lagen seinen willigen Lippen auf meine. Ich fuhr mit meiner Hand unter sein Shirt. Sein Atem ging unregelmäßig. Das Verlangen die Gefühle, alles überkam uns wie eine riesige Flutwelle. Umso mehr wir uns einander hingaben umso mehr spielten wir uns die Gefühle immer wieder zu. Sie bauten sich mehr und mehr auf.

„Lexa, warte", kam zwischen den nie endenden Küssen aus Andrews Mund. Doch es war für mich beinahe unmöglich aufzuhören. Auch sein Körper zeigte mir das ein Ende nicht absehbar sei.

„Nein", sprach er jetzt deutlicher. Dann fegte ein kühler Wind durchs Zimmer und ich lag allein im Bett. Andrew stand an der Tür. „Lexa. Wir müssen warten. Du bist so schwach. Wir dürfen nicht nachgeben. Du weißt was dann mit dir passiert", holte Andrew mich in die Wirklichkeit zurück.

Er hatte Recht. Gerade wollte ich schon aus dem Bett aufstehen, zwang ich meinem Körper sitzen zu bleiben. Würden wir uns jetzt wieder

269

einander nähren, könnte keiner von uns für nichts garantieren. Und würden wir miteinander schlafen, wäre ich für die nächste Zeit nicht in der Lage mich selbst zu verteidigen.

„Wir müssen jetzt los. Die Schule fängt bald an", sagte er. Dann war er verschwunden.

Der Schulweg dauerte nicht lange. Wir redeten nicht viel. Ich spürte das Andrew alle Gefühle hinter seiner Großen Mauer eingesperrt hatte. Auch ich begann mich abzulenken und an etwas anderes zu denken. Was mich positiv stimmte war das ein langes Wochenende vor uns lag. Die nächsten vier Tage würde die Schule wegen Umbaumaßnahmen geschlossen sein und wir hatten alle frei. Der Unterricht war heute deswegen nicht sehr fordernd. Doch mir kam es so vor als würde ich nix begreifen. Nicht nur meine Müdigkeit trug dazu bei, sondern auch dass ich die letzten Wochen und Monate nur wage am Unterricht teilnahm.

In der Mittagspause kramte ich noch einige Sachen aus meinem Spinnt und schmiss unnützen Kram weg. Andrew musste abermals zur Schulleitung da die noch einige Fragen wegen Jenny hatten.

„Lexa", sagte plötzlich jemand zu mir. Ich zuckte zusammen. Ich war so vertieft das ich nicht bemerkte das jemand neben mir stand. Gefühle wie verlangen und Sehnsucht überfluteten mich. Bewusst atmete ich ein paar Mal tief ein und aus. Mir war klar, dass es Ben war der hinter mir stand. Denn nur bei ihm und Andrew spürte ich alles auch ohne jegliche Berührung. Nach dem ich meine Gefühle weites gehend unter Kontrolle hatte, drehte ich mich mit einem Lächeln um.

„Ben. Wie schön dich zu sehen", sagte ich freudig.

270

Seine Mimik war kühl. Er versuchte seine Gefühle zu verbergen.

„Hast du vielleicht einen Moment Zeit?", fragte er weiterhin kühl.

„Ja natürlich", antwortete ich sofort und schloss mein Spint.

Gemeinsam gingen wir den Flur entlang. Schweigend ging Ben
nebenher.

„Danke das du auf mich zugekommen bist. Ich wollte unbedingt noch
mit dir reden. Aber was möchtest du denn? Bedrückt dich etwas?",
fragte ich vorsichtig nach.

Mir viel auf das Ben mir keine Sekunde bisher direkt in die Augen sah.

In der nächsten Sekunde setzte er seinen Blick direkt auf den meinen.

„Lexa. Ich mache mir Sorgen um dich. Geht es dir wirklich gut?",
entgegnete er mir vorsichtig.

„Was? Wie kommst du darauf?"

Tränen bildeten sich in Bens Augen. Er holte tief Luft, bevor er
weitersprach.

„Ich habe gesehen wie Du und Andrew euch im Park gestritten habt.
Und seitdem siehst du Tag für Tag erschöpfter aus. Außerdem hängt er
wie eine Klette an dir. Sei bitte ehrlich, tut er dir was an?", fragte Ben
mit ehrlichen Worten.

Sprachlos stand ich vor ihm. Was dachte er nur von Andrew? Doch für
einen Außenstehenden hatte er Recht. Seit dem Training sah ich
wirklich von Tag zu Tag schlechter und müder aus. Aber das konnte
ich ihm doch so nicht sagen.

„Ben", verzweifelt suchte ich nach den richtigen Worten, um ihn zu
beruhigen. Wiederrum durfte ich nicht zu viel verraten. „Andrew tut
mir nix an. Er liebt mich und das Baby auch. Er würde nie",
kopfschüttelnd sprach ich nicht weiter.

271

„Aber warum geht es dir dann so schlecht. Und sag jetzt nicht das, dass nicht stimmt", forderte Ben nach weiteren Erklärungen.

„Ja schon. Aber das liegt, an der Schwangerschaft und dann das mit meinem Vater. Es ist alles im Moment etwas viel", sprach ich hilfesuchend nach den richtigen Worten.

„Wirklich?", bohrte er weiter nach.

Unsere Blicke waren immer noch miteinander verschmolzen. Zum Beweis meiner Ehrlichkeit legte ich eine Hand auf seinen Oberarm und versuchte mich noch tiefer in seinen Blick zu verlieren, um ihn zu zeigen, dass es wirklich wahr sei.

„Ja", sagte ich mit so viel Überzeugung wie ich nur aufbringen konnte.

„Es tut mir leid, wenn ich in letzter Zeit so abweisend zu dir war. Aber wenn irgendwas ist, sollst du wissen das du immer zu mir kommen kannst. Immer."

Noch während er sprach nahm Ben meine Hand von seiner Schulter und legte sie zwischen seine. Ehrlichkeit, Mitgefühl, ein wenig Schuld und jede Menge verlangen strahlte er aus. Mein Blick verschwamm leicht. Ich begann ein wenig zu taumeln. Mit solch überwältigenden Gefühlen hatte ich nicht gerechnet.

„Da bist du ja", flüsterte eine mir sehr bekannte Stimme. Noch bevor ich zur Seite kippen konnte, hielt mich jemand an meiner Taille fest und stütze mich. Es war Andrew. Ben hatte bereits meine Hand losgelassen. „Ist alles ok?"

„Ja", murmelte ich.

„Ich geh dann mal", sprach Ben und war schon im Begriff zu gehen.

„Ben", rief ich hinterher, doch er hörte mich nicht.

272

„Lass ihn gehen. Ihr könnt später noch weiterreden. Vielleicht solltest du jetzt besser nicht in seiner Nähe sein", sagte Andrew.

„Ja, vielleicht hast du recht", antwortete ich nur. Für den Rest der Pause setzten Andrew und ich uns nach draußen auf den Campus. Die frische Luft tat gut und half mir den Rest des Tages auch noch zu überstehen.

Der Abend kam schneller als gedacht. Andrew und ich schauten DVD und hatten uns etwas zu essen bestellt. Von dem Film allerdings bekam ich nicht sehr viel mit, so schnell schlief ich wieder ein.

„Lexa. Aufwachen", flüsterte Andrew mir entgegen. Der Fernseher flimmerte in der Dunkelheit wie Blitze bei Gewitter.

„Was ist denn los? Müssen wir schon wieder zur Schule", fragte ich verwirrt nach.

„Nein meinen Schöne. Und es tut mir auch leid dich zu wecken, aber ich möchte dich was fragen", sagte Andrew geheimnisvoll. Schnell war meine Neugier geweckt und ich richtete mich vorsichtig auf.

„Und was ist los?", fragte ich neugierig.

„Du kannst auch gleich weiterschlafen. Ich wollte dich nur fragen ob wir für ein paar Tage verschwinden wollen. Raus aus dem Alltag. Weg von hier. Ich kenne ganz in der Nähe eine kleine Hütte im Wald, direkt am Wasser. Dort ist es wunderschön."

„Das klingt gut. Wie kommst du da denn drauf?", strahlte ich ihn an.

„Ehrlich? Der Film hat mich drauf gebracht", gab er zu. Ich schaute auf die DVD-Hülle und las >Das Haus am See<. Ich grinste ihn an.

„Das klingt nach einer wunderbaren Idee", lächelte ich Andrew an.

273

„Gut, dann werde ich heute Nacht alles vorbereiten. Schlaf weiter meine Schöne", sagte Andrew und gab mir zärtlich einen Kuss auf die Stirn. Im nächsten Augenblick schlief ich bereits wieder.

Andrew ließ mich ausschlafen. Letztendlich erwachte ich beinahe gegen Mittag im Bett. Wieder musste er mich nach oben tragen. Doch für ihn und seine außergewöhnlichen Kräfte, stellte dieses kein Problem dar. Nach dem Frühstück ging es los. Die Koffer waren gepackt und schon im Auto verstaut. Zufrieden und voller Vorfreude fuhren wir los.